빛에도 향기가

빛에도 향기가

초판 1쇄 발행 2024. 6. 12.

지은이 유윤순
펴낸이 김병호
펴낸곳 주식회사 바른북스

편집진행 황금주
디자인 양헌경

등록 2019년 4월 3일 제2019-000040호
주소 서울시 성동구 연무장5길 9-16, 301호 (성수동2가, 블루스톤타워)
대표전화 070-7857-9719 | **경영지원** 02-3409-9719 | **팩스** 070-7610-9820

•바른북스는 여러분의 다양한 아이디어와 원고 투고를 설레는 마음으로 기다리고 있습니다.

이메일 barunbooks21@naver.com | **원고투고** barunbooks21@naver.com
홈페이지 www.barunbooks.com | **공식 블로그** blog.naver.com/barunbooks7
공식 포스트 post.naver.com/barunbooks7 | **페이스북** facebook.com/barunbooks7

ⓒ 유윤순, 2024
ISBN 979-11-7263-024-9 03810

빛에도 향기가

유윤순 지음

새벽 하늘빛처럼
은은한 향기가 나도록

바른북스

퇴색하지 않는 빛과
소멸하지 않는 향기를 찾아서

유윤순 선생님의 사진 수필집
『빛에도 향기가』 출간을 축하드리며

이 책은 흔한 포토에세이북이 아니라 본격적인 사진 작품과 수필들을 엮어 만든 사진 수필집입니다. 스마트폰과 컴퓨터 등 정보통신(IT) 기술이 발달하면서 사진찍기와 글쓰기가 쉬워지고, 책 출판이 어렵지 않은 시대가 되었습니다. 따라서 누구나 마음만 먹으면 일상에서 쉽게 사진을 찍고 거기에 단상을 적을 수 있게 되었으며, 그것들을 모아 자기만의 책을 낼 수 있게 되었습니다. 좋게 말해서 생활예술이요 일상의 미학이랄 수 있겠습니다. 그러나 언제까지고 일상이 전부일 수는 없습니다. 유윤순 선생님의 이 책에는 그런 일상의 미학을 뛰어넘어 순간의 아름다움을 영원에 등기하고자 하는 예술혼과 진지한 노력이 담겨 있기에 더욱 소중합니다.

아무리 아름다운 꽃도 언젠가 시들고, 아무리 밝은 빛도 바래며, 제아무리 고운 향기도 결국엔 희미해집니다. 세월은 사랑하는 사람이나 그와의 추억도 그렇게 사라지게 합니다. 그럴 때 우리의 마음은 한탄합니다. 그리고 소망하게 됩니다. S. 말라르메가 「목신(牧神)의 오후(午後)」에서 썼듯이 "이 수정(水精)들, 나는 그들을 영원케 하고 싶다."고. 그러한 한탄과 소망이 만들어 낸 것이 기록이며 예술이 아닐까요. 마치 알타미라 동굴에 벽화를 그리는 원시인들처럼 우리는 무언가를 기록하고 예술적으로 표현하기를 좋아하는 존재인지 모릅니다. 그리하여 그것을 음미하고 즐거워하는 존재인지도 모르겠습니다.

유윤순 선생님은 그 방법으로 먼저 사진을 선택했습니다. 그리고 그 안에 담길 퇴색하지 않는 빛을 찾아서 치열하게 달려왔습니다. 아름다운 풍경이 있는 곳이라면 발이 푹푹 빠지는 설국도 마다하지 않았고, 자연의 신비와 그리움이 있는 곳이라면 아무리 먼 이국이라도 망설이지 않고 달려갔습니다. 가느다란 체구에 그 무거운 사진 장비와 짐가방을 메고 끌며, 잠은 언제든 잘 수 있다는 삶의 철학으로 캄캄한 새벽에 깨어나 빛을 찍는 일에 주어진 시간을 바쳤습니다.

다음으로 그녀는 여행을 통해 삶을 풍요롭게 가꾸어 왔습니다. 그녀는 언제든 떠날 준비가 되어 있는 사람 같습니다. 가고 싶은 곳이나 만나야 할 사람이 있으면 그녀는 머뭇거리지 않습니다. 곧장 짐을 싸고 새벽 일찍 집을 나섭니다. 긴 비행시간도 두려워하지 않고 낯선 곳도 겁내지 않습니다. 오히려 그것들은 그녀의 호기심을 자극합니다. 그녀는 언제나 설레는 맘으로 미지의 장소를 그리워하고 그곳을 다녀온 뒤에는 그 추억을 곱씹는 데서 새로운 기쁨을 발견합니다. 하지만 그보다 먼저 그녀는 일상을 즐길 줄 압니다. 여행을 좋아한다고 해서 일상을 소홀히 하지는 않습니다. 일상의 산책과 만남, 운동을 통해서 그녀는 하루하루를 의미로 채우며 생활의 아름다움을 발견하고 기쁨을 누릴 줄 압니다.

　마지막으로 유 선생님이 선택한 것은 글쓰기입니다. 사실 그녀는 원래 국문학을 전공한 문학도였습니다. 하지만 생활의 이유로 오랜 세월 그것과 무관하게 살아왔습니다. 그러다가 고희가 넘은 나이에 문학으로 귀환한 것입니다. 그녀처럼 청년 시절에 품었던 문학의 뜻을 삶의 후반기에 펼치는 사람들이 적지 않습니다. 그들은 말하자면 후문학파로서 선 인생 후 문학을 실천하시는 분들입니다. 뒤늦은 출발이라고 하지만 그분들은 결코 선 문학파에 뒤지지 않습니다. 나는 오랫동안 문화센터에서 시·수필창작반을 이끌면서 그분들이 어떤 젊은이보다 치열하고 진지하게 글을 쓰고 실한 작품들을 생산하는 것을 보아 왔습니다. 후문학파의 한 사람으로서 유윤순 선생님 역시 그랬습니다. 그녀는 본격적으로 수필창작을 시작한 지 2년도 못 되어 문예지(『문학사계』)에 등단하여 수필가가 되었습니다. 그리고 그로부터 몇 달이 채 지나기도 전에 자신의 첫 작품집을 출판하게 되었습니다. 일흔이 넘은 나이가 믿기지 않는 참으로 놀라운 정력과 필력의 소유자라 하지 않을 수 없습니다.

　그녀의 수필에는 섬세한 감각과 서정성이 도드라집니다. 이는 그녀가 감성과 감각이 매우 발달한 사람이라는 것을 드러내며 세월이 그것들을 결코 무디게 만들지 못했음을 나타냅니다. 이 책에는 그녀의 이러

한 예술적 감각과 서정, 그리고 자연과 인간에 대한 순수한 사랑이 고스란히 담겨 있습니다. 그녀는 자기 삶의 경험을 직조한 이 책으로써 삭막한 세상에 빛과 향기를 선사하고 있는 것입니다. 기쁜 날도 있었을 테고 슬픈 날도 있었을 것입니다. 행복한 기억들이 있는가 하면 고통스러운 기억도 있었을 것입니다. 설렘으로 높이 비상했다가 눈물 흘리며 내려오는 시간도 있었을 것입니다. 또 앞으로도 그런 날들과 시간과 기억들이 이어질 것입니다. 하지만 그녀는 삶의 그 모든 씨줄과 날줄들을 오롯이 간직하여 사진과 수필이라는 직조 틀을 통해 자신만의 아름다운 태피스트리를 만들어 나갈 것입니다.

분석심리학자 칼 융은 삶의 목적을 저마다 타고난 자기다움을 온전히 이룬 개성화, 즉 자기실현에 두었거니와, 발달심리학자 에릭슨은 생애주기의 마지막 단계인 노년기는 지나온 삶의 경험과 조건들을 지혜롭게 통합하는 시기라고 하였습니다. 그는 또 노경에 이르는 과도기가 점점 길어지는 현대사회에서 노인들은 여전히 생산적이고 창조적일 수 있다고 하면서, 파블로 카잘스나 피카소나 조지아 오키프 같은 사람들의 노년기 창조성은 더 많은 노인들이 할 수 있는 것을 보여 주는 특별한 예에 불과하다고도 하였습니다. 이는 유윤순 선생님에게도 해당하는 말로써 가까이에서 그를 보면 나이는 숫자에 불과하다는 명언이 그대로 실감됩니다.

예로부터 수필은 한가한 마음으로 산책하듯 여유롭게 붓 가는 대로 쓰는 글이라고 했습니다. 하지만 유윤순 선생님의 수필은 결코 한가하거나 여유롭기만 한 건 아닙니다. 인생의 후반기에 들어선 그는 촌음을 아껴 생활하면서 여전히 자기 계발을 멈추지 않고 있기 때문입니다. 여기에는 그의 가족애와 우정, 여행과 사진 예술에 대한 열정, 그리고 뒤늦게 시작한 글쓰기에 대한 노력이 포함됩니다. 다행인 것은 그녀가 노년의 건강관리도 결코 게을리하지 않는다는 사실입니다. 그녀가 쓴 몇 편의 수필을 보면 그녀가 얼마나 부지런하고 지혜롭게 건강을 관리하고 있는지 드러나는데 그것은 육신 차원에만 머무르지 않습니다. 그녀는 가족 또는 친구들과 여행하면서 마음의 안정과 기쁨을 얻고, 사진을 찍으면서 자연과 교감하며, 글쓰기를 통해 정신의 성장을 도모합니다. 글쓰기, 특히 수필 쓰기는 인생 후반기에 접어든 사람들이 삶의 경험을 통합하고 자기를 온전히 실현해 나가는 데 적합하고 유익합니다.

그녀의 수필에는 기행문 형식의 글들이 많은데 이는 그녀가 그동안 꾸준히 해 온 사진 출사 작업 및 여행 경험들과 관련이 있습니다. 그것들은 단순한 경험으로 끝나지 않고 기록을 통해 살아남아 허전할 때 자신을 거듭나게 할 뿐 아니라 자기를 성장시키고 확장시킵니다. 또 생활 사건을 다룬 일기문 형식의 글들은 자기성찰을 통해 내면을 성숙하게 합니다. 그녀의 자전적이고 개인적인 수필들은 종종 사회로까지 뻗어나가 무상한 삶 속에서 사라진 소중한 것들을 복구하여 자기의 일부분으로 통합하게 합니다. 나아가 그렇게 얻은 것들을 후대에 전달하는 문화 전달자 역할을 하게 합니다. 그렇게 그녀는 자칫 절망이나 침체에 빠지기 쉬운 노년기 삶의 균형을 맞추어 가는 것입니다. 그러므로 수필은 그녀가 자아를 통합하고 자기를 실현해 가는 과정의 기록들이라 하겠습니다. 그 모든 것들이 그녀가 이번에 내게 된 이 책에 사진 작품과 함께 담겨 있어 그 내용을 더욱 풍부하고 아름답게 만들어 줄 것입니다.

진짜 인생은 칠십부터라는 말을 유 선생님을 보면서 실감합니다. 모쪼록 기왕에 돌아온 문학의 집에서 앞으로도 오래 머무르며 정진하시기를 바랍니다. 그리하여 붓 가는 대로 쓰면서도 완결과 통일미를 갖춘 개성적인 수필을 쓰시기를, 윤오영의 「양잠설」에 나온 오령(五齡)기를 채운 누에처럼 자기를 완성하고 일가를 이루시기를 바랍니다. 그리고 선생님의 사랑이 이웃사랑과 인류애, 자연 찬미로 확대되어 감으로써 사진과 글이 빛과 향기로 더욱 충만해지기를 기원합니다. 모쪼록 이 책이 많은 이들에게 읽혀 유 선생님께서 뿌려 가꾸신 삶의 기쁨과 위안과 희망의 향기가 널리 퍼져 가기를 기원합니다.

임미옥
(시인, 시·수필창작 강사, 영성 심리상담 및 문학치료자)

또다시 찾아온 봄

아름답게 변하는 사계절을 보며 자연의 소중함을 느낀다. 계절은 항상 바람처럼 왔다 모르는 척 가 버리지만 희망의 꽃봉오리를 터뜨리는 봄은 다시 왔다. 첫사랑처럼 가슴 두근거리게 오는 이 봄은 얼어붙었던 겨울을 지나고 봄을 알리며 뾰족이 솟아나는 새싹처럼 나에게 출간이라는 꿈을 주며 찾아온 것이다.

초등학교 때 시를 써 오라는 숙제를 못 해 앞에서부터 검사하는데 뒷자리에 앉아서 급히 쓴 시가 일등이 되어 문예부로 보내졌던 아스라한 기억이 떠오른다.

늦은 나이에 입문하고 책을 낸다는 것이 꿈만 같다. 잊고 있었던 어린 시절 숙제검사의 글이 씨앗이 되어 나를 이끌어 준 게 아닌가 생각해 본다. 글을 쓰면서 어렵고 힘들었던 날들이 생각난다. 그러나 격려해 주시는 많은 사랑으로 부끄럽지만 열심히 썼던 것 같다. 돌이켜 생각하니 퇴고를 하는 힘들었던 시간들이 내 글에 날개를 달아 준 것 같다.

시처럼 아름다운 여행과 살면서 느꼈던 감동이 가슴 깊이 다가와 글로 남겼다. 아직 날개는 약하지만 훨훨 더 높이 날고 싶다. 도와주신 선생님께 감사드린다. 멀리 있는 아들 가족과 두 딸 가족의 사랑에 행복했다. 오늘따라 아버지와 어머니의 빈자리가 그립다. 부모님께 이 책을 바치고 싶다.

산수유도 희망의 등불을 밝히고 곧 연분홍 벚꽃도 필 것이다.

빛에도 향기가 있듯이 내 글에도 꽃 같은 은은한 향기를 담고 싶다.

2024년 4월에
유윤순 글

목차

포토에세이

1. 이탈리아

2. 일본

3. 영국

수 필

포토에세이

토스카나의 초원

이 탈 리 아

5 월 의
토 스 카 나

    2018년 5월 9일, 7박 9일간의 일정으로 이탈리아로 출사 여행을 갔다. 이탈리아의 중부에서부터 남부까지 종단하는 긴 여정이었다. 토스카나와 피렌체, 아시시와 아말피, 로마까지 꼭 한번은 가고 싶은 곳들이었다.

    신청해 놓고 준비하면서 출사 날을 무척 기다렸다. 캐리어에는 삼각대와 카메라 두 대, 12~100mm와 14~150mm 망원렌즈를 준비했다. 전압은 220V지만 혹시 몰라서 만능 전압기를 준비했고, 평원의 일출을 찍을 때 신발이 젖을 수 있어서 운동화도 하나 더 준비했다. 그밖에 필요한 준비물들로 캐리어는 점점 무거워졌다.

    출발하는 날 인천공항에서 9시 30분에 모였다. 일행은 멘토님을 포함해서 모두 7명이었다. 이탈리아까지는 12시간이 걸린다고 했다. 출사로 9일이나 되는 날 동안 집을 떠나는 건 처음이지만 즐겁기만 했다. 비행기에서 12시간이나 되는 긴 시간을 보냈지만 출사지에 대한 기대와 상상으로 그다지 지루하지 않았다. 책을 읽어도 보고 잠깐 눈을 붙여 보기도 했지만 잠은 깊이 들지 않았다. 이탈리아는 패키지여행으로 세 번이나 가 봤지만 출사로는 처음이라서 더 기대되었다. 여행은 항상 나를 들뜨게 하는데 출사 여행은 더 그랬다.

12시간의 긴 비행 끝에 이탈리아의 레오나르도 다 빈치 공항에 도착했다. 얼마나 오랜만에 보는 로마인가. 약간 피곤했지만 이제부터 시작되는 출사에 대한 기대로 기쁘기만 했다.

우리의 첫 출사지는 토스카나였다. 로마에서 이탈리아 중부의 토스카나 지방에 있는 산 퀴리코 도르차로 가기 위해 고속도로를 달렸다. 어두워서 바깥 풍경은 볼 수 없었다. 2시간을 달린 후에 깜깜한 벌판에 있는 우리가 묵을 아그리투리스모 칸틴칼리 호텔에 도착했다. 호텔은 호텔이라기보다 농가형 주택으로 마치 시골별장 같았다. 토스카나의 주거 형태를 가진 농가였는데 집안에 들어서니 토스카나의 정취를 느낄 수 있었다. 우리는 사흘 동안 이곳에 머물 예정이었다. 이곳에서 아름다운 풍경도 보고 이탈리아 중부지방의 문화도 접하고 싶었다.

넓은 거실은 에스닉한 실내장식품들로 이국적이었고 식탁에는 먹음직한 빵들과 커피, 차가 준비되어 있었다. 긴 여행의 피곤함에 허기진 우리에겐 고맙고 반가운 음식들이었다. 자정이 가까워져 방으로 와서 캐리어를 여는데 열리지가 않았다. 내 보물단지 캐리어가 말을 안 들었다. 비밀번호도 맞는데 열리지 않자 갑자기 피곤해졌다. 할 수 없이 이번 여행 동안 운전해 주실 백 기사님한테 도움을 청했다. 기사님이 차근차근 만지니 마술처럼 가방이 쉽게 열렸다. 얼마나 고마웠는지 모른다.

내일은 새벽 4시에 기상이다. 3시 반엔 일어나야 해서 지금부터 잠을 자도 3시간 반밖에 잘 수 없다. 핸드폰에 알람을 맞춰 놓고 침대에 누우니 피곤함이 쏟아져 내리며 하루 동안의 일이 파노라마처럼 스쳤다. 또 토스카나에 오니 푸치니의 아리아 '별은 빛나건만'이 떠올랐다.

도르차 평원의
운해와 일출, 그리고 일몰

2018년 5월 10일

    오늘 일정은 도르차 평원의 일출과 몬탈치노의 일몰을 찍는 것이었다. 새벽 4시에 알람을 맞췄지만 3시 반에 눈이 떠졌다. 첫 출사였기에 긴장이 된 것 같았다. 오늘은 산 귀리코 도르차에 있는 아그리스투모의 농장을 배경으로 운해와 일출을 찍는다. 이 아름다운 운해를 찍으려고 많은 사람들이 이곳을 찾지만 짧은 일정에 만나기가 어렵다고 한다. 나는 도르차 평원의 운해를 '꼭 찍어야지.'라고 마음먹었다. 우리 일행은 전용 9인승 차를 타고 어두운 도르차 평원을 향해 달려갔다. 잠은 못 잤지만 기분 좋고 설레는 새벽이었다.

    차에서 내려 어두운 길을 한참 찾아가는데 질퍽거리는 습지대가 나왔다. 그곳이 일출 사진 찍기 좋은 장소라고 했다. 아직 아무도 없었다. 다른 팀에게 좋은 자리를 뺏기지 않으려고 일찍 가서 자리를 잡았다. 출사를 가면 제일 신경 쓰이는 것이 자리다. 피사체를 정면으로 볼 수 있는 곳이라야 좋은 사진을 찍을 수 있다. 운해가 아름답기로 소문난 곳, 하지만 운이 따라 줘야 운해를 찍을 수 있는 곳. 이곳에 오니 벌써

부터 가슴이 두근거렸다.

어둠에 싸인 도르차 평원은 어렴풋이 펼쳐진 운해 자욱하고 환상적인 멋진 모습을 보여 줬다. 눈앞에 상상했던 것보다 더 아름다운 장면이 보였다. 높은 농가 건물만 보이고 주위는 온통 하얀 운해가 산을 둘러싸고 있었다. 우리 멘토님은 해마다 와 봤지만 오늘이 5년 만에 처음 보는 환상적인 최상의 날씨라고 아주 좋아하셨다. 나도 최고의 운해를 볼 수 있어서 기뻤다. 마음속으로 감사를 드리며 삼각대를 세워 놓았다. 삼각대에 카메라를 잘 물려 놓고 구도를 잘 잡은 다음 앵글 각도를 맞추었다. M모드로, ISO는 100으로, 거리도 원하는 만큼 맞춰 놓고 모니터만 들여다보고 있었다. 해가 뜨는 순간을 긴장감 속에서 기다렸다. 새벽이고 습지대라서 이미 발은 진흙에 푹 빠져 젖어 있었다. 저쪽에 우리보다 늦게 온 다른 한 팀도 우리처럼 일출을 기다리고 있었다.

도르차 평원의 일출

토스카나의 산귀리코 도르차 아그리스투모 농장과 운해

　주변이 천천히 밝아지고 있었다. 해 뜨기 전에 셔터를 눌러보며 연습을 하고 있는데 드디어 운해들이 붉게 물들기 시작하면서 해가 뜨기 시작했다. 아! 얼마나 기다린 순간인가? 숨도 제대로 크게 못 쉬고 부지런히 손을 움직여 바쁘게 셔터를 눌렀다. 해가 뜨기 시작하면 밝기도 따라 맞춰야 한다. 빨갛게 뜨는 해는 몇 초씩 빛깔이 변해가며 황홀하게 운해까지 붉게 물들였다. 해와 같이 변하는 붉은 운해의 아름다움을 느끼면서 손도 마음도 떨렸다.

　빨갛게 물든 평원 위로 천사 옷자락 같은 구름이 춤을 추며 최고의 아름다움을 선사해 주었다. 그렇지! 바로 이거야! 엔도르핀이 솟아나는 감동적인 일출 순간이었다. 셔터를 누르는 요란스러운 소리들이 합창을 하고 명품 같은 장면들이 수없이 찍혔다.

그렇게 해는 잠깐 솟더니 어느새 구름 속으로 숨어 버리고 운해는 낮게 흐르면서 평온한 모습이 되었다. 토스카나는 공해가 없는 청정지역이라 그런지 모든 색감들이 진하고 싱그러웠다. 이제는 넓은 초원에 돋아 있는 이름 모를 빨간색과 보라색 꽃들, 초록색 잎들이 생생하게 또 다른 아름다움을 주었다. 이 꽃들을 앞에 넣고 운해가 걷힌 농가를 찍었더니 고즈넉하고 평화로운 사진이 되었다. 초원을 여러 가지 각도로 찍었다. 푸른 도르차 평원의 아름다움은 말로 표현하기 힘들었다. 그냥 보면서 다니는 종일 가슴만 벅찼다. 깨끗한 공기로 실컷 숨도 쉬고 아름다움은 사진과 눈으로 가져가자고 생각했다.

오후에 토스카나의 정석이라 할 수 있는 산 귀리코 발도르차 지역의 피엔자와 몬탈치노 등 작은 도시에 갔다. 한적한 시골 거리는 작은 길 사이에 오래된 벽돌집들이 나란히 있었고 고풍스러운 낡은 성당도 있

몬탈치노 초원의 와인

었다. 인근의 유채밭과 사이프러스 나무 사이의 노랑, 파랑, 주홍빛의 일몰을 찍었다. 색이 주는 선물을 놓칠 수 없었다. 오늘 하루 동안 내 메모리는 몽환적인 사진들이 쌓여 갔다.

이곳은 와인이 유명하다고 했다. 푸른 평원에 이탈리아 사람들이 모여서 황홀한 일몰을 바라보며 한가롭게 와인을 마시고 있었다. 낭만적이고 평화로운 모습이었다. 우리도 쏟아지는 일몰 속에서 우아하게 와인이 가득 담겨 있는 예쁜 유리잔에 구름을 넣고 사진을 찍었다. 술을 못 마시지만 오늘은 자연의 아름다움을 담은 와인 한 잔이 스르르 목으로 넘어갔다. 와인의 향기가 감미로웠다. 가슴이 후끈거리며 핑 돌면서 구름을 타고 날아가는 기분이 들었다. 아, 멋지고 로맨틱한 토스카나여!

초원의
나무 두 그루

　　오늘 일정은 산 도르코 평원의 농장을 배경으로 2차 일출 사진을 찍고 오후에 피렌체와 미켈란젤로 언덕의 야경을 찍는 것이었다.

　아침에 깨어 창을 열어 보니 밤사이 비가 왔는지 창틀이 물에 젖어 있었다. 우리는 힘들게 온 이곳에서 떠나는 날까지 더 좋은 운해와 일출을 찍기로 했다. 어제처럼 새벽 5시에 차를 타고 나가는데 집 앞에서부터 온통 안개 때문에 앞이 잘 안 보였다. 땅은 밤새 내린 비로 촉촉이 젖어 있었다. 어제 운해를 찍었던 곳으로 간신히 더듬어서 찾아갔지만 어디가 어딘지 알기 힘들었고 앞이 안 보여서 사진은 더욱 찍을 수가 없었다. 오늘은 일출 사진을 포기할 수밖에 없었다. 잠깐 긴장과 망설임이 흐르는가 했는데 "오늘은 일출 대신 저쪽의 높은 성으로 올라가죠, 그곳은 괜찮을 겁니다."라는 멘토님의 말씀이 있었다.

　멀리 높은 곳에 있는 운치 있는 성으로 차는 달렸고, 가 보니 고성의 마을은 안개도 없고 햇빛이 쨍했다. 아침 이슬이 맺혀 반짝이는 주홍색 양귀비꽃 두 송이가 바위 위에서 고개를 내밀고 반겨 주었다. 너무 사랑스러워서 '찰칵' 하고 얼른 메모리에 담았다. 성에서 바라보는 아랫

마을은 아직도 안개에 둘러싸여 있었다. 마을은 묵향이 나는 산수화 같았는데 이곳은 쨍한 햇살이 비쳐 대조적인 날씨의 변화에 놀랍기만 했다.

성을 한 바퀴 돌고 산책도 하다 보니 출사 2시간이 훌쩍 지나 집 근처 카페에서 아침을 먹었다. 커피와 크루아상 빵은 달콤해서 수면 부족으로 오는 피로까지 풀어 주었다. 카페의 벽에 이곳의 유명한 두 나무 그림이 있었다. 일정에는 없지만 이곳도 명소라고 해서 차를 타고 가 보니 멀지 않았다.

이곳 토스카나는 온통 문화재 같은 곳이었다. 가는 곳마다 푸른 들판이 그림처럼 펼쳐져 있었고, 사방이 사진에서 본 장면들이어서 신기했다. 어디를 봐도 신비스러운 토스카나다.

토스카나 초원의 나무

일출 대신 두 나무 그림이 있는 이곳으로 오자 눈이 시리도록 파란 하늘이 드리워져 있었다. 왜 이리 파랄까? 솜사탕 같은 하얀 뭉게구름은 손에 닿을 듯했다. 차에서 내리니 멀리 언덕의 초록 능선 끝에 아까 보았던 나무 두 그루가 보였다. 초원은 미세하게 빛깔 차이가 나는 초록 융단들이 겹쳐 있어 마치 바다의 물결 같았다. 나무는 왜 두 그루만 있는지 궁금했지만 알지 못했다. 그러나 두 그루뿐이어서 더욱 아름다운 풍경이었다.

너무 멀어서 언덕까지는 가지 못했고 최대한 가까이 가면서 나무 두 그루와 초원을 찍었다. 찍고 보니 날씨마저 좋아서 깔끔하고 멋진 사진이 되었다. 바탕에 초원의 푸른색, 하늘의 파란색, 구름의 하얀색만 있어도 얼마든지 아름다운 사진이 되었다. 눈길 돌리는 곳마다 예쁘지 않은 곳이 없었다. 여행은 주로 로마 같은 큰 도시만 다녀서 이탈리아의 시골 초원이 이렇게 좋은 줄은 미처 몰랐다. 날씨도 좋았고, 가지 못할 뻔했던 언덕의 두 나무와 고성은 특별 보너스였다. 이번 출사는 축복 같았고, 싱그러운 초원은 충분한 힐링이 되었다.

피 렌 체 와
미 켈 란 젤 로   언 덕 의   야 경

　　오후에는 르네상스의 발상지인 피렌체로 향했다. 미켈란젤로나 레오나르도 다 빈치, 단테 등 많은 예술가들의 자취가 남아 있는 도시다. 피렌체가 가까워질수록 날씨가 점점 더워지기 시작했다. 처음으로 더위를 느꼈다.

　　르네상스 문화유산이 잠재되어 있는 피렌체는 예술 문화 관광지였다. 뜨거운 햇볕 아래 많은 인파 관광객들이 북적거리는 복잡한 도시의 매력을 느꼈다. 토스카나 지방의 주도시인 피렌체는 중세의 유적과 르네상스 시대의 작품들을 꽃피워 낸 곳이다. 곳곳에 보이는 고풍스런 건물들이 그것을 말해 주었는데 이제는 관광과 산업의 도시가 되었다.

　　피렌체의 대표적인 두오모 성당을 찾아갔다. 고딕 건축으로 여겨지는 두오모 성당은 하얀 능선을 가진 붉고 웅장한 하얀 돔이 눈에 띄게 아름다웠다. 성당 밑에 서 보니 감격스러웠다. 대리석으로 만든 벽은 예술작품이었다. 그러나 공사 중이라서 들어가지는 못하고 밖에서 여러 각도로 사진만 찍었다. 성당은 크고 화려했다. 성당 안에 귀한 예술작품들이 있을 텐데 보지 못해서 아쉬웠다. 길에는 많은 화가들이 르네상스 시대의 그림들을 그리고 있었다. 그림에서는 오랜 유산들이 향기를 뿜어 내고 있는 듯했다.

저녁 식사 후에 미켈란젤로 언덕에서 일몰과 야경촬영이 있었다. 언덕에 올라가 보니 피렌체를 중심으로 흐르는 아르노 강이 한눈에 내려다보였다. 광장 중앙에는 다비드상도 있었다. 주말이어서인지 사람들이 많아서 사진 찍기 좋은 자리가 거의 없었다. 그래도 비집고 들어가 삼각대를 세워 놓았다. 언덕 밑에는 피렌체 시내와 아르노 강이 흐르고, 해가 지면 우리는 이 야경을 찍을 것이었다.

그런데 갑자기 다비드상이 있는 광장 중앙에 빨간 해가 비치기 시작했다. 빨간색 노을과 하얀색 다비드상의 대비가 놀랍도록 아름다웠다.

피렌체 도시 미켈란젤로 언덕의 다비드상

사진 장비를 들고 다비드상 앞으로 미친 듯이 뛰어갔다. 이런 잠깐의 기회는 보기 힘들고 바로 없어져 버려서 놓치면 안 된다. 우리를 위해 구름이 다비드상을 둥실 받쳐 주었고, 구름까지도 발갛게 노을이 들어 빨간 구름 위에 아름다운 다비드상을 멋지게 담을 수 있었다. 나의 다비드상은 정말 멋졌다. 하나의 작품 같았다. 이런 좋은 기회를 포착해 찍을 때마다 행운을 느꼈다.

다시 야경을 찍기 위해 아까의 자리로 뛰었다. 다행히 자리를 잡을 수 있었다. 피렌체 시청과 건물들에 불이 켜지고 아르노 강은 불빛으로 번쩍거렸다. 꼭 찍어야 하는 불야성 같은 야경의 중요성을 느꼈다. 불이 켜진 건물들과 멀리 두오모 성당의 하얀 돔도 같이 담았다. 구상했던 구도대로 건물과 흐르는 강과 다리를 잘 찍었다. 바라보는 곳곳마다 눈이 부시게 아름다운 피렌체였다.

아르노 강의 야경

「검투사」 막시무스
집과 사이프러스 나무

    오늘이 산귀리코 평원의 마지막 일출 촬영이 있었다. 오늘도 첫날에 봤던 운해를 다시 기대하며 갔는데 가슴 설레던 천사 날개 자락 같은 운해는 없었다. 운해가 없는 평원은 평범했다. 그저께 이곳에서 운해에 묻혀 해 뜨는 줄 모르고 정신없이 찍었던 것이 정말 행운이었다. 자리를 뜨지 못하고 있는데 뜻밖에 한국인 출사팀을 만났다. 그들도 실망스러운 표정이었다. 그저께 새벽의 찬란했던 운해와 일출은 운이 따라 줘야 보게 되는 것 같았다. 일출 촬영은 포기하고 몇 사람은 피곤하니 잠이나 자야겠다고 집으로 갔다. 멘토님은 일정을 바꿔서 영화 「검투사」의 막시무스 집으로 가자고 했다. 「검투사」 영화를 재미있게 보았고 가까운 곳에 있다고 하니 가 보고 싶었다.

    영화에서 봤던 「검투사」의 집으로 간다니, 토스카나 주는 어디나 그림 같은 풍경이 펼쳐지는 아름다운 곳인 것을 다시 느낀다. 가도 가도 사람 그림자도 없는 시골길을 달리는데 문득 멀리 언덕 위에 집이 한 채 보였다. 약간 능선을 따라 왼쪽에 집이 보이고 오른쪽으로 나무가 줄지어 있는 게 보였다.

영화 「검투사」 막시무스의 저택과 사이프러스 나무

　집은 점점 저택으로 커지고 키가 큰 사이프러스 나무들이 보였다. 영화에서 봤던 장면들이 떠올랐다. 마지막 장면에서 넓은 밀밭을 지나며 애처로웠던 막시무스의 모습이 인상적이었다. 이제는 밀밭은 없고 대신 노란 유채꽃이 넓은 초원에 가득했다. 노랑 유채꽃들이 흐드러지게 피어 있는 초원의 초록과 노랑의 조화가 산뜻했다. 작년에는 출입금지였다는 유채밭에 오늘은 들어갈 수 있었다.

　우리는 유채밭을 전세 낸 듯 노랑 유채꽃도 찍고 뒹굴어도 보고 막시무스의 집을 배경으로 꽃과 사이프러스 나무도 찍었다. 멀리서도 찍어보니 집과 사이프러스 나무 사이의 능선이 부드러웠다. 영화에서 본 이곳에 와서 사진을 찍으니 가슴은 콩닥거리고, 셔터 누르는 소리가 정겹기만 했다. 정문으로 가 보니 사이프러스 나무들이 문 앞까지 길게 두

줄로 서서 마치 사열하는 로마 시대 병정 같았다.

사이프러스 나무는 중부지방에 오면서 많이 볼 수 있었다. 그것은 토스카나 지방의 대표적인 나무였고, 반 고흐가 사랑했다는 나무였다. 고흐의 풍경화 '사이프러스의 나무가 있는 길'을 생각하면서 별빛이 있는 밤에 와서 봐도 운치 있을 것 같다는 생각을 했다. 고흐가 밑에서 사색도 하고 산책을 즐겼다는 나무는 그의 붓끝에서 느껴지는 것처럼 아름다운 선을 가졌다.

오늘 토스카를 떠나는데 유명한 검투사의 촬영지인 막시무스의 집까지 와서 자랑거리도 생겼다. 두둑한 메모리의 사진들을 보면서 돌아오는 길에 숨어 있는 시골의 노천 유황 온천폭포에 들러서 잠시 발을 담그는 것도 즐거웠다.

성지의
옛 도시 아시시

　　오후의 일정대로 정들었던 이곳 토스카나를 떠나 아시시까지 가는 데는 1시간 반 정도 걸렸다. 아시시로 가면서 자연경관이 아름다운 트라시메노 호수에 들렀다.

아름다운 트라시메노 호수

호수를 바라보면서 이름 모를 야외 카페에서 식사를 했는데 너무 맛있어서 깜짝 놀랐다. 여행을 하면서 그 나라의 음식을 먹는 것도 여행의 즐거움 가운데 하나이다. 최고의 음식점에서 보는 맛을 이곳 길가의 이름 없는 곳에서 맛볼 수 있어서 기뻤다. 잠깐 쉬면서 근처 시골 마트에서 선물로 올리브유를 샀다.

아시시에 도착했다. 아시시는 이탈리아에서 가장 오래된 도시 중 하나이고 카톨릭 성지로도 유명하다. 지금도 중세 고딕양식의 건축물이 그대로 보존되어 있어서 중세 소도시의 신비와 정취를 느낄 수 있었다. 시내 중심에 있는 오래된 문화재 건물을 리모델링 했다는 스위트 아시시에 체크인했다. 짐을 풀고 있는데 갑자기 일몰이 시작됐다는 큰 소리에 카메라를 들고 뛰어나갔다.

성 프란체스카 성당의 일몰

아시시의 움부리아 평야의 일몰

하얀 프란체스카 성당과 뒤로 드넓은 평원 사이에 해가 점점 떨어지고 있었고 눈부신 일몰이 시작되었다. 움부리아 평야가 보이는 성 프란체스카 성당의 일몰은 색다르게 표현이 되었다. 엄숙하고 아름다운 일몰이었다. 하마터면 보지 못할 뻔했다.

다음 날 아침 일출 촬영보다는 산책을 하기로 해서 처음으로 2시간의 달콤한 잠을 잘 수가 있었다. 이곳 이탈리아는 5월인데도 좀 춥다. 아침 일출에는 얇은 오리털 점퍼를 입고 다녀야 했다. 다행히 챙겨와서 토스카나부터 지금까지 잘 입고 다녔다.

아시시는 언덕 위에 있는 중세의 도시 같았다. 바로 뒤에는 움부리아 평야가 있어서 프란체스카 성당을 기점으로 긴 산책을 했다. 아침에 만난 성당은 회색 구름을 뒤로하고 있어 어제 일몰과는 다른 모습이었다. 성당은 2층으로 높지 않으면서도 독특한 모습이었다. 파란 잔디밭에 말을 탄 고개 숙인 남자의 동상이 있었다.

프란체스카 성당과 아시시의 중세도시 같은 돌담길

아시시의 길거리, 골목들, 돌담과 돌 건축물들과 같은 고풍스런 곳들을 찍어 차곡차곡 메모리에 담았다.

이 옛 도시는 보존이 잘되어서 마치 고전 영화의 세트 장면 같았다. 그들의 역사와 문화를 그대로 볼 수 있어서 마치 고대 속에 들어온 듯한 착각을 불러일으키는 아시시였다. 언덕을 천천히 오르면서 천사가 그려진 벽화와 미네르바 신전을 만났다. 아주 높은 흰 기둥이 서 있는 이 신전은 고대 로마 시대의 고딕양식의 대표작이라고 한다.

길도 좁고 골목들도 많은데 그 사이사이에서 멋진 경관들을 볼 수 있었다. 그 속에서 인증 사진도 찍었다. 이 고풍스런 곳에서 내 사진을 찍어 이 순간을 잊지 않고 간직하고 싶었다. 골목길에는 흙냄새가 나는 듯한 황톳빛 돌담 집들이 예쁘게 숨어 있었다. 그래서 더 운치가 있었다. 가로등도 옛 문형으로 독특한 게 신비감이 느껴지는 도시였다. 이 도시를 거닐면 저절로 순례자가 된 기분을 느끼게 된다. 아시시 성지의 풍경은 언젠가 다시 찾아오고 싶은 깊은 인상을 남겨 주었다.

아시시의 골목과 고풍스러운 돌 건축물

남부의
아말피 해안

　　이제 우리의 출사 여행은 중반을 넘어섰고 오늘은 푸른 바다가 보이는 남부의 아말피로 향한다. 캄파냐 지역에서 가장 매력적인 곳이 바로 아말피 해안이라고 한다. 이 해안에는 이탈리아의 소렌틴 반도를 따라 50km의 해안도로가 이어져 있어 영화 촬영지로도 인기 있는 곳이라고 한다. 그곳을 향해 멀리 나폴리가 보이는 장거리 여행을 시작하여 3시간을 달렸다.

　　저 멀리 아주 높은 까마득한 산들이 보이는데 그 산을 넘어야 아말피로 갈 수 있다고 했다. 아말피가 가까워질수록 산세는 더 험하고 좁아졌다. 꼬불거리는 낭떠러지가 있는 오르막길로 차는 올라갔다. 이 거친 해안도로를 따라가니 높은 절벽에 매달려 있는 멋진 마을과 중세 마을을 볼 수 있었다. 산꼭대기에 오르니 갑자기 파란 바다가 보이기 시작했다. 코발트블루의 아름다운 지중해와 새하얀 집들이 어우러져 절경을 이루고 있었다. 차 한 대만 지날 수 있는 무서운 길을 백 기사님은 참 잘 달리고 있다.

　　길이 험하고 너무 높아서 떨어지면 죽을 것 같아 출사 온 것을 잠깐 후회했다. 짧지도 않은 길을 돌고 돌면서 끝없이 달린다. '아, 무서워.' 나는 그만 눈을 감아 버렸다. 너무 무서워서 아예 밑은 보지도 못했다. 얼마나 가슴 졸이고 무서웠는지… 나만 그랬을까?

그런 길을 30분쯤 달려서 까마득히 바다가 보이는 높은 위치에 있는 솔라리아 호텔에 짐을 풀었다. 캐리어를 끌고 오르기도 힘들 만큼 높은 곳에 있는 호텔은 짙푸른 바다가 발밑에 펼쳐져 있었다. 경관이 뛰어난 이 호텔에서 이틀 동안 묵을 예정이었다.

다음 날 아침에 이탈리아 남부의 영화에서처럼 꽃이 만발한 호텔의 예쁜 야외식당에서 아침을 먹었다. 커피와 치즈, 오믈렛과 맛있는 빵을 먹고 있는데 주인 부부가 정겹게 다가와 "커피 더 드릴까요?"라고 묻는다. 그리곤 유난히 예쁜 세라믹 잔에 따뜻한 커피를 가득 채워 준다. 커피 냄새 향긋한 이곳에서 피로를 풀며 주인 부부의 친절함과 미소에 정감을 느꼈다. 이 고장은 도자기로도 유명하다고 했다.

오늘은 남부의 명소 촬영지인 프리아리노와 야경으로 유명한 포지타노와 쏘렌토 등이 있는 바다로 간다. 어제처럼 무서운 절벽 길을 돌아서 높은 포지타노 전망대에서 잠깐 쉬면서 사진을 찍고 밑에 있는 바다를 감상했다.

포지타노 전망대에서 바라본 바다

포지타노 전망대에서 필자

파란 하늘 밑에 하늘보다 더 파란 바다는 마치 남색 치마를 펼친 듯하고 파도에 부서지는 하얀 물거품들이 햇빛을 받아 진주처럼 눈부시게 반짝였다. 수없이 많은 진주 알들이 모아졌다가 다시 흐트러졌다. 바다가 너무 멀어서 현기증이 났다.

중부의 토스카나는 초록색의 공해가 없는 평원을 보여 주고 오늘 남부는 정열적으로 파도치는 바다를 보여 주었다. 보는 곳마다 내 감성을 팍팍 끌어 올리는 꿈 같은 명소였다. 레몬 향기가 풍기는 마을에 잠시 쉬었는데 레몬 나무가 길마다 무성했고 새콤한 향기는 코를 간지럽혔다. 마침내 바다에 도착해서 바닷가로 내려갔다. 내려가는 계단 옆에는 다양한 색으로 단장한 가게들이 줄지어 있었다. 어느 가게에 있는 바람 같은 실크 스카프가 눈길을 사로잡았다. 자유 시간 동안 계단 끝에 있는 4층 종탑과 절벽의 예쁜 해안 길도 찍었다. 날씨가 좋아서인지 파란 바닷물에 들어가 수영하는 사람들도 더러 있었다.

카프리 섬과
포지타노의 야경

갑자기 멘토님이 오늘은 날씨가 좋으니 카프리 섬을 가는 것
이 어떠냐고 하신다. 누구나 가 보고 싶었던 카프리였기에 그 섬을 간
다고 하니 모두 대찬성을 했다. 출사에서 카프리를 가다니 갑자기 여행
이 호사스러워진 것 같았다. 카프리로 가는 배를 타기 위해 지중해를
보면서 아말피 해안 길을 다시 달렸다. 갑자기 바뀐 일정이지만 카프리
행 때문에 모두 들떠 있었다. 그곳은 날씨 때문에 가고 싶어도 못 가는
곳이라고 했다.

포지타노 항에서 2시에 출발하는 카프리행 배를 탔다. 카프리 섬은 나폴리 주변에 있는 섬 중에 가장 아름다운 풍경을 가진 휴양지라고 한다. 섬은 가까워질수록 푸른 바다와 하얀 집들이 옹기종기 모인 마을과 파란 하늘이 어우러진 이국적인 정취를 보여 줬다. 1시간 정도 배를 타고 언젠가 영화에서 보고 꼭 가 보고 싶었던 이곳에 도착했다.

항구에서부터 이탈리아 사람들과 관광객들의 커다란 목소리들로 소란스러웠다. 관광지다운 섬 풍경은 생동감이 있었다. '빠~앙' 하는 뱃고동 소리와 마치 싸우듯이 높은 톤의 섬사람들의 목소리들이 생기를 더했다. 이탈리아 사람들의 삶을 풍요롭게 해 준다는 이곳은 하얀색 건물들이 시원하게 눈길을 끌었다. 섬 정상까지 가기 위해 차를 세 번이나 바꿔 타고 드디어 리프트를 타는 곳으로 갔다. 1인용 리프트를 타고 오르면서 신이 나서 핸드폰으로 셀카도 찍고 노래도 불렀다. 섬의 꼭대기까지 올라가서 밑을 바라보니 어지러웠지만 너무도 아름다워서 숨이 막힐 듯했다. '세상에! 이게 바로 카프리구나!' 사방을 둘러보아도 파란색 바다뿐이었다.

바다의 향기가 코끝에 찡했다. 카메라를 꺼내고 구도를 잡았다. ISO를 200으로, 조리개는 F8로, 바다의 색감을 강조하기 위해 노출은 −0.3으로 했다. 프레임의 왼쪽 밑에는 핑크빛 꽃을 넣고 그 앞에 산을 넣고 나머지는 파란 바다를 넣었다. 파란 바다에 날고 있는 새 한 마리도 넣고 찍었더니 새는 하얀 점이 되었다. 섬의 풍경을 잘 표현하려고 각도와 구도를 바꿔가며 찍었다. 아름다운 장면과 이 순간의 기억과 시간을 오래 저장하려고 메모리에 가득 담았다.

돌아가는 길에 배 뒤편에 나가서 멀어지는 카프리를 바라보면서 꿈같았던 몇 시간을 회상해 봤다. 출사 여행에 카프리는 그야말로 보너스였다.

포지타노 항에 돌아와 일몰 사진을 찍으려고 건너편 언덕으로 올라 갔다. 이번 일정의 야경 중에 가장 기대되는 야경이었다. 눈앞에 사진 으로 보았던 포인트인 절벽이 보였다.

가파른 바위 면을 따라 폭포처럼 서 있는 예쁜 저택들과 그 밑에 티레니아 해의 잔잔하고 푸른 바다의 모습이 장관이었다. 약간 경사 진 언덕 위에서 삼각대를 흔들리지 않게 세워 놓았다. 어두워지는 바 다에 잠겨 있는 절벽의 건물들과 성당을 보면서 해가 지는 순간을 기 다렸다.

티레니아 해 위의 예쁜 저택들

언덕의 건물에 불들이 켜지자 바다는 빛이 반사되어 반짝였다. 포지타노 절벽은 점점 매혹적인 야경이 되어 가고 있었다. 이 순간을 포착하자 마음먹고 연속으로 찍었다. 해가 잠긴 후에 펼쳐지는 매직 아워의 포지타노 하늘은 황금색으로 물들어 나는 그 드라마틱한 광경을 더 담을 수 있었다. 모든 곳이 영화처럼 아름다워 나는 점점 끝나 가는 일정에 아쉬움을 느꼈다.

포지타노의 야경

보석
같은 로마

요란스런 빗소리에 눈을 떴다. 베란다 문을 열고 나가 보니 안개와 비로 바다는 보이지도 않았다. 어제는 그렇게 좋던 날씨가 하룻밤 사이에 변해서 하마터면 가지 못했을 카프리 섬이 생각났다. 어제 카프리 섬에 다녀오길 잘했다는 생각이 들었다.

오늘은 마지막 출사지인 이탈리아의 수도 로마로 간다. 아름다운 지중해 바다를 뒤로하고 비 내리는 아말피를 떠나면서 파란 바다를 볼 수 없다는 아쉬움이 컸다. 로마로 가는 도중 멀리 화산도 보이고 아름다운 풍경들이 휙휙 지나갔다. 로마까지는 약 2시간이 걸렸고 날씨는 좋아져서 로마가 가까워지니 해가 나왔다.

10년 만에 다시 가 보는 로마는 예전과 다름없었다. 일몰과 야경을 찍기 위해 로마의 명소인 넓은 나보나 광장으로 나갔다. 베드로 성당은 르네상스 건축의 대표작이라 한다. 베드로 성당과 판테온 신전 사이에 해가 지고 있었다. 날씨와 배경과 시간이 역광을 찍기에 딱 맞아서 할레이션을 찍고 싶었다. 역광은 감성 사진 찍기 가장 좋은 빛이다.

해는 프레임에 넣지 말고 상단에 비스듬히 걸치고, 해를 바라보는 방향에서 초점은 빛을 받는 피사체의 얼굴이나 머리카락에 맞추고 찍었다. 해를 프레임에 넣고 찍으면 색이 사진 전체에 번지는 노출 오버가 되거나 플레어가 생겨서 지저분한 사진이 된다. 대신 빛이 주는 빛 번짐이 사람들의 머리에 쏟아졌고 머리카락은 황금빛으로 춤추듯 아름다웠다.

역광은 보석처럼 피사체를 빛나게 하고 긴 그림자도 만들어 주었다. 빛은 사진을 입체적으로 빛나게 하고 그림자는 분위기를 만들어 주어 사진 속 넓은 광장은 빛의 잔치로 가득했다.

아직 어둡기 전에 베드로 성당을 크게 찍었다. 성당 앞에 비가 왔는지 고인 물에 하늘과 구름, 성당을 넣고 반영을 담았다. 카메라는 땅에 가까이 대고 자세도 같이 구부리고 찍으니 아름다운 두 개의 성당이

푸치니의 오페라 '토스카'의 배경지인 산탄젤로 성

멋지게 찍혔다. 주위에서 구경하던 사람들이 신기한 듯 핸드폰으로 따라 했다. 반영 찍기에 성공했는지 탄성의 소리를 뒤로하고 산탄젤로 성으로 갔다. 성과 천사의 다리 건너에서 성 베드로 성당이 보이는 일몰과 야경을 찍기 위해서였다.

산탄젤로 성은 원통 모양의 성으로 푸치니의 오페라 '토스카'의 배경지인 곳이기도 하다. 성은 천사의 다리라고 하는 긴 다리가 있었다. 다리 난간은 천사상들로 장식되어 있는데 조각이 정교하고 아름다웠다. 그 다리 밑으로 테레베 강이 흘렀다. 보는 곳마다 역사의 보물들을 실감하게 했다. 성벽 밑에서 연미복을 입고 바이올린을 켜는 사람의 퍼포먼스도 인상적이었다.

일몰 전의 성과 다리와 성당

야경 찍을 곳을 찾아가서 자리를 잡고, 해지기 전에 강이 있는 성과 다리와 멀리 성당을 넣고 찍었다. 잠시 후에 주황색의 불빛이 밝혀진 성과 다리를 똑같이 찍었다. 고대의 건축물과 화려한 불빛이 만드는 야경은 신비한 느낌을 줬다. 똑같은 두 사진은 일몰과 야경의 색다른 매력을 선사했다. 뜻밖에 비교되는 두 사진이 너무 마음에 들어 기뻤다.

천사의 다리와 멀리 성당의 야경

점점 어둡고 찍을 곳은 많아서 마음은 바빠지기 시작했다. 몇 군데의 야경을 짧은 시간 안에 찍어야 한다는 멘토님의 말씀에 삼각대까지 들고 찍고, 뛰고, 또 찍으면서 두 마리 토끼를 잡으려고 숨 가쁘게 움직였다. 등에서는 땀이 흐르고 숨은 가빴지만 좋은 사진을 찍었다는 만족감에 마음이 충만하였다.

불이 켜지기 시작한 베드로 성당 쪽으로 다시 뛰어갔다. 성 베드로 성당의 높은 석조물이 하얀 가로등 불빛 사이에서 웅장하고 환상적인 야경을 드러내었다. 로마는 역시 매력을 아낌없이 풍기는 도시였다.

베드로 성당의 야경

다음 날 이탈리아 출사의 마지막인 바티칸 대성당에 들어가기 위해 오전 7시에 갔다. 그런데 벌써 먼저 온 사람들의 줄이 길었다. 30분 동안 기다렸다가 차례가 되어서 소지품 검사까지 받고 들어갔는데 성당 안에는 입장을 못 시킨다고 했다. 특별 미사가 광장에서 있어 오후 1시가 되어야 입장할 수 있다고 했다. 우리는 4시에 공항으로 출발해야 하는데 들어가려면 1시에 다시 줄을 서야 하기에 시간상 입장을 포기해야 하는 안타까운 상황이었다.

성당에 있는 수많은 예술작품도 보고 창을 통해 들어오는 빛 내림도 찍고 싶었는데 허무했다. 마음 같아서는 로마에 하루 더 있고 싶었지만 어쩔 수 없었다. 성당 앞에서 마데르노 분수와 광장에 있는 140인의 성인들을 찍으며 스스로 위로했다.

2층으로 된 분수는 꼭대기에서 뿜어져 내리는 물줄기가 햇빛에 반사되어 반짝거리는 작은 폭포 같았다. 주변을 약간 어둡게 표현하니까 뚜렷한 입체감을 주어 더 빛났다. 미켈란젤로가 디자인했다는 화려한 의상을 입은 스위스 용병들을 본 뒤 지하철을 타고 스페인 광장으로 갔다. 오후에 출발하기 때문에 시내의 다른 명소는 갈 수가 없었다.

영화 「로마의 휴일」에 나왔던 스페인 광장은 뒤에는 화려한 로코코 장식의 성당이 있고 앞에는 명품 샵이 가득한 콘도티 거리가 있었다.

바티칸 대성당의 마데르노 분수

내가 예전에 왔을 때 좋아했던 스페인 광장은 여전히 관광객들로 활기가 넘쳤다. 예부터 많은 예술인들이 쉬어 갔던 곳이라고도 했다. 말들이 끄는 마차와 명품 거리에서 몇 시간 남지 않은 로마 여행을 즐겼다. 걸어 다니기만 해도 행복해지는 곳이 로마였다.

일행을 기다리며 스페인 광장의 계단 옆에 있는 오래된 카페에서 카푸치노 커피를 마시면서 행복했던 이탈리아 출사를 가슴에 다시 담아 보았다. 아쉽고, 기뻤고, 한 편의 파노라마 같았던 나의 아름다운 이탈리아여, 로마여, 안녕!

로마의 천사 동상

7박 9일간의 길고 아름다웠던 잊지 못할 여행이었다. 예전에 가 보지 못했던 시골과 도시들은 곳곳마다 감동적이었다. 일주일 동안 잠은 거의 하루 3~4시간 밖에 못 잤지만 집에 가서 자면 된다는 생각으로 정말 많은 것을 보고 열심히 찍었다.

5월의 좋은 날씨와 아침에 일어나서 만나는 새로운 풍광들이 나를 일깨워 주는 힘이 되었다. 피곤해도 새벽만 되면 눈이 반짝 떠지고 기운이 샘솟는 듯했다. 아름답다는 표현이 쏟아질 수밖에 없는 토스카나의 푸른 초원들은 가슴과 눈에 잘 담아 두었다. 성스러운 도시 아시시, 미켈란젤로의 언덕과 환상적인 카프리 섬, 로마까지도, 결코 잊지 못할 그 속에 나는 꿈꾸듯 빠져 버렸다.

나는 이탈리아를 가슴에 품고 또다시 여행을 계속할 것이고, 그것이 내 삶을 더욱 풍요롭게 할 것이다.

토후쿠지의 회향식 목조다리 주변의 단풍

2.

일본

교 토 의
가 을

• 첫째 날

　　2018년 11월 28일 일본의 교토로 3박 4일 일정의 가을 출사 여행을 떠났다. 일행은 13명으로 모두 사진 카페에서 자주 만나는 사람들이었다. 우리는 아침 7시에 김포공항에 모였다. 그곳에서 출발하기 때문에 편했고 출국 절차도 빨라서 좋았다. 비행기는 8시 50분에 출항해서 10시 40분에 일본의 간사이 공항에 착륙했다. 리무진 버스로 1시간을 달려서 교토역으로 갔다. 호텔에 체크인한 후에 기온 거리와 기요미즈테라(청수사)를 촬영할 예정이었다.

　　일본은 많이 가 봤지만 교토로 단풍을 찍으러 가는 건 처음이었다. 교토의 단풍은 아름답기로 유명해서 기대가 컸다. 도착해서 가와라마치 산조 호텔에 체크인하고 기온 거리를 나섰다.

　　옛날 수도였던 이곳은 지금도 고즈넉한 고도시의 아름다움을 간직하고 있었다. 거리를 걸으며 보는 곳마다 한적하고 평화스럽게 느껴졌다. 특유의 강변 풍경과 기모노를 입은 아가씨들을 보면서 일본에 왔다는 실감을 하며 천천히 기온 거리를 구경하면서 걷다 보니 곧 청수사에 도착했다.

비가 조금씩 내리기 시작했다. 청수사는 1,200년의 역사를 지닌 산사로, 일본에서도 가장 유명한 사찰 중의 하나라고 한다. 계단을 올라가니 입구에 화려한 붉은색의 커다란 문이 있었다. 이곳을 지나니 붉은색의 3층 탑이 강한 색으로 눈길을 끌었다. 시내에 이렇게 큰 절이 있다는 게 신기하기만 했다. 크고 넓은 불당 앞에 일본인들이 합장을 한 채 기도하는 모습도 볼 수 있었다. 유서 깊은 이 절은 세계 문화유산으로 지정되었다고 한다.

회색의 웅장한 목조건물에 자리 잡은 빨간 단풍나무가 멋진 구도로 대비되었다. 유명하다는 오토와 폭포에 내리는 빗방울이 수면에 방울

교토의 가을 낙엽 지는 쓸쓸한 밤의 개천

지고, 그 주변에는 초목들이 우거져 운치 있었다. 꼭대기까지 오르니 교토의 도시 전경이 한눈에 내려다보였다. 이곳에서 일몰을 찍으려던 일정이 비가 내려서 취소되었다. 각자 자유롭게 촬영을 한 뒤 어두워지는 산사를 뒤로하고 내려왔다.

보슬비를 맞으며 지나가는 길에 잘 정돈된 도시의 야경을 보았다. 기온의 상점들이 눈길을 끌었다. 색색의 예쁜 우산가게, 빵을 굽는 냄새가 구수한 조그만 빵집, 튀김과 안주를 파는 작은 선술집, 그리고 오랜만에 보는 빨간 우체통도 반가웠다. 실개천가 밤바람에 흔들리는 나뭇잎들까지 찬 공기로 쓸쓸한 가을의 교토는 색다른 멋이 있는 곳이라 생각되었다.

• 둘째 날

오늘 일정은 오전에 난젠지의 수로각, 에이칸도 철학의 길과 오후에 은각사와 고다이지 야경을 찍는 것이었다. 오늘은 종일 바쁠 것 같았다. 어제는 비가 왔지만 오늘은 날씨가 맑았다. 많은 단풍놀이 인파 때문에 늦으면 사진 찍기가 힘들다는 멘토님 말씀에 오전 6시에 호텔을 나섰다. 아직 어두웠지만 차츰 저 멀리 희미하게 동트는 모습이 보이는 쾌적한 날씨였다. 어제 비 때문에 제대로 보지 못한 청수사까지 갔다. 그런데 갑자기, "난젠지에 가기 전에 이 근처에 도후쿠지라는 단풍명소가 있는데 혹시 용감하게 갈 분 있어요?"라는 멘토님 말씀에 나는 재빨리 손을 들었다. 그리고 택시에 탈 수 있는 네 사람에 당첨되어 가게 되었다.

청수사는 어제 좀 봤으니까 포기해도 괜찮았다. 우리 네 사람은 도후쿠지로 먼저 가기로 하고 멘토님과 다른 사람들과는 난젠지에서 만나

실개천의 단풍잎들

자는 약속을 하고 택시를 탔다. 일본말을 못하고 이곳 지리도 몰라서 약간 걱정스러웠지만 안내표지 책을 들고 용감하게 택시를 탔는데 도후쿠지는 가까운 거리였다.

도후쿠치(東福寺)는 입구부터 벌써 표를 사는 줄이 엄청 길었고 단풍 객 인파에 밀려다니다시피 다녔다. 입구부터 산으로 올라가는 길은 좁은 계단이었다. 계단 양옆의 산에 단풍나무들이 빼곡했고 산은 온통 빨간색 물감을 풀어 놓은 듯했다. 나무뿐 아니라 바닥에도 떨어진 단풍잎으로 마치 붉은 카펫을 깔아 놓은 것 같았다. 온 산이 단풍 천지였고 노랑, 빨강, 초록색 잎들로 아직 물들지 않았거나 갓 물들기 시작한 나무는 두세 가지 색으로 바리에이션 되어 더 예뻐 보였다.

많은 인파로 인해 우리는 붙어 가다시피 오르다가 사진을 찍으면서 다시 돌아와 헤어지면 안 된다고 약속했다. 정말 여기서 길을 잃고 헤어진다면 큰일이었다. 보이지 않으면 서로 이름을 부르고 확인하면서도 모두들 사진 찍기에 정신이 없었다. 나도 구도를 멋지게 잡고 색감을 살려 좋은 사진을 여러 컷 찍을 수 있었다. 말로 표현할 수 없는 단풍의 고혹적인 모습을 사진으로나마 영원히 간직하고 싶었다.

그렇게 해서 최고의 꼭대기인 회항식 목조다리까지 올랐다. 목조다리에서 바라본 계곡의 단풍나무 사이에 있는 고풍스런 사찰의 풍경이 빼어났고, 단풍나무들은 솟아오르는 햇빛을 받아 빨간 보석들이 반짝거리듯 눈부시게 황홀했다. 다리 주변도 새빨간 나무가 우거져 있었다. 우리가 만개한 단풍 시기를 잘 맞춰 간 것이었을까? 보는 곳곳마다 장관이었다. 일본사람들이 사랑한다는 이곳 단풍색은 너무나 붉고 선명해서 꽃보다 더 아름다웠다. 조경이 잘 되어 있어 더 그래 보였을까? 실개천 바닥에는 물 대신 떨어진 잎들이 쌓였고 주변에는 단풍나무들이 줄지어 있었다. 눈과 마음과 메모리에까지 단풍으로 가득 찼다.

내려오다가 작은 정원도 만났는데 특이하게 모래와 돌로 만든 것이었다. 작은 절구 모양에 물이 고여 있어서 물에 반영된 하늘과 나무를 찍어 보니 앙증스런 새로움을 표현할 수 있었다. 이곳은 여러 면에서

난젠지의 수로각

기대 이상이었다.

우리는 무사히 잘 내려와 난젠지로 택시를 타고 가서 일행과 만날 수 있었다. 불과 몇 시간 헤어져 있었는데 만나니 그렇게 반가울 수가 없었다. 단풍이 얼마나 좋았느냐고 물어보는데 차마 말하지 못했다. 실은 여태껏 본 중에 최고였는데, 우리만 가 본 것이 미안해서였다.

눈앞에 크고 웅장한 난젠지의 산사가 보였다. 난젠지는 일본 황실에서 지은 사찰이라고 한다. 나무도 많고 워낙 넓어서 어디부터 가야 할지 몰랐다. 먼저 바위와 돌을 묘사한 모래정원부터 갔다. 모두 신발은 입구에 벗어 놓고 실내에 앉아 모래정원을 보게 했다. 모래밭에 모래로 바위와 돌을 묘사한 것이 특별하고 인상적이었다.

좁은 오솔길을 따라 내려가니 넓은 연못이 있었는데 산사와 어우러진 모습이 자연스럽고 고풍스러웠다. 난젠지에서 제일 멋진 경관 같았다. 연못을 한 바퀴 돌아 수로각으로 갔다. 물이 흐르는 수로를 따라가 본 수로각은 1890년대에 만들어져서인지 오래되고 퇴색된 모습이었다.

벽돌로 만들었다는 채도 낮은 아치형의 수로각들이 펼쳐 있었고 빛바랜 그 벽에 기대어 사진을 찍는 현지인들이 많았다. 그 다리는 일본의 영화에도 많이 나왔다고 한다. 세월이 흘러 퇴색된 벽과 이끼 낀 나무들로 우울해 보이는 이곳 풍경은 시간을 거슬러 고풍스럽고 이질적인 아름다움을 느끼게 했다.

오전에 본 도후쿠치 못지않게 이곳도 단풍이 만발해서 해 질 녘의 햇빛에 반사되자 또다시 역광의 아름다움을 느꼈다. 하마터면 지나칠 뻔했던 잘 꾸며진 일본의 아름다운 정원도 근처에서 볼 수 있었다.

에이칸토와 철학의 길은 은각사부터 난젠지까지 이어지는 2km의 산책로다. 3m의 좁은 수로가 있는 산책길에는 벚꽃 나무가 많았고 일본

후시미이나리의 토리아

의 철학자 니시다 기타로가 사색을 즐기던 길이라고 해서 그 이름이 붙여졌다고 했다(니시다 기타로는 일본의 근대 철학자로 일본의 독자적인 철학을 형성시켰다). 고요하고 사색적인 분위기의 길은 만추의 매력을 깊이 느낄 수 있는 명소였다.

마지막으로 찾아간 후시미이나리는 주홍색의 토리아가 특색 있어서 외국 관광객이 많이 찾는 곳이라고 했다. 입구에도 커다란 주홍색의 문이 있었고 산을 오를수록 나타나는 토리아라는 큰 기둥들이 양옆으로 길게 있어서 마치 주홍 터널 같았다. 사진이 주홍으로 점점 화려해지는데 곳곳에 크고 작은 여우 동상이 보였다. 이곳을 지키는 여우신일까? 그래서 이곳은 여우 산사라고도 한다고 했다.

• 셋째 날

오늘은 아라시야마로 가서 대나무 숲을 찍고 녹차마을인 우지에 들려서 사슴공원이 있는 나라로 갈 예정이었다. 우리의 여행도 어느새 사흘째로 접어들어 오늘은 교토를 떠난다. 조식 후 호텔에 짐을 맡기고 아라시야마로 이동했다. 아라시야마의 치쿠린 대나무숲을 촬영하기로

아라시야마의 치쿠린 대나무숲

녹차마을인 우지의 단풍나무와 기와지붕

했다. 마지막 교토 출사로 아라시야마의 죽림(竹林)으로 가기 위해 기차를 탔다.

아라시야마에 내리니 조용한 시골 기차역인데 기모노 옷감무늬의 기둥과 대나무 모양의 역 천정이 눈길을 끌었다. 죽림은 좁은 길 양쪽으로 엄청나게 높은 대나무들이 마치 사열을 하듯 서 있었다. 밑에서 위를 찍어 보니 하늘에 가려 꼭 은하수 길처럼 보였고 살랑살랑 바람 부는 녹색의 비단길이 우리를 맞아 주는 것 같았다. 하늘이 보일락 말락 했다. 울창한 대숲 사이로 빨강 노랑 단풍잎들이 숨어 있어서 대잎의 초록과 멋지게 대비되었다. 긴 대나무 길을 산책하면서 힐링도 할 수 있어서 행복했다. 문득 우리나라의 담양 대숲 생각이 났다.

오후 일정인 나라로 가는 길에 일본의 녹차마을인 우지에 들렀다. 우지는 일본의 십 원짜리 동전에 그려진 평등원이라는, 유네스코에도 등재되었다는 유명한 절이 있었다. 그 평등원의 봉황당은 연못의 작은 섬에 있어 마치 연못에 떠 있는 궁전처럼 보였다. 사원에서는 사진에서도 많이 보았던 단풍나무와 기와지붕 위에 떨어진 루비 보석 같은 단풍잎도 찍을 수 있었다. 유명한 장면을 나도 찍게 되니 신이 났다.

회색의 담과 높은 기와지붕 사이로 빨간 단풍과 파란 하늘을 넣고 찍었더니 예쁜 엽서가 되었다. 치자나무 위에 살포시 보이는 산사의 지붕 모습, 연못에 비친 단풍나무들이 차곡차곡 내 메모리에 담겨졌다. 잠깐 피로를 풀려고 녹차와 녹차 아이스크림을 먹었다. 녹차마을은 이름처럼 입구에 온통 녹차로 만든 기념품들이 많았다. 나라로 도착한 후에 휴식을 취했다.

• 넷째 날

오늘은 마지막 일정인 나라의 사슴공원 촬영이 있다. 처음 가 보는 사슴공원을 아침 일찍 걸어가는데 큰 길가에 사슴들이 우리 동네에서 보는 개들처럼 걸어 다니고 있었다. 정말, 나라는 사슴 천지라더니 그 말이 맞았다. 가을 단풍으로 붉게 물든 넓은 공원에 사슴들이 가득했다. 새빨간 단풍나무 아래 홀로 앉아 있는 사슴과 원앙처럼 나란히 앉은 사슴 한 쌍을 찍었다. 모두가 너무도 귀여웠다. 셀 수도 없이 많은 사슴들이 있었다. 밥을 주는 신호인 듯 멀리서 큰소리가 났다. 갑자기 사슴들이 그곳으로 뛰어가기 시작했다. 속력을 내고 달리는 많은 사슴들의 모습이 처음 보는 장관이었다. 고요하던 공원에 별안간 소나기가 내리듯 소란스러워지는 게 나라가 아니면 볼 수 없는 진풍경이었다.

멘토님이 오늘 사슴을 찍는 포인트는 숲속의 개울가에서 사슴이 물을 먹는 모습이라고 하셨다. 우리는 멘토님을 따라 개울로 갔는데, 마침 몇 마리의 귀엽고 사랑스러운 눈을 가진 사슴들이 물을 마시고 있었다. 영화와 같은 장면이었다. 서로 마주 보기도 하고, 물을 먹다 하늘을 올려다보거나, 물에 비친 자기 모습을 바라보기도 하면서 마치 우리를 위해서인 듯 아낌없이 포즈를 취해 주었다. 바로 우리가 원하던 모습이었다. 마지막 일정이었기에 사진도 엄청 찍었다. 동물원이 아닌 자연 속에서, 그것도 울긋불긋 단풍이 물들어 있는 곳에서 자유롭게 뛰노는 사슴을 찍을 수 있다니, 마치 천국에 온 듯 행복했다.

아름다운 교토의 여행이 끝났다. 이번의 출사 여행에서는 짧은 시간에 정말 여러 곳을 들렀다. 단풍과 산사들, 그중에서도 뜻밖에 만나게 된 도후쿠치의 단풍들, 기요미즈테라, 난젠지의 수로각, 치쿠린의 대숲과 마지막에 본 나라의 사슴들까지.

이번 교토 출사에서 나는 열정과 부지런함이 좋은 사진의 최고의 미덕이라는 칭찬을 들었다. 가장 절정의 계절에 일본에서 유명한 모든 관광지를 둘러볼 수 있어서 행복했고, 모든 곳이 기대 이상으로 좋아서 꼭 다시 찾고 싶은 여행지가 되었다.

일본의 역사와 산사 문화, 가을 단풍을 눈이 시리도록 보았고 그 모든 풍경을 아낌없이 메모리에 가득 채웠다. 채워도 채워도 또 채우고 싶은 아름다움, 보아도 보아도 또 보고 싶은 풍경들이었다. 시간이 흐르면 이 사진들을 보면서 가슴을 쿵쿵 때렸던 아름다운 단풍과 바람에 흔들리는 나뭇잎처럼 쓸쓸했던 밤의 교토를 그리워하게 되리라.

나라의 연못에 있는 귀여운 사슴

봄의
오 카 야 마

• **첫째 날, 오카야마, 미관지구**

2018년 4월 7일 3박 4일 일정으로 오카야마로 벚꽃 출사 여행을 가기로 했다. 준비물로는 일본은 전압이 110V니 변압기는 필수이고 카메라 등을 충전할 멀티탭도 챙겨야 했다. 렌즈는 벚꽃뿐 아니라 다양한 촬영을 하게 되므로 광각, 표준, 망원 세 가지와 특히 야간에 골목 촬영을 위해서는 조리개 값이 밝은 단렌즈도 필요했다. 삼각대는 짐이 커지는 게 싫으면 굳이 안 가져와도 된다고 했지만 나는 챙겼다. 아침과 저녁의 기온 차이가 커서 좀 두꺼운 봄가을 재킷과 비 예보가 있어 작은 우산도 챙겼다.

비행기 출발이 오전 8시라서 아침 6시에 인천공항 제2 여객터미널에서 일행을 만났다. 멘토님을 포함해 모두 14명이었는데 다들 출사 여행의 기대로 즐거운 표정이었다. 이륙 후 1시간 반이면 일본의 오카야마 공항에 도착할 예정이었는데 거의 도착 전에 갑자기 비행기가 착륙을 못 하고 빙빙 돌아서 불안했다. 밑에 풍경이 잘 보이는 곳까지 내려

왔는데 똑같은 곳을 20분 동안 그렇게 돌았나 보다. 잔뜩 긴장하고 있는데 기류 이상 때문이라고 했다. 놀란 가슴을 진정시키고 우리는 무사히 오카야마 공항에 도착했다. 공항에서 오카야마까지 리무진 버스로 1시간 이동했다. 시내에 있는 오카야마 센트럴 호텔에서 3박 4일 묵을 예정이었다. 이동 없이 한 곳에 묵는다고 하니 좋았다.

작년 11월에 단풍 출사를 다녀온 뒤 두 번째 벚꽃 출사로 찾아온 오카야마는 대도시는 아니지만 아늑하고 친근감을 주었다. 마치 우리나라의 어느 한적하고 조용한 지방 도시처럼 낯설지가 않았다. 재미있는 골목길 풍경이나 기후가 비슷해서 더 그런 것 같았다.

오후에는 일정대로 빛이 좋을 거라는 예상으로 구라시키의 미관지구로 갔다. 오카야마 역에서 15분 정도 기차로 갔다. 미관지구에 가 보니 관광객들도 많았고 상춘객들이 인력거를 타고 즐거워하는 모습과 기모노 예복을 입은 신랑 신부의 화사한 모습도 볼 수 있었다.

미관지구의 골목길에는 과거의 전통양식의 건축물들이 그대로 보존되어 있었다. 아름다운 운하가 보이고 흰색의 오하라 미술관이 눈에 띄었다. 이곳은 서양미술 컬렉션을 소장하고 있다고 했다. 수로 주위에 있던 벚꽃 나무들의 꽃들은 이미 지고 파란 나뭇가지들만 물 위에 걸쳐 있었다. 물 위에는 떨어진 연분홍빛 벚꽃 잎들이 점점이 반짝이고 있었다. 하늘과 구름도 그 속으로 빠진 사이로 조그만 나무 조각배가 미끄러지듯 흐르며 뱃사공이 노를 저어서 가고 있었다.

배가 지나고 난 뒤에 물살의 반동으로 꽃잎들이 춤추고 있었다. 춤추는 꽃잎과 조각배와 강을 포인트로 크게 찍었다. 찍을 곳이 많아 입구에서부터 다리까지 두어 번을 돌아다녔다. 노을도 찍고 근처의 골목으로 돌아다녀 보았다. 골목에 있는 단아한 흰색과 검정 지붕의 집들이 운치 있었고, 어느 집 앞 동백나무에 때늦게 핀 꽃들이 탐스러웠다. 크고 새빨간 꽃송이들이었다. 벚꽃 대신 동백꽃을 찍었다.

우리 호텔 가까이 작은 수로가 있었는데 그곳은 충분히 걸어 다닐 만한 곳이었다. 거기엔 작지만 소소한 아름다움이 있었다. 일몰은 이곳에서 각자 자유롭게 찍었다.

어둠이 깃들기 시작한 거리는 도시의 불빛으로 화려한 밤을 시작했다. 골목길은 이제 시작되는 밤을 맞아 조그만 선술집들이 하나둘씩 불이 켜지는 낭만적인 모습을 보여 주었다. 이런 모습들이 여행자에게는 지나칠 수 없는 멋진 그림이었다.

오카야마는 올해는 이상 기후로 벚꽃이 빨리 져서 우리가 가려고 했던 아사히 벚꽃길이나 다른 명소에는 가지 못한다고 한다. 그러나 재미있는 골목길 풍경이나 골목 곳곳에 있는 음식점의 감칠맛 나는 음식들로 풍성하고 즐거웠다. 오카야마는 매력이 많은 곳이다.

• 둘째 날, 기비쓰 신사

호텔 앞에는 조그만 개천이 있었다. 일찍 일어나 카메라를 들고 개천 주위도 산책하며 하루가 시작되었다. 이름 모를 작은 새들이 아침을 지저귀고 실개천은 졸졸졸 소리 내며 노래했다. 일출 촬영은 없었지만 이런 작은 자연물의 살아있는 모습들이 다른 즐거움을 주었다.

오늘은 오카야마 현의 기비쓰 신사를 가기로 했다. 기비쓰 신사는 긴 회랑으로 유명했다. 오카야마 역으로 가서 빨간 기차를 타고 15분 후에 기비쓰역에서 내렸다. 매우 작은 시골 역 이었다. 모두가 수학여행을 가는 기분으로 흥얼거리며 즐거워했다.

기비쓰 신사를 가는 길 주변은 정말 시골스런 모습이었다. 넓은 길 양쪽으로 소나무들이 서 있고 앙징스런 작은 들꽃들이 피어 걸음을 멈추게 했다. 심심치 않게 15분 정도를 걸으니 커다란 신사가 보였다. 봄에는 매화와 벚꽃이, 여름에는 수국이 아름답다는 기비쓰 신사였다. 계단을 따라 올라가 신사에 들어가기 전에 손잡이가 아주 기다란 나무잔으로 시원한 물 한잔을 마셨다.

기비쓰 신사의 목조 회랑

한적하고 경건한 신사의 아취를 느끼며 회랑이 있는 쪽으로 갔다.

진한 나무색의 회랑이 길게 펼쳐져 있는 속으로 걸어 들어가면서 정교한 목조의 아름다움에 빠졌다. 좌우로 늘어선 둥근 목조 기둥과 빗살무늬의 천정은 오목조목 세밀했고 끝없이 길게 뻗어 있었다. 무려

400m나 되는 긴 회랑이었다.

신비스런 목조 터널은 꿈길을 걷는 듯했고, 그 매력에 빠져 쉴 새 없이 셔터를 누르게 했다. 기비쓰 신사의 회랑은 단순히 아름답다고 표현할 수만은 없었다. 부드럽고 섬세한 곡선, 목재가 주는 묵직하고 단단함, 차분한 색감, 그런 모습들이 압도적인 느낌을 주었다. 많은 관광객들이 이곳을 보려고 찾는다는 회랑은 옛 장인들의 뛰어난 솜씨를 유감없이 보여 주었다. 터널 주위에도 단아한 작은 나무들이 잘 어우러져 있었다.

회랑을 벗어나 본당 쪽으로 갔다. 지붕 모양이 뾰족하고 독특한 본당이었다. 신사는 처음 보았던 것보다 굉장히 넓고 컸다. 갑자기 연두색에 황금 무늬의 승복을 입은 승려 한 분이 빠르게 걸어가는 모습이 보였다. 승복의 하의는 청색이었다. 이렇게 화려하고 멋진 승복은 처음 보았다. 귀한 사진을 얻기 위해 나도 급히 따라가면서 앵글을 맞춰 가며 찍었다. 신사와 승려의 모습이 시간을 거슬러 올라간 듯 신비한 느낌을 주었다.

넓은 경내의 한 곳에는 동백꽃들이 만발했고 낮은 돌기둥 사이에서 떨어진 꽃들이 수북이 쌓여 아련했다. 길바닥까지도 기다랗게 동백꽃들이 떨어져 빨간 꽃길이 되었다. 창에 드려진 발 앞에 자주색 목련 한 다발을 걸치고 찍었다. 일본식 정원이 있는 연못도 거닐어 보고, 벚꽃은 없었지만 회랑과 볼거리들이 많아서 아주 만족스런 기비쓰 신사였다.

돌아오는 길에 그 고장의 유명한 복숭아 과수원에 들렀다. 복숭아는 아직 없고 넓은 과수원은 분홍빛 꽃이 아주 화사했다. 꽃망울을 바라보니 문득 복숭아가 먹고 싶어졌다. 파란 하늘을 바탕에 두고 찍은 분홍 꽃은 더욱 예뻤다. 오늘은 동백과 목련, 복사꽃까지 예쁜 색감들이 소중하게 담아졌다. 내 하루도 함께 담아 보았다.

- **셋째 날, 쓰야마 성과 가이센 마을**

　오늘은 오카야마에서 1시간 정도 거리의 북쪽에 있는 소도시인 쓰야마시로 간다. 쓰야마 성 일대에 엄청난 벚꽃 군락이 형성되어 있는데 상대적으로 북쪽이라 꽃이 조금 늦게 핀다고 했다. 오늘은 버스로 그곳에 갔다.

　쓰야마 성은 도시가 한눈에 보이는 언덕에 있었고 높고 튼튼한 돌이 성벽을 이루고 있었다. 북쪽이라서 그런지 이제 피기 시작한 벚꽃들이 기가 막히게 아름다웠다. 천 그루의 벚나무가 꽃을 피워 돌담 아래 펼쳐지는 벚꽃 바다는 상상을 뛰어넘게 아름다웠다. 많은 사람들이 늦은 꽃을 보려고 와서 복잡했다.

　성을 올라가다 보니 둥근 나무로 만든 커다란 통들을 세워 놓았는데 술통 같았다. 성에 있는 빈 술통이란 좀 독특한 풍경이었다. 이곳의 벚꽃들은 두 겹 꽃으로 송이가 컸다. 시가지가 내려다보이는 성의 한쪽에 많은 벚나무가 있었다. 나무는 키가 크지 않고 옆으로 뻗은 가지들이 길어서 꽃 속으로 들어가 걸을 수 있었다. 양손에 머리에 꽃들이 수북했다. 이 멋진 장면을 찍으려고 순서를 정해 찍었다. 늦게 피는 꽃이 주는 봄 선물일까?

　꽃길을 뒤로하고 회색의 성벽에 노란 유채꽃이 무성한 곳으로 찾아갔다. 회색의 성벽에 피어난 유채꽃은 상쾌했다. 꽃이 많고 예쁜 쪽으로 가서 성벽을 피사체로 하고 초점을 맞춘 뒤 꽃은 송이가 크고 예쁜 놈을 골라서 최대로 가까이 두고 찍으니 묘한 몽환적인 사진이 되었다.

쓰야마 성의 벚꽃과 술통

조리개를 낮추고 더 찍어 보니 유채의 샛노란색은 빛이 분산되어서 뭉그러지고 멀리 있는 성벽 근처가 아름답게 잘 표현되었다. 벚꽃과 유채꽃이 만발한 아름다운 성의 사진들이었다.

오후에는 4월 중순에 꽃이 만개한다는 신조 마을의 가이센으로 갔다. 벚꽃을 찾아 멀리 찾아간 가이센이라는 시골 마을은 인구가 1,000명밖에 되지 않는다고 한다. 만발한 벚꽃을 보며 멀지만 오길 잘했다는 생각이 들었다.

이 시골 마을은 입구부터 길 양쪽에 벚꽃 나무들이 터널처럼 큰길 끝까지 이어져 있는데 이 길이 가이센 벚꽃길이라고 했다. 동네 집집마다 벚꽃들이 처마 끝으로 드리워져 있고 대문 앞에도 화관처럼 피어 있어 인상적이었다. 벚꽃에 쌓인 가이센 마을을 분홍빛 마을이라고 부르고 싶었다.

신조 마을의 가이센 벚꽃길

   오카야마보다 약간 쌀쌀한 날씨에 옷깃을 여미며 꽃에 취하다 보니 허기지진 않았지만 무언가 먹고 싶었다. 맛있는 것을 찾느라고 두리번거리다 보니 우리 팀 중 서너 명이 저쪽에서 무언가 맛있게 먹고 있는 게 보였다. 그곳으로 가 보니 내가 좋아하는 붕어빵이었다. 김이 나는 달콤한 팥 냄새가 구수했다. 붕어빵을 여기서 보다니, 뜨거워서 호호 불어 가며 먹고 얻어먹는 붕어빵은 더 맛있었다. 몇 년 전 집 앞에 붕어빵을 파는 수레가 있었다. 식구들과 내가 워낙 좋아해서 매일 사 먹게 된 붕어빵에 길들어져서 하루라도 안 먹는 날이 없었다. 바로 구운 뜨거운 빵은 먹어도 먹어도 질리지가 않았다. 그때부터 붕어빵 마니아가 되었다.

   가이센 마을을 뒤로하고 버스를 타고 오면서 이름 없는 동네에 내려서 시골 풍경을 찍었다. 길이 좁지만 차를 세울 수 있으면 세워 놓고 어디든지 걸어 들어가 최대한 많이 찍었다. 이런 시골은 출사 여행이 아니면 가기도 힘든 곳이기 때문이다.

대나무밭에서는 댓잎이 살랑살랑 속삭이고 바로 옆 개울가에는 커다란 나무에 벚꽃이 활짝 피어 두 팔로 우리를 맞이해 줬다. 차가 안 다니는 깊은 산속의 꽃은 정말 깨끗하고 순결해 보였다. 파란 대숲과 연분홍 벚꽃이 아름답게 수놓아진 시골 마을이었다. 해가 떨어질 듯 약간 어두워지는 시골은 아련한 슬픔마저 주는 듯했다. 아쉬움을 뒤로 하고 차에 올랐다.

오카야마에서는 벚꽃 명소는 못 갔지만, 도시가 주는 편안함과 개울길을 따라 자전거를 타고 가는 사람들의 모습이 다정하게 다가왔다. 해가 막 지기 시작할 무렵 집으로 가는 여학생들을 찍었다. 노을빛이 번지는 광경은 내가 특히 좋아하는 것으로, 그 색은 황홀하기까지 했다. 3박 4일의 출사 여행은 항상 빠듯하면서도 아쉬움을 주었다.

오카야마 성

오카야마의 봄 여행은 끝이 났다. 여정 동안 회원들과 함께 서로 도와 가며 웃고 즐기던 시간들이 벌써 그립다. 가이센 마을에서 뜨거워서 호호 불어 가며 먹던 붕어빵, 첫날 오카야마에 착륙하려 할 때 기류 이상으로 20분이나 회항해서 가슴 졸였던 일, 잠자다가 지진 때문에 옆에 있던 찻잔이 흔들리는 소리에 놀랐던 일, 이제는 모두가 즐거운 추억이 되었다.

여행을 시작하면 항상 들뜨고 신이 나지만 끝날 때는 늘 서운한 아쉬움이 남는다. 더 마음에 드는 사진을 찍었어야 했는데…

출사 여행은 더 좋은 사진을 촬영하고 즐거운 경험을 할 수 있도록 나를 채찍질한다. 다음 출사 때는 렌즈의 활용 포인트와 원근법도 공부해서 좋은 구도로 좋은 빛이 살아 있는 사진을 많이 찍고 싶다.

북 해 도
설 국

• 첫째 날, 오타루 운하

일본의 북해도로 출사 여행을 가게 되었다. 우리 팀은 멘토님과 가이드까지 19명이었다. 2023년 1월 28일 오전 10시 30분에 출발하는 비행기가 북해도의 신치토세 공항에 1시 20분에 도착했다. 코로나 때문에 가지 못했던 출사 여행을 3년 만에 가게 되니 감개가 무량했다. 공항에서 가방을 찾아 밖으로 나가려는데 갑자기 멘토님이 "일정이 바뀌어서 호텔로 가지 않고 오타루로 가니까 필요한 장비를 지금 꺼내세요."라고 하셨다. 모두 장비를 꺼내는 소란스러움에 나도 얼른 가방을 열고 삼각대와 아이젠을 꺼냈다. 스웨터도 하나 꺼내고 싶었지만 시간 여유가 없었다. 밖으로 나오니 45인승 버스가 기다리고 있었다. 우리나라도 영하 17도를 오르내려 추웠지만, 이곳 북해도는 더욱 추웠다. 바람이 머리카락을 사정없이 날리고 있었다.

첫날 일정은 오타루 운하로 가서 운하를 찍는 야경촬영이다. 공항에서 1시간 정도 걸려서 오타루에 도착했는데, 이곳은 해가 일찍 져서 4

시 반인데 벌써 어둑했다. 하늘은 금방이라도 눈이 내릴 듯 흐렸다. 오타루 시내는 온통 눈에 싸인 동화 속 세상 같았다.

오타루는 눈길 가는 곳마다 아기자기한 풍경이 펼쳐진 소도시였다. 어두워지기를 기다리며 근처를 구경했다. 박물관과 창고를 개조해서 만든 레스토랑, 유리 공예관, 오르골 매장도 있었는데, 상당히 이국적인 모습이었다. 찻길에도 인도에도 눈이 쌓여 몹시 미끄러웠다. 길이 미끄러워서 아이젠을 신지 않으면 걸음을 옮기기가 힘들었다.

점점 어두워져서 오타루 운하의 가로등에 가스 불이 켜지자 우리는 부지런히 찍기 좋은 곳을 찾아 삼각대를 세웠다. 어두워지면서 새롭게 탄생하는 빛을 노리면서 야경을 찍기 시작했다. 시간이 지나면서 추위가 조금씩 찾아왔다.

북해도의 오타루 운하의 야경

갑자기 소리 없이 눈이 내리더니 얼굴과 옷, 카메라 위에 쉴 새 없이 내렸다. 아니 쏟아부었다. 그러나 그 누구도 촬영을 그만두는 사람은 없고 모두가 열심히 몰두할 뿐이었다. 사방에서 찰칵, 빛 때문에 어두워질수록 느리게 철거덕, 셔터 누르는 소리가 적막을 깨뜨리고 있었다. 갑자기 카메라의 모니터가 꺼져서 고장이 난 줄 알고 놀랐다. 눈을 맞아서 생기는 일시적인 현상 같았다. 카메라에 쌓인 눈을 손수건으로 털어 내지만 눈은 쉴 새 없이 내려 쌓였다. 이럴 땐 눈에 젖지 않게 비닐이라도 씌우고 싶은데 없어서 속이 탔다.

시간이 지날수록 빛은 다양하게 변하면서 사진은 더 환상적이었다. 우리는 변하는 색의 아름다움에 빠져들었다. 시간이 많이 흐르고 완전히 어두워지자 갑자기 추위가 뼛속까지 파고들었다. 따뜻하게 입고 오지 않은 것을 후회했다. 캐리어에 있는 핫팩 생각도 간절했다. 항상 야경 출사는 따뜻하게 입어야 하는데 공항에서 일정이 갑자기 바뀐 바람에 낭패였다. 얇은 옷에 감싸진 몸이 벌벌 떨렸다.

힘들었던 야경 출사를 마치고 식당으로 눈길을 걸어가는데 너무나도 추워 입마저 얼어붙으면서 정신이 없었다. 식당은 왜 그렇게 멀게 느껴지는지 걷고 또 걸어도 나오지 않았다. 500m는 덜덜 떨면서 걸었나 보다. 추위에 약해서 감기에 걸릴까 봐 걱정이 되었다. 여행이 이제 시작인데 아프면 큰일이었다. 혹시 몰라 약도 챙겨 왔지만 추위는 정말 싫었다.

식당에 들어와 옷에 묻은 눈을 털고 따끈하게 식사를 하니 좀 살 것 같았다. 호텔에 와서는 아무것도 못 하고 뜨겁게 온욕을 하고 나니 정신이 좀 들었다. 추운 홋카이도에 왔으니 내일부터는 더 따뜻하게 입어야 되겠다. 첫날부터 추위와의 고전이었다.

• 둘째 날, 항구의 일출과 후라노, 비에이

새벽 6시에 로비에 모여 오타루 항구의 일출을 찍으려고 호텔을 나섰다. 눈은 오지 않지만 새벽 공기는 차가웠고 바닷가라서 몹시 추웠다. 원래 바닷가로 나가는 길은 훤히 보이고 가까운데 눈 때문에 폐쇄되었다. 길은 눈이 쌓여서 내 마음대로 움직이고 다닐 수도 없었다. 종아리 높이까지 쌓인 눈에 넘어질세라 앞사람의 발자국을 따라 조심스럽게 걸었다. 눈 때문에 가까운 길로 가지 못하고 육교도 오르고 하면서 긴 길을 돌아서, 한쪽 팔에는 카메라, 다른 한쪽 팔에는 2kg의 무거운 삼각대를 메고 힘들게 걸었다.

오타루 항구의 새벽

그렇게 해서 아직 해는 뜨지 않았지만 아름다운 바닷가와 새벽이 주는 여명을 카메라에 담을 수 있었다. 오른손이 시려 장갑을 끼고 싶었지만 셔터를 눌러야 하니까 항상 오른손은 장갑을 낄 수가 없었다. 큰 딸 세라가 챙겨 준 핫팩으로 손을 잠시 녹여도 본다.

구름 때문에 해는 볼 수 없었지만 바다는 유리처럼 차고 파랗고 아름다웠다. 바다를 보고 있으니 힘들게 걸어왔던 고생이 사라지는 듯했다. 기다란 난간에 미끄럽지 않게 자리를 잡고 기대어 서서 바다와 항구 주변 풍경도 찍었다. 역시 추워도 보람 있는 출사이기에 만족스러웠다. 출발부터 1시간이나 걸려서 호텔에 돌아왔다.

호텔 입구에서 눈 범벅이 된 발을 탁탁 털다가 깜짝 놀랐다. 왼쪽 발에 출발할 때 신었던 아이젠이 없어졌다. 아이젠 한번 신으려면 힘이 많이 들어서 그렇게 힘들게 단단히 신었는데 험한 눈길에서 그만 빠졌나 보았다. 큰일 났다. 놀라서 오던 길을 가 봤지만 아이젠은 볼 수 없었고 엄청나게 먼 눈길을 다시 갈 수는 더욱 없었다. '어쩌지? 이제 여행 시작인데…' 속이 상해서 울먹이는데 "아이젠 한 짝 없어도 한 짝만 잘 신고 다니시면 됩니다." 멘토님이 내 모습을 보셨는지 그렇게 말씀하셨다.

우리 여행은 시골로만 다니기 때문에 어디서 살 수도 없다. 새로 살 수도 없는 데다가, 미끄러짐에 대한 걱정보다는 그것을 사 준 막내딸 세희에게 미안함에 마음이 무거웠다. 딸들한테 말하면 얼마나 걱정을 할까. 무거워지는 마음으로 찾기를 포기하고 되돌아섰다.

오후 일정인 비에이로 출발했다. 비에이까지는 우리 전용 버스로 3시간을 가야 한다. 가는 도중에 후라노에 도착했다. 라벤더로 유명한 후라노 팜도미타는 이제 라벤더 대신 눈으로 새하얗고 키가 높은 포플러

가로수에도 눈송이가 반짝이며 떨어졌다. 나무 위에도 20cm 정도의 눈이 녹지도 않고 그대로 쌓여 있었다. 왜 눈이 그대로 있을까? 무척 신기했다.

눈앞에 화려한 은백색의 은세계가 펼쳐지고 앞을 보고 걸어가도 깊이를 알 수 없어서 갑자기 발이 무릎까지 빠져 소리를 지르곤 했다. 부츠 속으로도 눈이 들어왔다. 이렇게 눈이 높이 쌓인 길을 걷는 것은 처음이었다. 겨울 왕국 같은 이곳은 하늘과 나무를 빼고는 전부가 눈이었다. 내 카메라의 메모리에는 하얀 보석들이 차곡차곡 보물처럼 쌓여 갔다.

카페에 들러 커피를 마셨다. 얼어붙은 얼굴과 손, 발을 녹여 가며 마시는 커피는 어쩜 그리 따뜻하고 맛이 있는지…

설국의 도시 비에이의 크리스마스트리

자작나무 숲길 입구에서 만난 일몰의 나무 세 그루

　진정한 설국의 도시 비에이에 도착했다. 사진작가들의 로망인 비에이의 환상적인 설경들이 가슴을 뛰게 했다. '아! 많이 듣고 사진에서만 보았던 비에이에 드디어 왔구나.' 감동이 세차게 물결쳤다. 하늘은 파랗고 흰 눈이 쌓인 언덕은 눈이 부셨다. 햇빛을 받아 기다란 그림자를 드리운 언덕의 집 한 채와 크리스마스트리 한 그루도 무척이나 아름다웠다. 마일드세븐 언덕과 몇 군데를 더 보았다. 햇빛에 반사되어서 눈이 아팠지만 신경 쓸 겨를이 없었다. 수시로 선글라스를 썼다 벗었다 했다. 조용한 언덕에 셔터 소리가 울려 퍼졌다. 나는 눈 쌓인 은빛 자작나무숲에서 우아한 자태를 보이는 예쁜 자작나무처럼 서서 모델이 되어 보았다.

비에이의 노을과 눈길

비에이를 세계적으로 알린 마에다 신조(*일본 풍경과 비에이의 사진작가)의 기념관도 볼 수 있었다. 일요일이라서 많은 관광객이 몰려오기 시작했다.

어제는 추위에 떨었는데 오늘은 무거운 부츠를 신고 종일을 산으로 다녀서 발이 아팠다. 더구나 아이젠이 없는 왼발은 미끄러지지 않게 힘주어 걸었더니 묵직한 것이 더 아팠다. 그러나 설경이 주는 기쁨 때문에 아픈 것도 잊을 수 있었다.

망원렌즈로 찍은 보기 힘들다는 대설산의 빛 내림

• 셋째 날, 흰 수염 폭포와 대설산 일출, 삿포로

    새벽 6시에 호텔에서 걸어서 5분 거리에 있는 흰 수염 폭포에 갔다. 오늘은 도착한 후로 제일 춥다고 해서 단단히 무장하고 나섰다.

    목도리에 마스크도 이중으로 쓰고 모자에도 바람이 들어올 곳 없이 나갔는데도 어찌나 추운지 눈물이 나려고 했다. 아침 기온이 영하 15도인 줄 알았는데 오후에 들어보니 23도라고 했다. 얼어붙을 것 같은 손으로 삼각대를 세우고 있는데 "하하, 수니 님 얼굴 좀 보세요, 입김이 얼어 버렸네요." 멘토님이 우스워 죽겠다는 듯 말한다. 불편한 손으로 핸드폰을 꺼내서 얼굴을 보니 정말 모자 끝과 눈썹에 입김이 눈처럼 하얗게 얼어붙어 있었다. 잠깐 사이에 입김이 얼어 버리다니 정말 지독한 추위였다. 사진 찍는 데 이렇게 고생하는 걸 누가 알까.

꽁꽁 언 흰 수염 폭포

흰 수염 폭포는 용암층을 따라 내려오는 폭포가 흩어져 강과 만나서 항상 에메랄드색을 띠고 있다는데 오늘은 얼어서 하얗기만 했다.

흰 수염 폭포 근처의 여명

그래도 눈과 나뭇가지에 얼음꽃이 되고 떨어지는 폭포가 흰 수염이 되어서 아무리 추워도 꼭 찍었어야 했다. 장갑을 못 낀 오른쪽 새끼손가락이 동상에 걸린 듯 아파 왔다. 멀리 대설산이 보이고 이제 막 해가 떠오르고 있는 멋진 일출 사진도 망원렌즈로 찍을 수 있었다. 여기저기 눈길 돌리는 곳마다 한 폭의 그림 같아서 그 추위에도 희열을 느꼈다.

아침 식사를 호텔 레스토랑에서 했는데 식당 구조가 독특했다. 넓은 홀 가운데 식탁 외에 10명 정도 앉을 수 있는 기다란 의자가 창 앞에 있었다. 바깥경치를 보면서 식사할 수 있는 명당자리여서 우리 팀은 카메라까지 들고 자리를 뺏길까 봐 재빨리 의자에 앉았다. 유리창 바깥 경치를 보면서 밥을 먹으니 영화의 한 장면 같았다. 정말 멋졌다. 갑자기 엔도르핀이 솟아오름을 느꼈다. 산속 깊은 시골 호텔의 낭만이었다.

오후 일정대로 홋카이도 제1의 도시 삿포로로 출발했다. 삿포로로 가는 국도는 눈은 치워졌지만 많은 눈 때문에 길이 통제되었는데 우리가 갈 때 풀려서 그런지 차가 별로 없었다. 점점 아늑한 시골을 벗어나 도시로 가고 있었다. 길 양옆으로 눈꽃 송이 같은 하얀 나무들이 서 있는 모습이 마치 크리스마스 카드 같았다.

삿포로는 큰 도시라서 찻길이나 인도에 눈은 없었지만 빙판이 더 미끄러웠다. 삿포로의 전망대에 올라가 어두워지는 삿포로 시내를 찍었다. 삼각대에 무거운 망원렌즈를 조심스레 끼우고 별처럼 빛나기 시작하는 야경을 정성껏 찍었다. 오늘이 마지막으로 야경을 찍는 날이다. 벌써 마지막 날이 되었다. 갑자기 두 딸이 보고 싶었다.

- ## 넷째 날, 삿포로 도심과 오도리 공원

삿포로 도심의 새벽 촬영이 있었다. 다 같이 호텔 근처의 공원으로 산책을 갔다. 춥지만 새벽 별을 보며 걸으니 상쾌했다. 전차 시간표를 보면서 동이 트는 첫 번째 노면 전차도 찍었다. 눈이 오지 않아서 밋밋했지만 전차의 헤드라이트가 주는 쨍한 빛이 어둠 속에 빛났다.

공항 가는 길에 유명한 오도리 공원도 들렀다. 눈축제 준비가 한창인 공원은 얼음으로 조형물을 만드는 작업으로 분주했다. 이맘때면 오도리 공원은 유명한 눈축제를 연다. 그것을 볼 수 있어서 행운이었다. 삿

삿포로 시내 오도리 공원의 눈축제

포로의 시계탑과 시청 청사까지 가서 아낌없이 여러 장면을 찍었다. 멘토님은 시간이 허락하는 순간까지 마음껏 촬영할 수 있게 멘토링해 주셨다.

그렇게 여행은 끝이 났다. 3박 4일 동안 추운 날씨와 걷기조차 힘든 눈길뿐인 홋카이도에서 잘 이끌어 주신 선생님 덕분에 멋진 사진들을 메모리에 꽉 채울 수 있었다. 내 마음도 메모리처럼 행복으로 가득 찼다.

이번 여행은 추위와의 싸움이었다. 추위에 약하고 그래서 추위를 싫어하는데 잘 이겨 내고 아프지 않고 건강하게 출사를 마칠 수 있어서 기뻤다.

다음에도 이렇게 힘든 출사를 다시 갈 수 있을까 하고 생각해 보니 또 갈 수 있을 것 같은 자신감이 생긴다. 이번 출사 여행에서도 무거운 삼각대 때문에 어깨가 아프고 손이 시리고 다리가 아팠어도 그 뒤에 느끼는 새롭고 벅찬 감동이 나를 다시 일깨웠다. 그렇듯이 그 추억과 행복한 경험이 앞으로도 나를 격려하리라.

시코쿠의
벚꽃

• 첫째 날, 다카마쓰시와 마쓰야마, 도고온천 야경

2023년 4월 1일, 3박 4일 일정으로 일본의 시코쿠 지방으로 출사 여행을 떠났다. 일행은 사진회의 멘토님을 포함해서 모두 12명이었다. 8시 15분에 출발하는 비행기를 타려고 4시 반에 딸과 함께 집을 나섰다. 4시 50분에 마을에 도착하는 공항버스를 놓치면 6시까지 공항에 갈 수 없었다. 만석이 되어서 혹시 타지 못하면 딸애가 차로 공항까지 데려다주기로 했는데 다행히 제시간에 버스정류장에 도착했고 자리가 있어 탈 수 있었다.

일행은 모두 일본으로 출발하는 에어서울 비행기 탑승구에서 만났다. 우리는 출사를 가는 즐거운 꿈을 안고 여행길에 올랐다. 다카마쓰는 우리나라와 아주 가까워서 비행시간은 1시간 20분 정도였다. 시코쿠현의 다카마쓰 비행장에 내렸다. 일본공항은 코로나로 입국절차가 까다로워 영문 예방접종서도 필요했다.

다카마쓰시는 한적한 소도시로 일본에서도 우동 투어가 있을 정도로 우동으로 유명하다. 그래서 우리는 첫날 점심을 역사에 있는 유명한 우동 식당에서 먹었다. 우동 집과 나란히 돈까스 식당도 있었다. 일본은 돈까스도 유명했지만 나는 우동을 좋아해서 스키야키 우동을 시켰다. 우동과 세트로 튀김과 밥 위에 스키야키가 나왔는데 국물 맛이 끝내주었다. 마침 아침을 못 먹었던 참이라 배불리 먹었다. 그러고 나서 마쓰야마로 가는 JR 기차를 타기 위해 버스로 1시간을 달렸다.

첫날 일정은 마쓰야마 성과 도고온천의 야경을 찍는 것이었다. 그런데 JR 기차 티켓을 사는 데 시간이 걸렸다. 표를 사는 데에 여권이 필요했고, 단체인데도 한 사람씩 수속을 하는 바람에 1시간이나 걸렸다. 일본은 세 번 이상 기차를 타려면 이 철도 패스 티켓을 사는 게 훨씬 이익이라고 한다. 기차를 타는 3일 내내 이 티켓을 사용해야 하기 때문에 잃어버리면 큰일이다.

캐리어를 끌고 기차를 타는 게 보통 일이 아니었다. 탈 때도 내릴 때도 힘들었다. 다카마쓰에서 마쓰야마까지는 기차로 2시간 반을 달려야 했다. 약간의 지루함 속에서도 여행의 맛을 느끼며 멀리 보이는 푸른 산과 꽃핀 동네를 바라보았다. 경쾌하게 달리는 기차는 아름다운 시골 풍경을 획획 지나치고 있었다. 우리나라보다 따뜻한 기후로 산들은 온통 초록빛이었다. 마치 5월 같았다. 새벽 비행기를 타느라 잠을 못 자서 놓친 잠을 청해 보지만 금세 눈이 떠져서 잠깐 사이로 변하는 시골 풍경을 더듬고 있었다.

마쓰야마에 도착하여 호텔에 무거운 짐을 놓고 나오니 날아갈 것 같았다. 일정이 바뀌어서 성은 내일 아침에 가기로 하고 역 주변의 일몰을 찍었다.

해가 지는 역 건물 꼭대기 위에서 떨어지는 빛으로 길은 황금빛 노을에 물들어 빛나기 시작했다. 그 빛이 택시와 지나는 사람들의 모습에 길게 그림자를 만들어 주어 할레이션을 표현할 수 있었다. '할레이션'이란 직광을 직접 촬영할 때 렌즈 내부에서 일어나는 난반사 현상 때문에 뿌옇게 나타나는 현상으로 몽환적인 아름다움을 나타낸다. 나는 일본의 전통적인 느낌과 표현을 찾기 위해 이리저리 셔터를 수없이 눌렀다. 어느덧 소도시의 잔잔한 저녁이 시작되었다.

도고온천은 무려 1500년의 역사를 갖고 있다고 한다. 그곳은 야경과 목욕을 하러 온 일본사람들로 복잡했다. 하필 보수공사를 하고 있어서 앞모습밖에 볼 수 없었지만 고풍스러운 분위기를 느끼기엔 충분했다. 유명한 도고온천에서 온천욕을 못해서 서운했지만 온천 앞 언덕에 올라가 보니 노상 족욕을 하는 곳이 있었다. 모두 양말을 벗고 따끈한 온천물에 발을 담그고 밤하늘을 보면서 여행 첫날의 피로를 씻어 낼 수 있었다. 별이 반짝거리는 밤하늘이 우리를 환영하는 듯 더 예뻐 보였다.

• 둘째 날, 마쓰야마 성과 구라시키 미관지구

오늘 일정은 마쓰야마 성과 오후에 오카야마로 가서 구라시키 미관지구를 보는 것이다. 우리는 새벽 5시 반에 모여서 아직 어둠이 깔려 있는 거리로 나갔다. 달콤하고 싱그러운 새벽은 하루를 시작하는 새로운 원동력이 되어 주었다. 해가 뜨기 전 하늘의 여명과 도심에 잔존한 불빛의 조명으로 새벽은 신비로웠다. 여명의 빛 속에 노란 가로등과 노면 전차도 담아봤다. 어두운 하늘 멀리 서서히 빛이 들어오고 있었다. 해가 뜨자 찬란한 빛 속에서 시민들이 출근하는 모습이 빛을 받아 더욱 생동감 있어 보였다.

마쓰야마 도시의 새벽빛

마쓰야마 성은 마쓰야마시의 중심부에 있는 성이다. 에도시대 이전에 건축이 된 성은 산의 정상에 있는 독특한 건물이었다. 우리는 한 사람씩 리프트를 타고 성으로 올라갔다. 멀리 천수각이 벚꽃과 나뭇가지 사이로 보였다. 초록과 분홍과 파란색의 어울림이 인상적이었다. 산성은 꽤 규모가 컸고, 올라가니 마쓰야마 시내가 한눈에 들어왔다.

성안에는 연분홍빛 벚꽃이 만발했다. 위쪽에 독특하게 높은 성곽들이 있었다. 그 위에 너무 높아서 보일 듯 말 듯 아스라이 하늘을 머리에 이고 있는 꽃들이 있었는데 무척 아름다웠다. 하지만 왠지 서글퍼 보이기도 했다.

오랜 연륜 탓인지 성곽의 돌들은 까맣고 초록색 이끼가 덮여 있었다. 임을 그리다 새까맣게 타 버렸나, 까만 돌들 위에 떨어지는 벚꽃잎들이 눈물방울 같았다. 단단한 성과 가녀린 꽃은 대조적인 아름다움을 주었다.

마쓰야마를 떠나 오카야마로 가려고 기차를 탔다. 점심은 도시락이었다. 기차에서 먹는 도시락은 정말 오랜만이었다. 마치 수학여행을 가는 학생이 된 기분이었다. 두 종류 중에 장어구이 도시락을 선택하고 열어 보니 먹기 아까울 정도로 예쁘게 담겨 있었다. 세 칸으로 나눠진 도시락 안에는 장어구이, 고기구이, 버섯, 야채 등 종류도 맛도 다양한 음식들이 먹음직스럽게 진열되어 있었다.

이번 여행은 목적지가 여러 곳이었다. 다카마쓰, 마쓰야마, 오카야마, 도쿠시마 등. 그래서 기차와 버스와 전차를 두루 타고 다녔다. 오늘과 내일 이틀 동안 묵게 될 마쓰야마 호텔에 짐을 놓고 다녀야 하는데 일정상 일단 역에 있는 코인 보관소에 짐을 보관했다. 역에 있는 보관소 칸은 작은 사이즈는 충분히 들어갈 만해서 일행의 캐리어들은 잘 넣을 수 있었다. 그런데 나와 일행 한 사람의 것은 크기가 중형인데 들어갈

마쓰야마 성의 벚꽃

곳이 없었다. 2층에도 빈 곳은 딱 하나뿐이었다. 스텝 한 분이 '어쩌지?' 하고 망설이다가 좀 더 무거운 걸 넣자고 하면서 들어 보더니 다른 사람 걸 넣었다. 이동하기에는 좀 가벼운 게 낫겠지만 나만 캐리어를 끌고 다녀야 하니 갑자기 짜증이 나고 속이 상했다. 하지만 별수 없이 교대로 캐리어를 끌면서 1시간 기차를 타고 오카야마까지 가서야 그곳 역에서 맡길 수 있었다. 이게 무슨 고생인가? 문득 출사 여행도 좋지만 이동하는 게 너무 힘이 든다는 생각에 마음이 쓰렸다.

쓰린 마음을 접고 구라시키에 있는 미관지구에 갔다. 이곳은 4년 전에 와 본 적이 있었다. 일본의 베니스란 애칭이 있을 정도로 수로가 발달한 곳이다. 수로 주변에 벚꽃 가지들이 물 위에 걸려 있고 나무 조각배가 그림처럼 떠다니고 있었다. 백조 한 마리가 늘어진 벚꽃 가지 밑

구라시키의 미관지구의 노을

으로 유유히 물살을 흐리면서 헤엄치고 있었다. 어느새 일몰이 시작되면서 서쪽 하늘이 붉게 빛나기 시작했다.

강물 위에는 떨어진 벚꽃 잎들이 빛을 받아 루비처럼 빛났다. 환상적인 노을이 펼쳐지자 모두 환호성을 지르면서 노을 진 붉은 하늘과 어우러진 붉은 강물까지 멋지게 담아내고 있었다. 술 취한 아재 얼굴처럼 새빨간 하늘은 마술사처럼 그 아래 비치는 강물과 다리와 모든 것을 빨갛게 만들었다. 이번 출사의 하이라이트 같았다.

시간이 지나면서 색의 아름다움이 끊임없이 새롭게 탄생했다. 똑같은 장면을 찍고 몇 분 후에 보면 다시 변하는 빛의 아름다움을 잊지 못할 것 같았다. 고생스럽지만 역시 출사를 오기를 잘했다는 만족과 기쁨으로 가슴이 벅찼다.

미관지구의 노을

• 셋째 날, 리쓰린 공원과 아와오도리 민속춤

　여행 사흘 동안 내내 날씨가 좋았다. 일행 중에 날씨의 요정이 있는 것 같다는 멘토님의 조크에 입꼬리들이 올라갔다. 오늘은 마지막 날이기에 남은 하루를 잘 보내고 싶었다. 이곳은 미세먼지가 없어서 하늘빛도 더 맑고 예쁜 것 같았다. 최근 미세먼지가 더 심해진 우리나라의 대기가 생각나서 부러웠다.

　오늘 일정은 오전에는 일본 특별 명승지로 정원 문화재 중에 최대 면적을 자랑한다고 하는 리쓰린 공원과 오후에 도쿠시마로 이동해서 아와오드리 민속춤을 관람하는 것이다.

리쓰린 공원

리쓰린 공원의 벚꽃 나무

5시 반부터 입장할 수 있는 새벽의 리쓰린 공원은 듣던 대로 넓고 아름다웠다. 잘 손질된 소나무와 벚꽃 나무들이 환상적이었다. 여섯 개의 연못과 열세 개의 인공으로 만든 산이 운치 있고 조화로웠다. 분재처럼 곡선으로 휘어진 소나무들은 오랜 세월의 정취를 느낄 수 있었다.

멘토님이 사진 찍기 위해 주신 시간은 딱 1시간 반이었다. 일출 전에 이 넓은 곳을 어떻게 다 볼 수 있을까? 카메라를 들고 이곳에서 저곳으로 숨 가쁘게 뛰어다녔다.

이제 막 떠오르는 햇빛을 받아 아기의 빛나는 뺨 같은 연분홍 꽃잎을 역광으로 찍었다. 산과 나무와 꽃들이 연못에 잠겨 있고 물은 고요히 흐트러지지 않아 멋진 반영도 담을 수 있었다. 뛰다가 서로 찾고 또

아와오드리 민속춤

뛰는 우리들의 발자국 소리와 웃음소리가 고요한 리쓰린을 깨웠다. 산까지 12만 평이나 된다는 이곳을 뛰어다니면서 그래도 포인트가 좋은 곳만 잘 찾아다닌 것 같았다. 바지와 신발은 온통 흙먼지로 범벅이 되었지만 뿌듯했다.

오후에는 마지막 여정인 도쿠지마시로 갔다. 한국 사람이 운영하는 유명한 라멘집에 가서 마늘 라멘을 먹었다. 국물이 짠데 여기에 무쳐 놓은 콩나물을 넣어 먹으면 중화가 되어서 맛이 있다고 했다. 콩나물은 얼마든지 먹을 수 있게 큰 통에 채워져 있어서 콩나물 팍팍 넣은 마늘 라멘을 배 터지게 먹었다.

출사를 와서 공연 관람을 하는 것은 처음이었다. 도쿠지마의 아와오도리 회관은 전통 민속춤을 추는 공연장이다. 도쿠지마현에서 축제를 시작했으며 매년 8월마다 브라질의 삼바축제처럼 시가지에서 많은 사람이 모여 축제의 춤을 추며 즐긴다고 한다. 공연이 시작하기 전에 우리 멘토님이 몇 번 보았다고 하며 이 춤의 유래를 이야기해 주었다. 한 마을에 사는 남자들이 마음에 드는 여자를 보쌈한다는 유래를 춤으로 표현한 것이라 하셨다.

공연이 시작되었고 남자와 여자 무용수들이 나비처럼 사뿐사뿐 아름답게 춤을 추었다. 여자들은 싫다고 하고 남자들은 신이 나서 보쌈을 하는 모습으로 춤을 추었다. 즐겁고 재미있게 묘사를 했다. 춤동작은 쉬웠고 손가락과 발동작을 연속으로 장단에 맞춰 크고 작게 하는 것 같았다. 관장님이 공연 도중에 관중들을 일어서게 하더니 춤출 수 있게 가르쳐 주었다. 따라 해 보니 쉽고 재미있었다. 공연장이 웃음소리와 즐거움으로 화합의 장이 되었다. 큰북과 샤미센, 피리, 꽹과리 등 다양한 악기들이 어우러지면서 모두가 함께 춤추기를 바라는 바람이 담겨 있다고 한다. 즐겁게 웃고 따라 하는 재미가 있었다. 공연이 끝난 뒤 우리는 회관 앞에서 기념사진을 찍었다. 방금 배운 춤동작으로 손가락을 접고 다리를 들고 포즈를 취하다가 너무 우스워서 여기저기서 쿡 쿡 웃음 터지는 소리가 날개를 달고 하늘로 날아갔다.

이번 출사 여행은 사진만 찍는 여행이 아니었고 맛있는 미락(味樂) 여행이자 함께 어울려 즐긴 화락(和樂) 여행이었다. 캐리어 때문에 힘도 들었지만 여러 가지로 즐겁고 행복한 여행이었다. 일본의 춤 문화도 접할 수 있었고 새로운 도시도 만날 수 있었다. 여행이 끝나고 일상으로 돌아왔을 때 서로를 배려해 주고 베풀어 주는 단체생활이 행복한 추억이 될 것이다.

이 여행은 잔잔했던 내 마음에 활기와 느낌표가 물결치게 해 주었다. 이번의 출사 여행을 통해 인생과 나 자신을 더 잘 알아 갈 수 있었다. 사진도 한 단계 더 배우고 느낀 점도 많았다. 내 삶이 계속되는 한 나는 언제까지나 소중한 경험을 얻기 위한 여행을 또다시 계속하고 싶다.

런던 브리지

3

영국

영국에서
아들 만나기

2023년 6월 27일 새벽 1시 반에 출발하는 영국행 비행기를 탔다. 밤에 출발하는 여행은 처음이었는데 생각 외로 힘들었다. 비행기가 뜨면 바로 잘 시간이니까 푹 자고 일어나서 아침이 되면 도착지에 도착할 것이고, 그러면 자지 않고 견디는 시간은 얼마 되지 않을 거라는 생각이 잘못이었다. 원래 여행을 좋아하는 나는 미국도 자주 다녀서 긴 비행시간은 견딜 수 있었다. 그러나 오늘은 장장 14시간의 긴 비행이었다.

비행기가 이륙하고 식사 후에 잘 준비하고 눈을 감았지만 바뀐 환경과 비행기의 소음, 불편한 자리 등으로 좀체 잠이 오지 않았다. 지루함과 불편함 속에서 잠깐 잠들었다가 눈을 떴는데 아직 갈 길은 멀었다. 등부터 엉덩이까지 서서히 아파 오고 하체 근육들은 다 마비된 느낌이 들었다. 모니터로 영화를 보려고 해도 너무 가까워서 조금 들여다보면 눈이 피곤해졌다. 그래도 봐야겠다고 하기엔 볼만한 영화가 없었다. 소등을 하고 모두 자는데 눈은 더욱 또렷이 떠져서 와인을 시켜 마셔도 잠시뿐, 도저히 깊은 잠을 잘 수 없었다. 아들을 만나러 가는 설렘 때문이었을까?

두 달 전에 아들한테서 연락이 왔다. "엄마, 6월 말에 영국으로 출장 가는데 엄마도 세라랑 같이 와. 영국은 좋은 곳이고 사진 찍을 곳도 많아." 아들의 갑작스런 제안에 깜짝 놀란 나는 말했다. "난 그때 애들과 제주도 여행 가." 그러자 아들이 선선히 말하는 것이었다. "제주도 갔다 와서 오면 되지." 나는 아들의 말에 기쁨이 솟구쳤다. 그러잖아도 요즘 아들이 보고 싶어 이번 여름에는 아들이 사는 뉴욕을 갔다 와야겠다고 생각하고 있던 참이었다. 금세 마음이 붕 떴다. 좋은 기회 같아서 아들이 출장 가는 날에 날짜를 서로 맞추고 급히 비행기 표를 예약하고 보니 비행시간이 14시간이었다. 뉴욕도 12시간인데 영국은 항로가 바뀌어선지 더 멀었다. 그러나 사랑하는 아들을 만나는데 그건 문제가 되지 않는다고 여겼다. 그보다 더 먼 곳이라도 얼마든지 갈 수 있을 것 같았다. 코로나로 하늘길이 막혀서 아들을 못 본 지 몇 해가 되었기 때문이다.

한 달 전에 감기로 고생한 뒤 몸 컨디션이 좋지 않아서 걱정은 되었다. 영국을 못 가게 되면 어쩌지? 내심 걱정했는데 차차로 회복되어 갔다. 이번 감기는 코로나보다 더 독해서 약도 오래 먹어야 하고 심한 사람은 한 달씩 고생한다고 했다. 열이 심해 병원에 가서 코로나와 독감 검사까지 했는데 다행히 둘 다 아니었다.

그렇게 조바심 내며 기다리던 이번 여행길은 딸이 같이 가서 더욱 든든하고 좋았다. 딸은 옆에서 간간이 잠을 자는데 난 그저 잠깐씩 눈만 붙여 보았다. 그러다가 겨우 3시간쯤 잠들었다. 그나마 겨우 잔 뒤 깨고 나니 피곤이 좀 풀렸다. 시원하게 물을 마시니 정신도 나고 옛일들이 파노라마처럼 스치고 지나갔다.

결혼한 지 얼마 안 되어서 바로 우리의 아들이 생겼다. 첫아이 첫정이라서 그런지 끔찍이 사랑했던 아들이었다. 산달이 되고 진통이 있어 분만하러 병원에 갔는데 분만실에 들어가서 낳기를 기다려도 집에서는 있던 진통이 없었다. 오랜 시간 분만실에 누워 나보다 늦게 들어온 사람들이 애를 낳고 나가는 걸 부럽게 쳐다보고만 있었다. 마침 남편이 그 병원에 의사로 있어서 산부인과의 친한 선배한테 매달 검진도 받았고 그때마다 아이는 잘 자라고 있었다. 그런데 오늘은 이상하다고 고개를 갸웃거리더니 사진을 찍어 보자고 엑스레이실로 데려갔다. 아이가 거꾸로 있다고 하셨다. 그 시절에도 제왕절개는 할 수 있었는데 담당 의사 선생님은 자연분만을 할 수 있다면서 그냥 낳는 게 좋으니까 그렇게 낳자고 했다.

유도분만을 위해 링거를 맞자 고통의 시간들이 큰 쓰나미처럼 밀려왔다. 나는 거의 죽다시피 하루 반나절을 산통을 하며 실신했다가 깨어났다가 했다. 마취에서 깨어나니 소리를 안 지르려고 입을 막았던 손수건이 다 찢어져 있었고 목소리도 쉬어 있었다. 요즘은 무조건 제왕절개를 하는데, 바보같이 고통의 늪에 빠져서 죽을 힘을 쓰다가 죽을 뻔했던 것이었다. 그런 산고 속에서 아들은 결국 거꾸로 태어났다. 그렇게 태어났지만 너무도 착하고 세심한 아들이었다. 잘 자라서 좋은 학교에 들어가고 지금은 뉴욕의 큰 회사에서 컴퓨터 프로그래머로 일하고 있다. 그래도 곁에 있으면 좋으련만 아들이 없는 자리는 항상 허전하게 빈 자리였다.

드디어 비행기가 영국의 개트윅 공항에 착륙했다. 정말 기나긴 시간이었다. 여행할 때마다 공항에서 입국할 때 긴 줄에서 오랫동안 섰다가 입국 심사대에서 체크하는 게 싫었다. 지난 1월과 4월 일본에 갔을 때도 코로나 때문에 방역 증명서, 세관 심사 등 까다로운 절차로 짜증이 났었다.

　그러나 영국은 많이 달랐다. 영국인과 우리나라를 포함한 몇몇 나라는 자동 심사대에서 간단히 여권만 스캔하고 얼굴인식만 하면 되었다. 나라의 위상이 새삼 느껴졌다. 입국에 걸리는 시간이 5분도 안 걸렸다. 밖으로 나오니 내 캐리어가 벌써 나와 있었다. 이런 일은 처음이어서 신이 났다. 우리는 런던 브리지로 가기 위해 공항에서 셔틀을 타고 템스링크 기차를 타는 곳으로 가야 했다. 그리고는 남쪽 해안 런던 브리지 역에서 템스 강 변에 있는 호텔까지 가면 되었다.

　딸이 역과 역의 연결선을 잘 찾아서 기차를 어렵지 않게 탈 수 있었다. 기차는 30분 정도 걸렸다. 잠을 못 자서 눈은 아팠지만 이제 아들을 만날 수 있다는 기쁨에 가슴이 두근거렸다. 아들과 딸이 도착지와 시간을 묻는 카톡이 오갔다. 아들이 요즘 관광객이 많아 오토바이를 타고 핸드폰을 채가니 조심하라고 일러 주었다. 그러나 초행길인 우리는 핸드폰으로 길을 찾아봐야 해서 핸드폰을 한 번 꺼내 보고 다시 넣고 그렇게 조심하면서 런던 브리지역에 도착했다.

　기차역은 지하철과 연동되어서 우리나라 지하철역보다 훨씬 복잡했다. 드디어 캐리어를 끌고 기차에서 내려 바깥으로 나왔다. 밖에는 사람도 많고 복잡했다. 여기서 멀지 않은 템즈 강가에 있는 호텔에서 아들을 만나기로 했다. 호텔은 걸어가도 10분이고 택시도 일방통행 길이라 10분이 걸린다고 했다. 날씨도 좋아서 망설이다가 걷기로 하고 지도를 보며 걸었다. 택시는 막히면 시간도 더 걸리고 비행기에 너무 오래 앉아 있어서 걷고 싶었던 것이다. 새로 산 캐리어는 바퀴도 튼튼해서 끌고 다닐 만했다.

역에서 몇 발자국 걸으니 바로 런던 브리지가 눈앞에 있었다. 한강대교처럼 긴 줄 알았는데 훨씬 짧았다. 그 정도는 얼마든지 걸어갈 수 있을 것 같았다. 아들은 우리보다 1시간 먼저 도착했고 우리를 만나려고 이쪽으로 걸어오고 있다고 했다. 핸드폰을 조심하면서 걷는데 많은 관광객들이 우리처럼 핸드폰을 들고 타워 브리지를 배경으로 사진들을 찍고 있었다. 아름다운 타워 브리지가 멀리서 우리를 환영해 주는 듯했다. 주위가 새롭고 너무 아름다웠다. 아들을 만날 생각으로 멀리서 고생하며 온 보람이 절로 느껴졌다. 마음이 즐거우니 모든 게 다 아름답고 정겹게 느껴지는 것 같았다.

브리지 끝에 내려가는 나선형 긴 계단이 있었지만 캐리어 때문에 한 블록 더 가는 길로 부지런히 걸었다. 아직 보이지 않는 아들의 모습이 눈에 어른거렸다. 보고 싶은 아들을 만나려고 이토록 먼 나라에 왔는

아름다운 템스 강변을 산책하는 가족

데 같이 있는 시간은 일주일뿐이라고 생각하니 벌써 아쉬운 마음이 들었다. 문득 저쪽에서 자주색 셔츠를 입은 아들이 웃으면서 걸어오고 있는 모습이 보였다. 아들은 나의 새털 날개인가. 순식간에 14시간의 여행으로 무거웠던 몸이 날아갈 듯 가벼워졌다. 너무 반가워 큰 소리로 아들 이름을 부르며 뛰어갔다. 비록 떨어져 살지만 이런 시간들이 찾아오는 것에 한없이 감사했다. 감격적인 모자 상봉이었다.

아들은 우리를 위해 경치 좋은 템스 강 변에 호텔을 예약했다. 호텔 앞에는 런던탑이 있었다. 호텔에 짐을 풀고 쌓였던 이야기보따리도 풀었다. 저녁에는 아들과 함께 아름다운 강 주변을 산책했다. 눈앞에 타워 브리지가 자태를 뽐내거나 말거나 노을 진 템스 강의 물결처럼 내 가슴은 마구 퍼지는 행복감에 물결쳤다.

테이트
    현대미술관과 템스 강

2023년 6월 28일. 영국 여행 첫날 런던에서의 스케줄이 많았다. 오고 가는 날을 빼면 5일간의 짧은 일정이라 꼭 가 봐야 할 곳을 서울에서 미리 메모해 왔다. 오늘부터 영국의 역사와 문화에 대한 내 호기심은 서서히 날개를 펴게 될 것이다. 오전에는 테이트 현대미술관과 버로우(Borough) 마켓을 가기로 했다. 버킹엄 궁전과 웨스트민스터 사원, 런던 아이(대관람차) 등은 서로 가까이 있어서 오후의 일정으로 잡아 놓았다. 짧은 며칠 동안이지만 영국의 역사와 문화를 볼 수 있는 한 많이 보고 싶었기 때문이다.

테이트 현대미술관

아침 일찍 호텔에서 멀지 않은 테이트 현대미술관을 찾아 나섰다. 템스 강은 브리지가 많았는데 아들이 밀레니엄 브리지로 가는 게 가깝고 좋다고 알려 줬다. 런던에서 첫날 아침을 맞아 미술관을 찾아가는 상쾌한 길에서 빨간색의 예쁜 2층 버스를 봤다. 조용하지만 활기찬 런던의 아침을 느낄 수 있었다. 구글에서 지도검색을 하여 10분쯤 가니 독특한 모양의 밀레니엄 브리지가 나왔다. 그 다리 끝에 테이트 현대미술관이 보였다.

다리를 걸으면서 보게 되는 주위 아름다운 경관은 감탄을 터뜨리게 했다. 템스 강에는 밀레니엄 브리지 외에도 아름다운 다리들이 많이 있다. 블랙 프라이어스와 런던 브리지, 그리고 영국의 상징인 타워 브리지 등이 유명하다. 영화 「애수」에 등장하는 '워터루 브리지'도 있다. 흐르는 템스 강 위로 그 다리들이 멀리 겹쳐 보였고, 건너편에 거대한 성벽의 런던탑의 모습도 눈에 들어왔다. 강변 주변에는 유리로 만든 높은 건물들도 많았다. 유서 깊은 도시에 어쩌면 이리도 높은 건물들이 많은지 경이로웠다. 흐린 날씨지만 높은 유리 건물들이 솟아오를 듯 빛났다.

테이트 현대미술관은 10시에 문을 연다고 하는데 휴가철이라 그런지 벌써 많은 사람들이 줄을 서 있었다. 우리도 줄 서 있다가 그 사람들과 함께 물결처럼 휩쓸려 들어갔다.

테이트 미술관은 20년 동안 방치되었던 화력발전소를 2000년에 개조하여 만든 것으로 웅장한 7층 건물의 현대 미술관으로 재탄생했다. 들어서니 내부가 압도당할 만큼 무척 높고 컸다. 우리는 3층부터 보기로 하고 에스컬레이터로 올라갔다. 3층과 5층은 모던 컬렉션으로 현대 미술작가들의 작품이 가득했다. 풍경과 정물, 역사와 누드 등 네 개의

테이트 미술관의 작품들

장르가 섞여 있었다. 현대미술관이라 그런지 설치미술과 비디오 아트도 있었다. 하나의 작품당 공간이 많이 필요한 설치작품들에 넉넉한 공간을 마련해 준 미술관 측의 관대함이 관객에게 다양한 장르의 작품을 한꺼번에 볼 수 있는 기회를 제공해 주었다. 문득 설치미술을 하고 있는 동생도 같이 왔으면 좋았을걸 하는 생각을 했다. 층마다 다니며 전 세계의 다양한 미술가들의 개성 있는 작품을 맘껏 볼 수 있었다. 복도나 벽에도 걸려 있는 작품들, 직조 작품, 방 한쪽 벽을 차지한 똑같은 사진 작품의 연속적인 배열… 한곳에서 이렇게 좋은 작품들을 많이 볼 수 있다니 행복한 마음이 절로 들었다.

'바벨'이라는 작품이 인상적이었다. 많은 라디오를 둥글게 탑처럼 쌓아 놓고 가까이 가면 소리가 나도록 만들어져 있었다. 성경에 나오는 바벨탑을 연상시켰다. 우리는 부지런히 작품들을 감상하고 사진도 많이 찍었다. 미술을 전공한 딸도 관심이 가는 작품들을 열심히 보고 있었다. 런던 여행 첫 코스로 미술관을 관람하기를 잘했다는 생각이 들었다. 좀처럼 보기 힘든 여러 좋은 작품들을 한꺼번에 볼 수 있어 더욱 감동이 컸다. 그래서인지 요즘엔 영국의 3대 관광지를 들라면 런던탑, 영국 박물관, 그리고 테이트 현대미술관을 꼽는다고 한다.

미술관을 나와 조금 걸어서 버로우 마켓을 찾았다. 이곳도 여행자들은 꼭 가 볼 만한 곳이었다. 버로우 마켓은 야시장처럼 길거리 푸드를 판매하는 시장으로, 런던에서 가장 오래된 곳이라고 한다. 점심때가 돼서인지 사람들이 많았다. 전 세계의 음식들이 다 모여 있는 듯했다. 다양한 음식을 하나하나 눈으로 맛보는 즐거움도 컸다. 싱싱한 과일들이 눈을 즐겁게 하는 시장은 현지인과 여행자들로 북적였다. 음식을 사려고 길게 줄 서 있는 사람들도 많았다. 좁은 길 사이사이로 사람들이 들어차 있는 데다 뭘 먹어야 할지 정하지 못해 한참을 돌아다니다가 유명한 '브레드 어해드'라는 도넛을 먹기로 했다. 여러 가지 도넛이 맛있게 진열되어 있고 줄이 길지 않아 금방 크림 도넛을 샀는데 먹을 장소가 마땅치 않았다. 어느 귀퉁이에 겨우 자리 잡고 앉아서 도넛을 먹는데 빗방울이 떨어졌지만 비는 금방 그쳤다. 영국은 날씨 변화가 심해서 우산도 필수로 준비해야 한다.

오후에 지하철을 타야 해서 어제 내린 런던 브리지로 향했다. 런던에서 첫날 점심으로 런던 브리지역 근처의 '와사비'에서 초밥을 먹은 뒤 지하철을 타고 트라팔가 광장으로 갔다. 런던의 중심지에 있는 이 광장 뒤에는 내셔널 갤러리와 넬슨 기념탑이 높이 서 있었다. 이곳도 사람이 많아 사자상 앞에서 간신히 기념사진만 찍었다. 그리고 버킹엄 궁전을 향해 걸었다. 지도에는 가깝다고 표시되어 있는데 걷다 보니 엄청 멀었고, 구글 인터넷에서 검색하는 지도는 계속 약간씩 틀려서 길 찾는 데 애를 먹었다. 골목을 돌다 지나가는 사람들에게 물어보곤 했다. 서서히 다리가 아파 오기 시작했다.

아주 멀리 버킹엄 궁전이 보였지만 가는 길에 있는 '써 제임스(Sir James) 공원'의 벤치에서 잠시 쉬었다. 큰 나무들이 무척 많은 녹색의 공원이었다. 도심 한가운데 끝없이 넓게 펼쳐진 자연경관이 무척 싱그러웠다.

버킹엄 궁전에서 하는 근위병 교대 광경은 시간이 맞지 않아 볼 수 없었고 밖에서 구경만 했다. 그리곤 근처의 웨스트민스터 사원으로 갔다. 지도상으로는 가까웠지만 실제로는 꽤 멀었다. 그곳은 왕들의 대관식이 행해졌던 곳으로 큰 기대를 하고 갔는데 입장 마감이 3시 반이라 이미 문이 닫혀 들어가지 못했다. 시간을 보니 10분이 지난 3시 40분이었다. 입장 마감 시간을 모르고 열심히 걸어왔는데 들어갈 수 없다니 아쉬웠다. 그 안에서 사원의 사진을 찍고 싶었는데 맥이 풀렸다. 결국 버킹엄과 사원은 밖에서만 보는 것으로 만족해야 했다.

근처에 런던의 랜드마크인 시계탑 '빅벤(Big Ben)'과 대관람차 '런던 아이(London Eye)'가 있었다. 런던 아이는 영화에서도 많이 봤던 커다란 원형의 관람차다. 이것을 타고 야경을 볼 수 있다면 환상적일 것 같았다. 오후의 이곳은 좋은 날씨에 휴가철이 시작되어 모여든 사람들과 음악과 노랫소리가 어울려 카니발처럼 들뜬 축제 분위기였다.

문득 큰길 쪽을 지나는 하얀 2층 버스에 2030년에 부산 엑스포를 알리는 태극기가 선명히 그려진 게 보였다. 깜짝 놀라게 반가웠다. 엑스포는 월드컵, 올림픽과 함께 세계 3대 국제행사라고 한다. 엑스포 후

대관람차 런던 아이와 주변

보지인 부산 개최의 결정이 올해 11월에 난다. 사우디와 이탈리아가 경쟁국이지만 꼭 부산에서 엑스포가 유치되기를, 그 순간 간절히 빌었다. 대한민국 국민으로서 런던의 유명한 랜드마크가 몰려 있는 길에서 태극기를 보니 자부심과 긍지가 느껴졌다.

런던 아이 앞에는 유람선이 있었다. 파리에서도 이런 배를 탔던 적이 있었다. 딸이 유람선 예약을 해서 선착장을 찾아가 보니 우리 티켓 시간보다 빨랐지만 5분 후에 출발하는 배가 있어서 좀 더 빨리 탈 수 있었다. 유람선을 타고 30분 동안 템스 강을 구경하고 호텔 앞 선착장에서 내리면 가는 길이 편했다. 피곤해서 호텔에 쉬고 싶어 급히 탔더니 경관을 볼 수 있는 2층은 이미 자리가 없었다. 다음 배를 탈 걸 괜히 빨리 탔다고 속상해하는 딸을 괜찮다고 다독였지만 나도 사진을 찍을 수 없어서 내심 아쉬웠다. 아래층엔 자리가 많아서 편하게 아름다운 강 주변을 돌면서 타워 브리지도 가까이에서 볼 수 있었다. 사진으로만 봤던 웅장하고 아름다운 타워 브리지를 보다니, 그것만으로도 만족스러웠다. 고딕양식의 거대한 탑이 런던 타워와 조화를 이룬 타워 브리지는 영국다운 멋이 있었다. 거기에서 샤드 건물도 보였다. 그것은 2012년 런던 올림픽에 맞춰 완공된 72층 건물로 런던에서 가장 높은 건물이라고 했다. 잠실의 롯데월드타워 같은 느낌이 들었다.

강 주변을 30분 정도 짧은 시간이나마 관광하며 사진을 찍으니 누적된 피로가 조금 풀리는 것 같았다. 강바람을 맞으면서 호텔 앞의 선착장에서 내렸다. 비행기를 오래 탄 후유증 탓인지 몸이 휘청할 때가 잠깐씩 있었다. 첫날부터 무리했는지 역시 피곤했다. 오늘 하루 동안 아마 8km 정도를 걸은 것 같았다. 빡빡한 일정에 몸은 힘들었지만 많은 곳을 볼 수 있어서 가슴에는 벅찬 행복감이 충만했다.

런던탑과
쇼디치 거리

2023년 6월 30일. 오늘은 호텔에서 항상 바라보이는 런던탑을 찾아가는 날이다. 탑은 호텔 바로 앞에 있어서 바라보면 늘 길게 줄 서 있는 입장객들이 보였다. 10시에 문을 여는 줄 알았는데 금요일은 9시에 연다고 해서 급히 나갈 준비를 했다. 길게 줄 서 있는 입장객들이 거의 들어간 걸 보고 호텔을 나섰다. 아들은 같이 나가서 회사에 가고 딸과 나는 아들이 미리 사 준 티켓으로 런던탑에 들어갔다. 노란 성곽 밑으로 심어 둔 보라색 꽃들이 잘 어울렸다.

900년 전 외적의 침입을 막기 위해 지었다는 중세 시대의 성채인 런던탑은 영국의 아픈 역사를 보여 주는 곳으로 유네스코 세계유산으로 지정됐다고 한다. 요새이자 궁인 탑들은 1078년에 화이트 타워를 포함한 3채의 성채로 시작됐지만 그 후 많은 왕들이 확장하여 현 규모의 성채가 되었다고 한다.

현재의 성채는 10여 개의 성과 성벽으로 이어진 건축물이었다. 성곽들이 견고해 보였다. 안내도를 찾아서 갈 곳을 차례대로 찍어 놓고 첫 번째 성으로 올라갔다. 좁은 계단에 커다란 까마귀가 앉아 있었다. 사람들이 예쁘다고 쓰다듬는데 눈도 크고 부리도 무서워서 나는 피하고 싶었다. 알고 보니 영국에서는 이 새를 길조라 한다고 했다. 그래서 런던탑의 까마귀는 특별한 관리와 대접을 받고 있다고 한다. 영국 신화 속에 왕이 새가 되어 영국을 지킨다는 이야기가 있어 까마귀를 행운의 상징이라고 한다 했다.

전시관을 통해 방문객을 과거 시대로 안내하는 런던탑에는 한때 왕이 거처하기도 했다고 한다. 그곳엔 블러디 타워라는 귀족들의 처형장도 있어서 역사의 질곡이 숨어 있는 곳임을 실감했다. 영화 「천일의 앤」에서 봤던 앤 공주도 여기서 처형되었고 그 밖에도 많은 귀족들이 처형된 곳이라고 했다. 어둡고 좁은 방들에는 옛 무기들과 철 가면들이 있었고 말을 탄 기사의 용감한 동상도 있었다. 조지 1세부터 윌리엄과 현재의 왕들까지의 사진이 차례로 걸려 있어서 역사 속 영국 왕들을 한눈에 볼 수 있었다. 한 사람만 걸을 수 있는 좁은 나선형의 계단들과 나무로 만든 기다란 다리를 건너니 바로 곁에 타워 브리지가 보였다.

이곳에서의 하이라이트는 '크라운 쥬얼스'였다. 인기 있는 이 건물 앞에는 길게 줄을 쳐 놓았고 그것을 따라 입장객들이 줄 서 있었다. 이곳은 사진도 못 찍게 했다. 지하로 들어가니 왕이 대관식 때 쓰는 화려한 다이아몬드가 박힌 왕관이 눈부시게 반짝거리고 있었다. 그리고 왕족들이 사용했던 귀금속과 장신구들이 보존되어 있었다. 보석들로 장식된 검과 왕들이 공식적인 의식에서 입고 썼던 옷과 보물들이 감탄을 자아내게 했다. 화려한 의상들, 태어나서 처음 보는 크기의 다이아몬드는 '해가 지지 않는 나라' 영국 번영의 시대를 보는 듯했다.

런던탑의 크라운 쥬얼스

　제일 큰 네 개의 성으로 된 화이트 성은 헨리 3세가 흰색을 칠해서 생긴 이름인데 여기서 가장 처음 건축되었다고 했다. 이 성을 마지막으로 런던탑을 다 둘러보고 나왔다. 오전 내내 이곳에서 머물며 그동안 몰랐던 영국의 옛 역사를 알게 되어 감명 깊었다. 보았던 모든 것들이 마치 영화처럼 오버랩되어 가슴에 남았다. 런던탑은 영국을 찾는 관광객들에게 제일 인기가 있는 곳이라고 한다. 들어오는 사람들의 행렬이 끝없이 이어지고 밖으로 나가는 길을 찾기도 어려웠다.

　오후는 쇼디치(Shoreditch) 거리로 갔다. 아들이 근무하는 사무실에서 가깝다고 해서 퇴근 시간에 맞춰서 아들을 만났다. 바람이 불고 날씨가 쌀쌀해졌다.

쇼디치는 영국의 젊은 세대들에게 인기가 많은 핫플레이스이다. 얼마 전에 한국의 텔레비전에서 본 뒤 이번 여행에서 꼭 한번 가 보고 싶었다. 아들이 앞장서서 보여 주는 쇼디치 거리는 스트리트 아트가 펼쳐졌다. 갑자기 페인트로 칠한 컬러풀하고 멋진 건물들이 나타나기 시작했다. 개성 넘치고 감각적인 아름다움이 가득한 예술의 거리였다. 벽이나 건물에 페인트로 칠하고 뿌린 작품들이 계속 보였다. 아들도 처음 오는 거라고 했다. 그림을 그리는 딸은 작품들을 유심히 들여다보았다. 활기차고 번화한 시장으로 유명한 쇼디치 거리가 거리 예술작품들 때문에 더욱 화려해지고 있었다.

쇼디치 거리의 작품들

아티스트들의 스트리트 아트가 끊임없이 이어졌다. 스프레이 페인트를 이용한 개성 있는 벽화들, 자유롭고 젊은 분위기의 쇼디치는 런던에서 가장 힙한 동네 같았다. 이곳에서 이방인인 나도 거침없고 자유로운 페인팅 그림들의 인기를 느끼며 점점 그 속으로 빠져들었다. 이어지는 동네마다 그런 수많은 손길들이 있었고 점점 흥미롭고 색다른 풍경은 계속되었다.

독특한 그림들 앞에 발걸음이 멈춰져 사진도 많이 찍었다. 작가만이 알 수 있는 색의 화려한 그림들, 그들이 표현한 개성이 너무 강해 이해할 수 없는 작품들도 많았다. 그중에 한국인들이 찾고 좋아한다는 작품을 만났다. 작가는 아주 유명한 영국 작가라고만 알 뿐이었다. 빨간

쇼디치 거리의 한국인이 좋아한다는 두 사람 그림

색 바탕에 흑백의 두 사람이 손을 잡고 있는 벽화였다. 동그란 얼굴과 몸체와 기다란 다리를 선으로만 그려서 마치 어린아이가 그린 것 같았다. 흰색과 검은색의 두 사람이 주는 의미는 무엇을 뜻하는 걸까. 무척 단순한 그림이지만 깊은 생각을 많이 하게 만드는 작품이었다. 눈과 가슴과 메모리까지 그림들로 가득 찼다.

쇼디치 거리는 젊은이들의 거리라고 느껴지는 카페와 펍들도 생동감을 주었다. 몇 블록을 더 다니다가 점점 지쳐서 어두워지는 쇼디치를 뒤로하고 아쉽지만 상가가 모여 있는 오픈마켓 쪽으로 와서 구경했다. 패션 감각이 뛰어난 옷들을 진열해 놓은 옷가게들을 보다가 서서히 배가 고파져 가까운 플랫 아이언으로 갔다.

플랫 아이언은 런던에서 가성비 좋고 분위기 있는 스테이크 전문점이다. 아들이 예약을 해 놓아서 바로 들어갈 수 있었다. 영국에서는 예약을 하지 않으면 식사하기가 힘들다고 한다. 이런 곳에서 전통적인 스테이크를 먹는 것도 여행의 맛이었다.

실내는 낮고 어두웠지만 분위기는 좋았다. 벌써 자리가 빈 곳이 없을 정도로 꽉 찼다. 나이프가 도끼 모양인 독특한 테이블 세팅이 재미있었다. 스테이크와 야채 샐러드와 오징어 튀김을 시키자 조금 후 잘 구워진 고기가 접시 대신 도마 위에 나왔다. 도마 접시라고 할까? 넓은 도마 위에 고기만 올려져 있다. 고기는 향도 좋고 연하고 맛있었다. 값도 대중적이고 맛도 좋아서 여행자들에게 추천하고 싶었다. 요즘 인기 있는 곳이라고 한다.

식후에는 작고 앙징스런 도끼 모양의 토큰을 주면서 입구에서 아이스크림으로 바꿔 먹으라고 한다. 너무 귀여워서 손바닥에 놓고 사진도 찍었다. 독특하고 재미있는 이곳이 마음에 들었다. 입구에서 예쁜 아가씨가 아이스크림을 주는데 달고 시원해서 고기의 느끼함을 가시게 해주었다. 아이스크림을 먹으려고 밖으로 나왔는데 비가 내리고 있었다. 아들이 부른 택시가 건너편에 기다리고 있어서 정신없이 차에 올라타고는 줄줄 흐르는 아이스크림을 맛있게 먹었다. 여행자로서 느끼는 또 다른 즐거움이었다.

영국의 오랜 역사와 문화 예술을 원 없이 보고 느낀 하루였다. 런던탑과 쇼디치 거리는 고대에서 현대로 타임머신을 타고 이동하는 것 같았다. 무엇보다 이런 곳에서 아들과 딸과 함께 즐겁고 행복한 시간을 보낼 수 있어 더 고맙고 소중하기만 했다.

케임브리지에서의 하루

　　2023년 7월 1일. 오늘은 토요일, 아들이 출근을 하지 않게 되어 우리는 다 같이 케임브리지로 여행을 가기로 했다. 아들과 큰딸과 함께 오랜만에 셋이서 여행을 가니 마냥 즐거웠는데 문득 같이 오지 못한 막내딸이 생각났다. 다음에는 꼭 같이 오자는 약속을 하긴 했지만 왠지 가슴 한쪽이 비어 있는 듯 서운했다.

　　우리는 케임브리지로 가기 위해 타워 힐역으로 갔다. 런던은 기차와 지하철이 잘 되어 있어서 편리했다. 그런데 지하철이나 버스는 카드로만 이용할 수 있다. 여행 떠나기 전에 아들이 카드가 없으면 꼭 만들어 오라고 했는데 마침 그런 카드를 두 개 가지고 있었다. 카드사에 물어보니 확실했다. 이전에는 쓰지 않아서 갖고 있었는지도 몰랐다. 카드 뒷면 끝에 와이파이 모양의 그림이 있는 카드였다. 우리나라에선 써본 일도 없는데 이번 여행에선 필수품이 되었다.

　　타워 힐역은 호텔에서 가까웠고 덜 복잡했다. 기차로 케임브리지까지는 50분 정도 걸린다고 하는데 기차 안은 텅 비어 있어서 좋은 자리를 잡아 앉을 수 있었다. 그런데 갑자기 떠들썩한 50대 여자 6명이 들어와 우리 건너편 좌석에 앉자마자 웃고 떠들며 시끄럽게 하는 통에 일순 마음에 파도가 일었다. 통제하는 사람도 없어 할 수 없이 우리는 다른 자리로 옮겨야 했다. 신사와 숙녀의 나라 영국에서 주위 사람 신경 쓰지 않고 그렇게 떠들 수 있다니 새로운 문화 충격이었다.

케임브리지는 영국에서 가장 오랜 역사와 전통을 가진 케임브리지 대학이 있는 도시다. 대학도시로 유명한 케임브리지는 케임브리지 칼리지, 앨리 대성당 외에도 킹스 칼리지와 마켓 등이 주요 관광 포인트라고 한다.

케임브리지 젊은이들의 거리 모습

역에 도착하니 런던과는 또 다른 아름다운 시골 풍경이 펼쳐졌다. 도시와 시골의 차이점일까? 택시를 타고 시내로 가자 산뜻한 공기와 부드럽고 넉넉해 보이는 사람들의 모습이 눈길을 끌었다. 길가 한쪽은 자전거들로 채워져 있었다.

케임브리지 스트리트에서 본 오래된 교회의 독특한 외관에 눈길이 사로잡혔다. 단단한 벽돌을 둥글게 쌓아 만든 교회였다. 작지만 원형 모양이었고 2층 지붕이 원추형이었는데 거기에 기다란 창이 도열해 있었다. 오랜 역사가 느껴지는 그 독특한 교회는 '더 라운드 처치'였다. 호기심에 이끌려 안을 들여다보고 싶어졌다. 입구에서 컨퍼런스가 있다고 들어가지 못하게 했지만 잠깐 사진만 찍겠다 말하고 얼른 들어가서 훑어본 뒤 더욱 놀랐다. 교회 내부는 아름다웠고 마치 정교한 예술작품 같았다.

1층은 아치형의 돌기둥들이 늘어서 있고 2층은 멋진 스테인드글라스로 장식된 찬란한 고딕양식의 아름다운 건물이었다. 독특한 건축디자인과 웅장함에 가슴 깊이 경탄했다. 스테인드글라스가 주는 색감도 화려하고 창으로 쏟아져 들어오는 햇빛이 사진 찍기 최고로 멋진 경관을 연출했다. 지나칠 뻔했던 곳에서 만난 눈부신 기쁨… 그곳은 과거 중세의 상징인 역사적인 교회였다.

거리의 쇼윈도에는 아름다운 꽃무늬의 페티코트 원피스들이 눈길을 끌었다. 분홍과 민트, 하늘색 등 현란하고 예쁜 옷을 보니 내가 20대쯤에 입었던 옷들이 생각났다. 한순간, 마치 그 시절 청춘으로 돌아간 듯한 착각을 했다. 즐거움으로 충만한 이곳은 길의 바닥도 벽돌과 돌로 되어 있었다. 그곳의 높지 않은 옛 건물들은 여전히 중세 시대에 머물러 있는 것 같았고 여행자인 나는 마치 그들의 역사 속으로 들어간 것 같았다. 유서 깊은 거리들을 한껏 음미하면서 대학 캠퍼스 쪽으로 가는데 갑자기 시야에 황금빛 시계가 들어왔다. 사방 1m는 되는 듯했다. 크고 반짝거리는 황금시계가 너무도 멋있어 우선 사진부터 찍었다. 시계는 황금으로 도금되었고 우주를 뜻하는 잔물결이 방사되고 있었으며 꼭대기에는 메뚜기 모형이 있었다. 숫자와 바늘도 없는데 안쪽에 세 개의 발광 다이오드 LED 링이 시간, 분, 초까지 알려 준다고 했다. 그 이름은 '코퍼스 시계'라고 하였다. 케임브리지의 독특한 기념물 중 하나로 2008년에 설치됐다고 하는데 이제는 명물이 되었다. 우리가 지금 온 정성을 들여 만든 것들도 언젠가 세월이 지나면 중세의 유물처럼 보물이 되리라는 생각이 스쳤다.

케임브리지 대학교는 1209년에 설립된 세계적인 명문 대학으로 교내에는 킹스 칼리지, 세인트존스 칼리지 등 오래된 유서 깊은 건물들이 있다. 또한 켐 강에서의 펀팅 체험은 케임브리지 여행의 묘미 중의 하나라고 한다. '펀팅'이란 케임브리지 캠퍼스 안에 있는 켐 강에서 나무 배를 타고 캠퍼스를 구경하는 것이다. 아들이 오후 3시에 펀팅 예약을 했다.

그사이 유명한 야외 시장을 구경하려고 야외 마켓을 찾았다. 고풍스러운 중세 건물들 사이에서 야외 시장의 활기찬 풍경이 흥성거렸다. 신선한 농산물과 장인의 공예품을 포함한 다양한 상품들이 진열된 노점이었다. 옷가지와 밀짚모자, 수공예품과 머플러, 그리고 맛있는 음식 냄새가 삶의 의욕을 돋우었다. 생동감 있는 이곳에서 우리는 간이음식점으로 들어갔다. 나와 딸은 새우가 들어 있는 볶음면 요리를, 아들은 소시지가 든 빵을 주문했다. 노천 의자에 앉아 먹는 맛도 즐거웠다. 런던의 레스토랑보다 낭만적이었다. 이런 곳에서는 이런 음식을 먹는 것이 분위기와 어울려 더욱 맛있게 느껴지는 것 같았다.

젊은 대학생들로 활기찬 거리에 졸업식을 했는지 꽃다발을 든 학생들이 많았다. 캠퍼스를 구경하고 싶었는데 문을 닫아서 들어갈 수 없었다. 그래도 푸른 잔디밭 사이사이에 있는 아름다운 캠퍼스들을 들여다볼 수는 있었다. 이곳을 보니 나의 대학 시절도 생각나고 우리 아이들의 대학 시절이 생각나기도 했다. 눈길 가는 대로 사진만 부지런히 많이 찍어 두었다. 겉모습은 고요하지만 빡세게 공부를 해야 겨우 따라갈 수 있다는 이곳 대학들은 안에서 펄펄 끓는 지적 용광로가 아닐까 생각했다. 노벨상 수상자가 많이 배출됐다고 한다. 길거리에 많은 자전거들은 학생들의 통학용인 것 같았다. 이밖에 이름 모를 옛 건물들도 보는 재미가 있어 걸어만 다녀도 모든 것이 새롭고 좋았다. 이방 여행객의 즐거움이었다.

케임브리지의 펀팅

케임브리지 펀팅을 하려고 3시에 켐 강으로 갔다. 대학생들이 비싼 학비를 벌기 위해 운영한다는 이곳은 캠퍼스 안에 있었고 강이라고 하기엔 폭이 좁았다. 강에는 5~6인승 나무 조각배 대여섯 대가 손님을 기다리고 있었다. 예약했던 시간인 3시가 되자 안내자의 설명을 따라 조심조심 배에 탔다. 편하게 다리를 뻗고 앉아 배가 쏠려 넘어지지 않게 양쪽으로 균형 있게 잘 잡아야 했다. 5명이 탄 우리 배에 담당 학생이 노를 젓기 시작하자 배가 움직이기 시작했다. 물에 대한 공포가 있지만 깊이가 얕고 밑이 보여서 크게 걱정은 안 됐다.

배는 좁은 강 사이로 미끄러지듯 흘러가고 양쪽으로 캠퍼스의 아름다운 모습들이 나타나기 시작했다. 각 대학교를 소개하는 설명을 들으며 시내에선 볼 수 없었던 캠퍼스를 여기서 맘껏 보게 되었다. 길게 뻗은 나뭇가지들이 아치를 만들어 주기도 하고 오리들이 꽥꽥 물빛 노래를 부르며 다가오기도 했다. 다리 밑을 통과할 땐 머리가 닿지 않게 조심해야 했다. 그만큼 낮게 놓인 다리들이었다. 캠퍼스의 활기찬 모습들이 배가 흐르는 대로 움직이는 모습이 마치 함께 왈츠를 추는 것 같았다. 거니는 학생들과 강가에 피어 있는 꽃들. 바뀌어 가는 캠퍼스의 다른 모습들은 모두가 아름다운 그림들이었다.

1시간짜리 펀팅은 토요일 오후를 꿈의 세계로 푹 빠지게 했다. 시간이 지날수록 많은 배들이 몰려서 피해 가는 것도 재미있었고, 배들이 부딪칠까 봐 조심하는데도 벌써 몇 번이나 부딪쳐서 소리를 지르기도 했다. 빠져도 걱정은 없지만 나도 모르게 소리를 지르게 되었다. "소리 지르는 사람은 엄마밖에 없네." 아들이 웃음 띤 얼굴로 말했다. 모두 꿈결처럼 즐거워서 웃고 떠들고 소리 지르자 켐 강의 나무배가 우리들의

펀팅하면서 바라보는 케임브리지 대학 캠퍼스

웃음소리를 하늘 높이 날려 보냈다.

켐 강에는 다리들이 많았다. 나무로 만든 유명한 '수학자의 다리'도 지나고 '탄식의 다리'를 지나기도 했다. 이 다리는 학생들이 다리를 건너서 시험을 보러 가고 성적을 받으러 갈 때도 건너는 다리라서 그렇게 이름 지어졌다고 한다. 케임브리지에서의 하루는 예스러우면서 새로운 감각을 일깨우는 경험들을 안겨 주었다.

푸르고 넓은 잔디밭을 거닐면서 나는 마음 깊이 사랑하는 아들과 딸과 함께 즐겁게 여행하는 이 순간을 주신 것을 신께 감사드렸다. 자식 사랑은 누구나 같겠지만 나의 더 각별한 이 마음은 아들과 항상 멀리 떨어져 있는 현실 때문이리라. 구름 사이로 헤엄치는 해는 빛나고 산들거리며 불어오는 바람은 달콤했다. 행복이 뭉게구름처럼 솟아오르는 듯했다. 케임브리지에서의 이 하루는 내 가슴속에 영원히 못 잊을 추억의 한 페이지를 만들어 주었다.

켄싱턴 궁전과
영국 박물관

2023년 6월 29일, 나흘째 하루도 쉬지 않은 바쁜 일정으로 시차를 느낄 겨를조차 없다. 오늘도 역시 바쁘고 즐거운 하루가 시작되었다. 오전에 켄싱턴 궁과 영국 박물관을 가는 일정을 짰다. 런던 브리 지역에서 기차를 타고 베이스워터역에 내려 5분 정도 걸어 켄싱턴 궁전으로 갔다.

켄싱턴 궁전은 런던에 있는 궁전이다. 17세기 초에 건설되어서 노팅엄 백작이 사용했던 저택이었지만 윌리엄 3세가 요양을 하려고 이곳에 온 후로 궁전이라 불렸다고 한다. 빅토리아 여왕이 이곳에서 태어났고 찰스 왕세자와 다이애나 왕세비가 마지막으로 머문 곳으로도 유명했다. 켄싱턴 궁전은 처음에는 궁전이 아니었기 때문에 3층으로 된 궁의 외관은 화려하지 않고 소박했다. 지금은 왕실이 거주하는 곳 외에는 박물관으로 일반인 입장이 가능하다. 이곳도 시간별로 입장할 수 있는 티켓을 예매해 뒀다.

궁전 앞에는 왕관을 쓴 빅토리아 여왕의 동상이 있었다. 이 여왕은 영국 역사상 가장 위대한 군주 중 한 사람으로 이때가 영국의 전성기였다고 한다. 궁을 들어가서 왕의 계단을 보니 벽과 천장이 화려한 그림들로 장식되어 있었다. 여왕의 응접실은 화려하고 붉은 벽지로 된 벽에 걸려 있는 많은 그림이 인상적이었다. 침실도 화려한 가구들로 가득 채워져 있었다. 왕실에서 썼던 금은 식기들과 목걸이, 시계와 같은 귀금속들도 전시되어 있었다. 장신구들은 보석으로 번쩍거렸다. 화려하게 장식된 왕의 저택에서 옛날에 그들이 살았던 시대의 분위기를 느꼈다. 사치스럽고 호화로운 왕궁이었다.

'패션 룰스'라는 전시관에는 다이애나비의 의상과 여왕이 소유했던 많은 의상이 전시되어 있었다. 엘리자베스 여왕과 찰스 황태자 부부의 예복과 18세기 후부터 현재까지의 궁중복도 전시되었다. 마침 '크라운

켄싱턴 궁에서 열린 크라운 투 쿠튀르 전시회

과 쿠튀르' 전시회가 있었다. 셀러브리티 문화와 왕실 패션을 보여 주었다. 멋지고 화려한 의상들이 전시된 이곳은 패션쇼장이었고 붉은색 벽과 카펫으로 인해 모든 의상들이 돋보였다. 레이스와 꽃들로 장식된 가는 허리와 아주 넓은 패치코드 드레스, 우아하지만 단아한 드레스, 베이지색에 꽃무늬가 가득하고 겹겹이 주름진 드레스도 멋졌다. 금사로 수놓은 남자의 검정 예복과 흰 새털 같은 멋진 드레스가 조화로웠다. 모든 옷은 레이스와 구슬이 수놓아져서 만들기도 힘들었을 것 같았다. 멋진 디자인의 옷들이 평범한 사람의 눈에는 휘황하게 눈부셨다.

왕족들이 썼던 화려한 가구와 영국 왕실의 문양, 의상들까지 많은 작품을 보았다. 그 시대부터 현대로 이어지는 패션을 보았다. 많은 역사가 있었던 켄싱턴 궁은 그렇게 방문자들에게 그 시대를 이야기해 주었다.

궁전을 나오니 앞에 조그만 정원이 눈에 띄었다. 정원 안에는 한 여자와 아이들의 동상이 있었는데 다이애나비와 아이들의 기념 동상이었다. 주위에 보라색 꽃들이 함초롬히 피어 있었다. 그녀가 좋아했다는 물망초 꽃 같았다. 한때는 영국에서 사랑받았던 다이애나, 불행한 결혼생활 끝에 이혼한 후 교통사고로 죽음을 맞이한 비극의 주인공… 그녀는 살았다면 올해 환갑을 맞는 나이라고 한다. 여기서 그녀를 보자, 나는 세월과 인생의 무상함에 가슴이 먹먹해졌다.

멀리 커다란 켄싱턴 호수에는 백조와 오리 등 새들이 있었는데 그수가 무척 많았다. 아름답고 커다란 백조 한 마리가 유유히 헤엄쳐 왔다. 오리들은 사람들이 먹이를 주면 그 앞으로 와서 날개를 귀엽게 퍼덕거렸다.

지도상으로 켄싱턴 공원 끝에 길을 건너면 바로 하이드파크가 있었다. 영국은 공원이 많고 나무들도 많았다. 켄싱턴 공원은 끝없이 넓고 길어서 걷기에 힘들었다. 공원 한쪽에는 개들을 데리고 나온 개사랑 모임도 볼 수 있었다. 가까울 줄 알았던 하이드파크는 너무 멀어서 괜히 왔다고 후회했다. 다리가 아프기 시작할 때야 공원을 만났다. 그런데 공원 입구에 사람이 다니는 길옆에 말을 타고 가는 흙길이 있었다. 갑자기 말 탄 두 사람이 흙먼지를 일으키며 지나갔다. 말이 일으킨 흙먼지로 길은 삽시간에 먼지로 휩싸였다. 얼른 고개를 돌리고 자리를 피했다. 거기에 말똥까지 있어서 말똥 냄새와 황토색 먼지에 짜증이 났다. 고생하고 찾아온 하이드파크는 실망만 주었다.

영국에 와서는 쓰지도 않았던 마스크를 찾아 썼다. 사람이 다니는 길옆에 승마 길이 있다니 이해할 수가 없었다. 다시 검색하며 그 길을 피해 다른 길로 걸었다. 고집부리고 왔는데 길 찾느라고 고생하는 딸에게 미안했다. 이 공원에도 큰 호수가 있고 넓은 공원은 푸른 나무들이 많았지만, 걷기에 지쳐서 빨리 벗어나고 싶었다. 간신히 길을 찾아서 옥스퍼드 스트리트로 갈 수 있었다.

오후에 대영 박물관을 찾아갔다. 런던에 있는 유명한 박물관으로 약 800만 점의 전 세계 미술품과 유물들이 있다고 한다. 방대한 유물과 공예품을 소장하고 있는 박물관은 특히 고대 이집트의 비석인 로제타 스톤과 미라가 많다고 했다.

관광지에서 길을 찾을 때 지도검색이 분명치 않을 땐 사람들의 흐름을 보면 대충 알 수 있었다. 박물관을 찾다가 골목길을 나와 보니 많은 학생들의 움직임이 보였다. 그 학생들을 따라가니 바로 박물관 앞문이 나왔다. 박물관의 높고 하얀 기둥의 웅장한 석조건물이 보였다. 세월의 흔적 탓인지 신전 모양의 흰색의 기둥들이 약간 바래져 있었다. 영국의 박물관들은 입장료는 무료였고 많은 인파에 묻혀 입장해야 했다. 내가 가 보고 싶은 이집트관을 포함한 많은 나라들의 전시관이 있었다. 그리스와 중동, 오세아니아와 미국, 로마 등에 이어 우리나라의 전시관도 있어서 공연히 우쭐했다. 다 보려면 많은 시간이 필요해서 나는 우선 이집트관을 가기로 했다.

고대 이집트의 문명과 예술을 대표하는 유물들이 전시된 이집트관은 제일 인기가 있었다. 이곳에만 사람들이 많고 북적거렸다. 세계의 이집트 유물의 80% 정도가 이곳에 전시되었다고 한다. 이집트 갤러리에 화강암으로 만든 커다란 풍뎅이가 있고 그 양옆으로는 1250년경에 새겨진 손바닥 주두가 있는 붉은 화강암 기둥이 천장까지 닿을 만큼 높았다. 룩소르 신전에서 발굴해 온 람세스 2세의 흉상도 있었다. 이집트 왕의 권력을 보여 주는 람세스 2세는 이집트에서 가장 강력했던 파라오로 무려 66년 동안 통치했다고 한다.

1799년 프랑스인이 발견한 로제타 스톤을 보았다. 인류의 역사에 대한 귀중한 유물인 이 로제타 스톤에는 알 수 없는 많은 글들이 빼곡히 새겨져 있었다. 고대 이집트의 상형문자를 해독하는 데 큰 의의가 있는 유물이라고 한다. 귀한 유물인 미라도 많았다. 붕대로 묶여 있는 미라와 여자들의 미라를 봤는데 너무 생생해서 섬뜩했다. 잠깐, 생명과 죽음의 차이를 느꼈다. 나오는 길에 커다란 모아이 석상도 보았다. 한국관은 다른 약속 시간 때문에 가지 못했다. 다시 오고 싶은 아쉬움을 뒤로하고 나가는 길을 찾았다.

박물관의 안쪽에 3천여 개의 파란 유리 돔으로 된 현대건물이 있었다. 2000년에 완성되었다는 '그레이트 코트'라는 이곳은 박물관의 클래식한 이미지와 새로운 건축물의 조화가 주는 색다른 느낌이었다. 방문객들에게 휴식을 주고 기념품 가게와 전시실도 있는 것 같았다.

오늘 하루 옛 궁전과 유서 깊은 박물관에서 영국의 역사와 문화와 신비한 유물을 실컷 접했다. 일정들은 아직도 남았는데 점점 집으로 가는 날이 가까워지니 아쉬운 마음이 들기 시작했다.

람세스 2세 석상

런던의 건축미학과
스카이 가든, 그리고 템스 강 야경

2023년 7월 2일. 오늘은 영국 여행의 마지막 날이다. 오전에 시내 구경을 하고 오후에는 스카이 가든과 템스 강의 야경을 보기로 했다. 10시에 호텔을 나섰다. 영국의 예쁘고 빨간 2층 버스를 타고 싶어 타워 브리지 버스정류장에서 시내로 나가는 버스를 탔다. 버스는 사람도 많지 않아 앉을 수 있었고 안내 표지판에 다음 내릴 곳이 표시되어서 도착지를 잘 보고 내리면 되었다. 버스도 카드만 사용할 수 있었다. 길에는 버스들이 많았는데 인도에 있는 빨간 공중전화 박스와 잘 어울렸다. 영국다움을 풍기는 특유의 모습들. 빨간 2층 버스와 공중전화는 이곳에서만 볼 수 있는 풍경이었다.

번화가인 옥스퍼드 스트리트에 내렸다. 오전인데 벌써 관광객들로 보이는 사람들이 많았다. 몇 군데의 큰 의류점과 문구점도 구경했다. 그런데 물가가 너무 비쌌다. 우리나라보다 훨씬 비싸고 미국보다도 비쌌다. 나는 핸드폰으로 영국 화폐인 파운드를 계산해 보기 바빴다. 미국보다 값도 비싸지만 유명한 영국 브랜드의 디자인이 그다지 마음에 들지도 않았다. 오전에 이곳을 다니면서 많은 인파로 활기찬 런던의 번화가를 보았다. 아들이 유명한 건물들을 보여 준다고 안내했다. 매일 일정대로 다니면서 먼발치로만 높고 예쁜 유리 건물들을 보았기 때문에 그 감탄스러운 모습을 자세히 보고 싶었다. 바로 앞에 로이드 빌딩이 보였다.

로이드 빌딩

로이드 빌딩은 반 원통형의 똑같은 모양이 밑에서 꼭대기까지 계속되는 외관 타워가 있는 높고 기다란 모습의 독특한 건물이었다. 이 건물의 특징은 실내 전용면적을 확보하려고 밖에 있는 외관 타워에 급수

관과 엘리베이터를 만들어서 실내는 사무 공간뿐이라는 점이다. 빌딩이 거리의 인파 위로 길게 높이 솟아 있어 마치 기계처럼 보였고, 스틸 프레임의 연결은 빌딩 같지 않고 고딕풍의 분위기로 전시해 놓은 첨단 예술작품처럼 보였다.

다음에는 런던의 스카이라인을 바꿔 놓았다는 '거킨' 빌딩으로 갔다. 아름답고 신기한 이 빌딩은 케임브리지를 여행하던 날 저녁 식사를 하려고 고속 엘리베이터를 타고 '스시 삼바'로 올라가다가 스쳐 찍었던 바로 그 건물이었다. 이 아름다운 반추형의 빌딩은 41층으로 높이가 180m라고 했다. 웅장한 유리 건물이고, 원추형의 건물구조 때문에 모든 방향에서 막힘없이 런던을 내려다볼 수 있다고 한다. 외벽은 철골

거킨 빌딩과 스칼펠 빌딩

기둥과 다이아몬드식 창문으로 되었다. 친환경 건물로 사랑받고 있다는, 오이가 거꾸로 서 있는 듯한 특이한 건물이었다. 로우 앵글로 높게, 멀리 여러 모습으로 찍었다. 어떻게 유리로 이런 건물을 지었을까? 신기할 뿐이었다.

세 번째로 본 삼각형 두 개를 엇물려 놓은 듯한 유리 건물은 런던 금융 지역의 라임 스트리트에 위치한 건물이었다. 독특하게 각진 디자인 때문에 '스칼펠(수술용 메스)'이란 별명이 붙은 후 공식 이름이 되었다고 한다. 날카로운 각이 보여 주는 특이한 아름다움을 보여 주는 건물이었다.

건물 모양 때문에 햄 통조림(Can of Ham)으로 알려진 2019년에 완성된 21층 높이의 유리 건물도 보았다. 높지는 않았지만 아치 모양의 건물이라서 눈길을 끌었다. 2017년에 세웠다는 워키토키라는 빌딩도 오목거울같이 생긴 37층에 160m 높이의 건물로 잘라 놓은 듯한 한쪽 면에 파란 하늘과 흰 구름이 반사되어 한 폭의 수채화 같은 기막힌 반영을 보여 주었다. 이 건물 꼭대기에 스카이 가든이 있는데, 저녁에 가기로 한 곳이었다. 모두가 최근에 건설한 유리 건물이었다. 독특하고 아름다운 그들의 건축미학에 감탄할 수밖에 없었다. 아들 덕분에 개성 넘친 유리 건물을 볼 수 있어 기뻤다. 집에 오는 길에 슈퍼마켓에 들러 커피랑 빵과 과일, 아기들에게 선물할 사탕과 젤리도 샀다.

오후는 스카이 가든과 템스 강의 야경을 보는 일정이었다. 런던에서 마지막 저녁 식사는 스카이 가든에서 하기로 했다. 예약하기 어려운 곳이라 아들이 두 달 전에 예약했다는 이곳은 우리가 묵은 호텔에서 가까워 슬슬 걸어서 갔다. 호텔에서 멀지 않아 외출할 때마다 항상 보았던 높은 건물이 바로 스카이 가든이었다. 영국에 와서 딸이 예약하려고 해도 할 수가 없었다고 한다. 꼭 가 보고 싶었는데 아들 덕분에 오늘 드디어 가게 된 거다. 입구에 입장객의 줄이 많았지만 예약을 해서 바로 들어갈 수 있었지만 가방 검사까지 한 뒤 35층 고속 엘리베이터를 타고 올라가야 했다.

스카이 가든의 실내 정원

실내로 들어가 올려다보니 천정과 사방은 유리로 되어 있고 꽃과 열대 식물들을 심어 놓은 크고 아름다운 정원이 있었다. 이렇게 높은 곳에 어떻게 정원을 만들었을까? 왼쪽에 있는 계단을 걸어서 올라가다 보니 왼쪽의 전망이 좋았다. 천국의 계단이라고 할까? 감탄하면서 끝까지 올라가니 전망대가 있었고 마루가 창 옆에 있어서 앉아서 바깥 풍경을 구경하게 되어 있었다.

전망대에서 바라본 템스 강과 런던 시내

유리로 된 전망대에서 사진부터 찍었다. 멋진 사진을 찍으려고 마루에 거의 엎드려서 하늘에서 내려다보는 듯한 자세로 런던 시내를 찍을 수 있었다. 파란 하늘 멀리 보이는 세인트폴 성당이 한 폭의 그림 같았다. 테이트 미술관과 밀레니엄 브리지도 보였다. 넓게 펼쳐진 시내 전경은 해가 구름 위에 걸려 있고 쏟아진 빛들로 기가 막힌 감동을 주었다. 하늘에 떠 있는 궁전이라고 할까? 예약하기 힘들 만도 했다. 이곳이 사진 찍는 스팟인 것 같았다. 우리도 셋이서 인증 사진을 찍었다. 포즈를 취하고 사진 찍고 런던 시내를 구경하는 많은 사람들로 전망대뿐 아니라 정원까지 꽉 찼다. 예약하면 무료로 전망대만 올 수도 있다고 한다.

7시 반 식사 예약 시간까지는 충분한 시간이 있어 사진도 부지런히 찍고 나무들도 구경했다. 딸이 집에 있는 선인장과 똑같아 보이는 것도 있다고 기뻐했다. 염좌(크라술라 포르툴라세아)라는 선인장이었다. 식사 예약 시간이 되어 반대편으로 내려와서 레스토랑으로 들어갔다. 자리는 원하는 곳으로 앉을 수 있어서 입구 쪽에 세 사람 자리에 앉았다. 반대편 시내는 좀 전에 봤기 때문에 런던 브리지가 보이는 쪽으로 얼른 앉았다. 멀리 까마득히 런던 브리지와 런던탑과 템스 강이 조그맣게 보였다. 전망 좋은 이곳에서 식사를 하면서 행복했지만, 내일 헤어질 생각을 하니 갑자기 가슴이 꽉 막혔다.

그래도 일몰을 찍으려고 시간에 맞춰 자리에서 일어났다. 그런 의미는 아니지만 해가 지지 않는 나라 영국은 9시가 넘어도 환했다. 밖은 바람이 많이 불었고 기후변화가 심해서 바람이 불면 많이 추웠다. 호텔에 돌아와서 옷을 껴입고 응급으로 가져간 패딩 점퍼까지 입었다. 아이들이 "엄마는 추위를 많이 타니까 두껍게 입어야 돼." 해서 모자도 쓰고 단단히 무장하고 강가로 갔다. 벌써 9시 반이 훨씬 넘었는데 해는 보이지 않았지만 환했다. 강 옆이라 밤바람이 세차게 불었다. 기대했던 일몰은 놓치고 야경을 찍으려고 밤이 찾아드는 강을 보면서 기다렸다.

드디어 건너편 건물들에 하나둘 불이 켜지고 템스 강의 야경이 시작되었다. 이번에 가 보지 못한 샤드 건물도 꼭대기에서부터 천천히 불이 켜져 내려오고 강 앞에 있는 런던 시청 건물도 점점 빛나기 시작했다. 템스 강 앞에 눈에 띄는 유리 건물이 시청이었다. 시청은 영국의 세계적인 건축가 노만 포스터가 설계했다고 한다. 독특한 타원형의 외관으로 유리 달걀이라고 부른다는데 이토록 예술적인 감각의 건물이 시청이라니…

회색빛 뭉게구름을 뒤로한 런던 브리지도 다리와 탑에 불이 켜져 낭만적이었고 그 다리 사이로 멀리 보이는 흰색 성당도 멋졌다. 여기저기 건물들이 반짝거리기 시작했다. 낮지만 무지갯빛 조명을 밝히는 원형 건물들과 친구처럼 나란히 있는 건물들에도 불이 켜졌다. 그 빛들이 강에 쏟아져 강물도 어울려 반짝이면서 노래하듯 춤추었다. 아름다운 밤을 맞이한 강물을 오랫동안 바라보자 끝없는 템스 강이 슬프게도 느껴졌다. 강물은 이렇게 하염없이 흐르는데 내일이면 맞이해야 하는 이별 때문일까. 언제 다시 이곳에 올 수 있을까? 언제 다시 아들을 만날 수 있을까?

뜻밖에 아들이 초대해서 온 영국에서 보고 싶은 아들도 만나고 사랑하는 딸과 함께 여행하면서 마냥 행복했다. 꿈 같았던 이 시간들의 소중함에 감사했다. 그냥 가슴에 꾹 담아 놓고 싶다. 걷고 이야기하고 즐거웠던 시간들이 잊지 못할 추억으로 수놓아져서 가슴속 카메라의 메모리에까지 가득 찬 느낌이다.

아들의 세심한 계획 덕분에 즐거운 여행을 할 수 있었다. 두 달 전부터 가고 싶은 곳을 물어보며 좋은 곳에 식사 예약을 하고 관광지의 입장 시간에 맞춰 티켓도 샀다고 했다. 여행 전부터 아들과 딸이 요일마다 갈 곳을 시간까지 정해 만들어 놓은 빡빡한 스케줄 덕분에 알찬 여행을 할 수 있었다. 딸은 항상 갈 곳의 지하철과 기차 타는 정거장을 미리 찾아 놓아서 한 번도 놓치지 않고 잘 찾아갈 수 있었다. 아들과 딸이 엄마에게 새로운 곳을 보여 주고 행복하게 해 주려고 마음 써 준 데에 고마움을 느꼈다.

사랑하는 아들딸과 함께 영국의 역사와 문화 유물들까지 실컷 보았던 이번 여행은 잊지 못할 뜻깊은 경험이었다. 특히 현대 유리 건축물들을 많이 볼 수 있어서 인상 깊은 여행이 되었다. 하루도 쉬지 않은 벅찬 일정으로 다리는 아팠지만 시차도 거의 못 느꼈고 끝까지 건강하게 마칠 수 있어 다행이었다.

　만나면 기쁘고 헤어질 때는 슬프지만 다시 만나면 기쁨도 더 커질 것
이다. 일주일 동안의 행복했던 기억을 가슴속에 간직해 이별의 슬픔을
잘 이겨 내리라. 언젠가 다시 만날 날을 위해 더욱 건강하고 치열하게
살아가리라.

템즈 강의 야경

수
필

골목길

용산역은 지하철뿐 아니라 백화점과 영화관, 문화 센터와 마트 등 문화생활도 할 수 있는 곳이다. 맛집과 카페도 많다. 그래서 만남의 장소이기도 하다. 나는 종종 이곳에서 친구들과 만나서 점심도 먹고 커피도 마시면서 쌓인 회포를 풀곤 한다. 때로는 영화도 보고 마트에서 장도 보기 때문에 자주 가는 곳이다. 장을 보고 짐이 있을 때는 자동차를 이용하지만 웬만하면 걸어 다닌다. 용산역은 집에서 빠른 걸음으로 10분 정도 걸리기 때문에 운동 삼아 걷기에 좋다.

집에서 용산역까지 가려면 상하 6차선 큰길이 있지만 나는 그 길을 피해 골목길로 다닌다. 내가 다니는 이 길은 골목치고는 비교적 넓은 편이다. 골목길에 들어서면 재미있는 음식점들이 줄지어 있다. 무한 리필 돼지갈비집, 주꾸미 음식점, 된장찌개, 추어탕 등 음식점의 간판들이 즐비하다. 이곳에 들어서면 삶의 활력이 생긴다. 음식점 안에서 들려오는 왁자지껄 떠드는 사람들의 웃음소리가 사는 맛을 실감 나게 한다. 웃다가도 때로는 싸우는 것같이 시끄러운 소리도 나는 이곳에는 항상 생동감이 넘친다. 사방에서 풍기는 고기 굽는 냄새와 구수한 된

장찌개 냄새에 군침이 돈다. 사람들도 많고 차들도 많다. 차가 뒤에서 빵빵거리면 뒤돌아보고 비켜서면서 지나기도 한다.

이곳을 걷다 보면 구경할 게 많아서 지루하지 않다. 음식점을 기웃거리기도 하고 문 앞 메뉴판을 보기도 하면서 언젠가 한번 올 것처럼 가격표를 훑어보기도 한다. 실은 오지 않을지도 모르면서.

그렇게 용산역을 향해서 내려가다가 보면 저만치 추억의 '뽀뽀길'이 보인다. 그 길을 볼 때면 가슴이 울렁인다. 이제는 보기 힘들어진 담벽과 깨끗하게 다듬어진 흙바닥… 그 길을 바라보며 10여 년 전을 회상한다. 나이를 먹는다는 건 점점 옛 추억에 사로잡힌다는 것일까. 나는 벌써 그리움에 빠져 내가 좋아했던 옛길을 찾아가고 있다.

그 길은 비 오는 날 우산을 받고 가다가 앞에서 사람이 오면 부딪치지 않게 한쪽으로 비켜서야 할 정도로 좁다. 그래도 목적지에 가려면 항상 이 길을 지나다닐 수밖에 없었다. 나는 예쁘고 좁다란 이 길을 '뽀뽀길'이라 이름 지었다. 전에는 찻길 옆에 기다란 담이 있었다. 그러나 이제는 담이 없어지고 좋아했던 옛길의 모습을 볼 수가 없어 쓸쓸하다.

여의도에서 오래 살다가 15년 전 용산으로 이사를 왔다. 그때는 지금처럼 인구도 많지 않았고 이 근처엔 차들도 많지 않았다. 간혹 높은 빌딩들이 있기는 했지만 주로 낮은 건물에 오래된 가게들이 오손도손 앉아 있던 곳이었다. 그 안에는 골목길도 많았고, 역 근처에는 유명한 감자탕집들이 있어서 식사 때면 사람들이 바글바글했다.

그때 만난 골목길은 낭만이 있었다. 지금은 담을 터서 없어졌지만 그때는 담벼락이 찻길을 막아 주어 아늑함을 주었다. 바닥은 흙이었고 울퉁불퉁해서 시골길을 걷는 것 같았다. 그때 이곳은 밤에 하늘을 보고 걸으면 마치 천장 없는 동굴 같았다. 이곳을 지나며 봄과 여름, 가을과 겨울을 보내면서 계절이 변화하는 모습을 볼 수 있어 좋았다. 봄에는 여인들의 옷차림이 하늘거렸고, 여름엔 비와 햇볕 때문에 골목 안에 색색의 우산과 양산들이 춤을 추었다. 가을엔 낙엽들이 뒹굴고, 겨울에는 가로등 밑에 눈 내리는 모습이 너무도 아름다웠다.

겨울이면 한강 쪽에서 불어오는 칼바람에 얼굴이 금방 얼어 버릴 것처럼 추웠다. 그렇게 추운 날씨에도 친구들과 이 길을 걸으며 현재와 미래를 이야기하다 보면 열기가 피어올랐다. 문학에 대해 이야기하면서 우정을 소복소복 쌓았던 그 길과 시간이 너무도 그립다. 이 길에는 지금도 우리들의 이야기와 웃음소리가 묻어 있어서 이곳을 지날 때면 마치 꿈을 꾸는 듯 그때로 돌아가곤 한다.

깜깜한 밤에는 가끔 연인들이 뽀뽀를 하는 모습이 보였다. 그래서 우리는 그 길을 '뽀뽀길'이라 불렀다. 세월이 많이 흐른 지금 잊지 못할 뽀뽀길은 어느 사이 삭막하게 변해 있었다. 바닥도 보도블록으로 매끈히 다져지고 담이 없어졌다. 좀 넓어지긴 했지만 그 옛날 흙바닥의 정감은 사라지고 없다. 울퉁불퉁하지만 왠지 아늑했던 그 길을 다시 걷고 싶다. 옛 생각을 떠올리면 그리움에 마음은 허전해지고 옛길이 더욱 애틋하게 그리워진다.

세월이 지나면 모든 것들이 변하는 게 당연하지만 때로는 변하지 말았으면 하는 것들도 있다. 옛것들이 그리워 이제는 다시 오지 않을, 올 수도 없는 시절을 지그시 회상해 보는 것이다.

도시개발공사는 큰 빌딩을 세우고 넓은 길을 만들어서 도시를 발전시킨다. 주상복합 아파트들도 생기고 하루가 다르게 높은 빌딩들이 올라간다. 차들은 더 많아지고 길은 크고 넓어졌지만 공해와 소음이 우리를 괴롭히고 있다. 길이 넓어진 만큼 이웃들이 점점 멀어져 간다.

우리 동네 안에는 아직 남아 있는 골목길들이 있다. 푸근한 고향 친구처럼 친근한 골목길이 있어 얼마나 다행인가. 꼬불꼬불 재미있는 골목길에 들어서면 정다운 이웃들이 도란도란 이야기를 나누는 것만 같다. 다정한 이웃들과 나란히 골목길 나무 의자에 앉아 시원한 맥주라도 마시면서 무겁고 피곤한 하루를 이야기할 수 있다면 얼마나 흐뭇할까. 그러다가 떠오르는 밤하늘의 별을 보면 모든 피로가 날아가지 않을까.

마음속에 그 옛날 골목길을 묻어 놓고 오늘도 어깨를 무겁게 늘어뜨린 채 이 길을 걷고 있는 나는 누구인가? 우리는 어디로 가고 있을까?

첫 눈
오 는 날

　　아침에 눈을 뜨면 항상 창문 쪽으로 가서 날씨를 확인하곤 한다. 보통 일찍 일어나서 보는 새벽 세상은 어둡고 무겁다. 그런데 오늘 아침은 달랐다. 어둠은 그대로 있지만 무언가 하얀빛들이 바깥을 환하게 밝혀 주고 있었다.

　　"어머 눈이 왔네!" 나도 모르게 탄성을 질렀다.

　　모두가 잠든 밤에 첫눈이 몰래 내렸다. 어제 일기예보에 눈이 온다는 얘기는 듣지 못한 것 같다. 겨울이면 당연히 눈이 오는데, 눈이 내리면 왜 이렇게 가슴이 뭉클하고 기분이 좋을까? 눈이 온 세상을 하얗고 깨끗하게 만들어서 그럴까?

　　1년 만에 보는 첫눈이 밤새 내리다니. 눈 아래 펼쳐진 풍경이 너무도 멋졌다. 고층 아파트에서 내려다보는 아랫동네 지붕들에 쌓인 하얀 눈과 골목에 서 있는 가로등 불빛이 어우러져 아름답게 반짝거렸다. 멀리 기찻길에도 눈이 하얗게 쌓인 걸 보니 밤새 꽤 많이 온 것 같았다.

　　오늘은 왠지 좋은 일이 생길 것 같아 기분이 좋아진다. 어젯밤 2022년도 월드컵 경기에서 대한민국이 포르투갈을 이겼다. 그래서 운 좋게도 16강까지 올라갔다. 늦게까지 잠을 못 자고 기쁨에 들떠 있었는데, 다음 날 이렇게 첫눈이 내리니 마치 승리를 축하하는 하늘의 축전이라는 생각이 든다. 눈은 길조라고 들었다. 눈이 오면 좋은 일이 생긴다는 옛말이 떠오른다.

갑자기 따뜻한 커피가 마시고 싶어 원두커피를 내려서 창 옆 의자에 앉는다. 아무도 없는 내 곁에서 커피는 언제나 친구가 되어 주었다. 눈을 보면서 마시는 따뜻한 커피는 역시 최고의 친구였다. 날이 조금씩 밝아 오는데 눈은 여전히 내리고 있다. 이렇게 내리는 눈을 보고 있기만 해도 행복해진다. 하지만 갑자기 첫눈을 만지고 눈 내린 길을 걷고 싶은 마음에 모자를 눌러 쓰고 강가 고수부지로 나섰다. 밤새 내린 눈으로 사방이 눈부시게 하얗다.

매일 30분씩 걷던 이 길이 오늘 아침은 눈길로 변해 있었다. 바람이 불면 부는 대로 춤추던 갈대들도 머리를 풀어 헤치고 고개를 숙인 채 바르르 떨고 있었다. 키 작은 나무들도 머리에 흰 눈꽃 송이를 쓰고 있었다. 잔잔한 강물에는 활짝 날개를 편 새 한 마리가 물 위에 앉는다. 건너편 노들섬도 흰옷을 입었고 멀리 여의도도 눈 가운데 잠에서 깨어 기지개를 켜고 있는 게 보인다. 찾는 이 없는 쓸쓸한 나무 벤치 위에도 다정한 위로처럼 눈이 쌓여 있다. 가을에 걷던 낙엽 쌓인 흙길도 새하얀 눈길이 되어 큰 나무들과 함께 설경을 이루고 있다. 아무도 밟지 않은 눈길을 발자국을 내며 왔다 갔다 밟아 본다. 눈이 부신 눈길은 밟을 때마다 뽀드득뽀드득 소리를 내며 너무 기쁘다고 말하는 것 같다. 갑자기 설레는 그리움이 가슴을 두드린다. 눈은 누구에게나 서정적인 느낌을 주는가 보다.

첫눈은 사랑과 기쁨을 주며 회상이라는 감성으로 나를 저 멀리 옛 추억으로 몰아넣는다. 거기에는 소녀 시절의 내가 있다. 눈이 내리면 친구들과 같이 운동장에 나가 눈싸움도 하고 일부러 미끄러진 척하고 눈밭에 누워 하늘을 보며 깔깔거렸다. 우산도 없이 거리를 걸으면서 집에 갈 생각도 하지 않고 방황했었다.

눈 쌓인 골목길을 사랑하는 사람과 손을 꼭 잡고 걷던 다정했던 추억도 떠올랐다. 함박눈이 펑펑 내리던 선운사 산길에서 미끄러지다가 나뭇가지에 앉아 있는 꿩을 보고 놀라며 기뻐했던 일, 우리 집 귀염둥이 쁘띠가 신이 나서 고수부지 눈길을 뿅뿅뿅 뛰어다녔던 일 등, 잊지 못할 추억들로 잠시 회상에 빠져들었다. 그리운 그 시절로 다시 돌아갈 수 있을까. 그래서 사랑하던 사람도 만나고, 그리운 친구들과 어울리고, 이제는 우리 곁을 떠난 강아지 쁘띠도 볼 수 있다면 얼마나 좋을까.

눈은 나에게 추억과 그리움과 한 편의 시가 되어 살포시 내려앉는다. 조용히 눈을 들어 하늘을 보니 펑펑 내리는 하얀 눈송이가 그리움의 꽃잎이 되어 어깨와 머리 위에 떨어진다. 갑자기 외로움이 눈시울을 뜨겁게 하지만 얼른 생각을 밝게 고쳐먹는다. 이 눈이 그치고 겨울이 깊어 가도 다시 눈은 내리고 우리는 또 사랑하며 살아가겠지. 첫눈으로 하얗게 변한 세상에 내가 아직 존재한다는 행복감이 솟아오른다. 나뭇가지 위에 하얀 눈이 쌓이고, 까치가 그 위에서 즐기는 것처럼, 나도 눈의 나라 시민이 된다.

새 벽
하 늘 빛

　　언제부터인지 새벽 일찍 눈이 떠지기 시작한다. 더 자고 싶은
데 내 마음대로 되지 않고 왜 그리 일찍 깨는지 모르겠다. 하루에 7시
간은 자야 좋다고 하는데 나는 많이 자야 6시간이다.

　　나이 탓인가? 젊음이 있을 때는 아침 8시에 일어나도 항상 모자라
던 잠이 나이가 들수록 점점 줄어든다. 그래도 자던 중에 깨지 않고 6
시간은 푹 자니까 괜찮겠지. 마음을 달래면서 스스로를 위로한다. 매사
긍정적인 게 좋은 법이라 여기며 잠이 줄어서 좋은 점을 찾아본다.

　　오늘은 틀림없이 찬란한 새벽 하늘빛을 만나려고 일찍 깼나 보다. 5
시 반. 이미 잠은 깼지만 눈을 감은 채 어제 일어났던 일들을 기억하며
오늘 할 일들을 생각하고 있었다. 갑자기 환해지는 빛이 눈두덩이를 누
른다. 떠지지 않는 눈을 겨우 뜨고 부스스 일어나 창 쪽을 바라보다가
깜짝 놀란다.

　　창밖에서 뭔가 이상한 일이 일어나고 있었다. 아직은 어둑어둑한 진
회색 어둠에 싸인 아파트 위로 온통 불붙는 듯 빨간 놀이 펼쳐져 있는
게 아닌가. 이렇게 붉어진 하늘이 내 창을 두드리고 열어 놓은 커튼 사

이로 방에 들어와 내 눈두덩이까지 두드렸나 보았다.

이제 막 떠오르는 해로 하늘은 불타고, 구름들은 빨간 그림물감을 풀어 휘저어 놓은 듯 붉게 물들어 있었다. 저만치 파란 하늘도 언뜻언뜻 보였다. 새벽하늘이 파랗고 빨갛고 노란빛으로 눈부시게 밝아 오고 있었다. 옆으로 넓게 피어나는 큰 구름과 조각조각 따라 피는 아기 구름들 사이로 겹겹이 쌓였다가 흩어지는 연노랑 빛 솜털 구름… 새벽하늘 캔버스에 아름다운 그림들이 쉴 사이 없이 채색되고 있었다. 마치 한 폭의 거대한 수채화를 보는 것 같았다. 아니, 마치 하늘에 축제가 벌어지고 있는 것 같았다.

'아, 세상에! 너무나 아름다워!' 숨이 막히도록 아름다운 그 모습에 재빨리 일어나 창가로 달려갔다. "모두들 잠에서 깨어나 이 아름다운 하늘 좀 봐요!" 크게 소리치고 싶었다. 혼자 보기엔 너무도 아까운 그 찬란한 새벽 하늘빛을 영원히 간직하고 싶었다. 그 빛이 사라지기 전에 잡아 두려고 얼른 카메라를 꺼내었다.

창을 여니 시원한 새벽바람이 온 얼굴을 어루만지며 물밀 듯이 방안으로 밀려 들어왔다. 상쾌하다. 바람에 얼굴을 맡기고 숨을 크게 들이마시며 생각한다. '모두가 잠든 새벽은 이런 모습이었구나. 아냐. 오늘은 운이 좋아서 볼 수 있었지 항상 이렇지는 않을 거야. 하늘에 무수한 빛이 있다는 것은 얼마나 오묘한 자연의 이치인가?'

사방은 아직 어둡다. 낮에는 눈부시게 반짝이던 강물도 조용히 잠들어 있고, 강변도로에는 이 새벽에 어디로 가는지 차들이 드문드문 달리고 있다. 잠시 넋을 잃고 그 광경을 바라보는데 어쩌면, 잠깐 사이에 빛이 점점 옅어지더니 오색 그림을 그리며 춤추던 하늘은 언제 그랬냐는 듯 시치미를 뚝 떼고 회색빛으로 변해 갔다. 어이없게도 구름도 덩

달아 퇴색하고 어느덧 하늘은 아무 때나 볼 수 있는 평범한 모습으로 되돌아갔다.

가슴을 두근거리게 만들었던 새벽빛은 이토록 재빨리 스러지고 마는 찰나의 아름다움인가. 잠시의 기쁨을 주고 가 버린 그 빛에 마음이 허전했다. 그러나 '내일은 내일의 태양이 떠오른다. 그러니 내일은 또 내일 새벽의 하늘빛을 볼 수 있으리라.' 생각하며 허전한 마음을 달래며 아쉬움을 뒤로하였다.

언제나 다시 떠오르는 태양은 오늘의 꿈과 희망, 하루 치의 기대와 설렘을 안고 살며시 다가온다. 그 하루가 주어지는 한 나는 언제든 또 다시 새벽 하늘빛을 바라볼 수 있으리라. 그 하늘빛을 바라볼 수 있는 한 내 마음은 언제나 꿈꾸는 설렘으로 충만하리라.

"누가 저 하늘빛을 창조했을까?" 아마 하늘빛은 대자연을 창조한 위대한 예술가임이 틀림없을 것이다.

아름다움에
대하여

　　서울숲에서 새벽이슬을 맞아 반짝거리는 여름 내내 가득 피어 꽃길을 만들고 기쁨을 주는 주황색 능소화 꽃 무더기, 여름부터 가을까지 오랫동안 피는 분홍빛 배롱꽃과 새빨간 장미 등 수많은 꽃들에게서 아름다움을 본다. 기와지붕의 완만한 곡선 위로 붉게 떠오르는 일출과 초가지붕 위에 박꽃을 비추며 떠오르는 달빛도 은은하고 아름답게 빛으로 다가온다. 자연을 고요히 바라보면 이런 아름다움을 얼마든지 느낄 수 있으리라. 아름다움은 보는 사람의 마음을 즐겁게 해 준다. 감각을 통하여 느끼는 아름다움을 특별한 방식으로 표현하는 것이 예술일 것이다. 아름다움은 마치 꽃에 앉는 나비처럼 느끼는 자의 감성에 깊게 안착한다.

　벼가 익어 가는 어느 맑은 가을날, 야외공원에서 간신히 파라솔이 딸린 의자에 앉을 수 있었다. 사람은 많은데 쉴 곳이 적어서 먼저 먹고 떠나는 일행을 기다렸다가 어렵게 차지한 의자였다. 먹을거리를 사러 간 일행을 기다리는데 한 여성이 두 손에 음식을 가득 들고 왔다. 간신히 얻은 자리라서 혹시 같이 앉자고 할까 봐 걱정이 들었다.

그녀는 "잠깐 여기에 이것을 놔둬도 될까요? 일행을 찾는데 핸드폰을 쓸 수가 없어서요." 하고 묻는다. 이제 막 샀는지 김이 무럭무럭 나는 음식을 두 손 가득 들고 서 있었다. 그렇게 하라고 말하자 테이블에 음식을 내려놓고는 가족에게 어디 있느냐고 전화를 한 뒤 감사 인사를 하고 갔다. 그녀의 말과 행동에도 아름다움이 들어 있었다. 겸손한 말씨와 인사를 하고 가는 모습에 왠지 가슴이 따뜻해지는 느낌이 들었다. 요즘 같은 세상에 보기 드문 예의 바른 모습이기 때문이었다.

요즘은 하루가 멀다 하고 사람을 해치는 끔찍한 뉴스로 마음이 얼룩진다. 학부모의 언어폭력을 견디지 못한 교사들의 가슴 아픈 자살 소식도 들려온다. 우리가 자랄 때는 선생님은 정말 어려운 존재였다. 선생님이 하시는 말씀은 꼭 지켰다. 숙제를 못 해 가면 야단을 맞거나 잣대로 손바닥을 가볍게 때리는 체벌도 있었지만 그것은 내가 잘못하고 받는 것이었기 때문에 아무렇지도 않았다. 그래도 나는 그런 선생님이 좋기만 했다. 그런데 지금 우리 사회는 왜 이럴까? 사람들은 상상할 수 없이 공격적으로 변모되고 있는 것 같다. 교사의 훈육은 학부모의 아동 학대 신고로 교사를 공격하는 무기가 된다. 어디서나 일어나는 끔찍한 폭력 사건들로 요즘엔 외출할 때면 나도 모르게 주변을 살펴보게 된다. 답답하고 이해할 수 없는 현실이다. 마음을 좀 더 넓게 열 수는 없을까?

오래전에 지방의 소도시에서 음악회가 있었다. 유명한 음악인들의 가곡과 베토벤 피아노 협주곡 등 많은 연주들이 관중의 마음을 사로잡았다. 무르익은 음악회의 분위기는 모든 사람들을 감동시켰다. 마지막으로 특별히 장애인의 협주가 있었다. 처음 보는 연주였다. 장애인은 악기를 다루기 힘들지 않을까, 연주 중에 혹시 실수하지는 않을까 내심 걱정했다. 드디어 연주가 시작되었고 조용한 홀에 선율이 가득 울려 퍼지기 시작했다. 소리는 높이 솟았다 내려오고, 달리고 멈추는 강약이 뚜렷하고 잔잔하고 깊이 있게 차올랐다. 모든 청중이 숨을 죽인 채 아름답게 어우러지는 선율에 빠져들었다. 열심히 연주하는 그들의 반짝이는 눈과 얼굴에서도 아름다움이 보였다. 곡이 끝나자 우리는 손바닥이 아프도록 박수를 쳤다.

누가 이들을 장애인이라고 할 수 있을까? 우리가 위로해 줘야 할 그들이 오히려 음악으로 우리를 위로해 주었다. 그들의 연주는 마음이 울컥할 정도로 감동스러웠고 그날의 연주 중 가장 인상 깊었다. 음악은 그들에게도 해낼 수 있다는 자신감을 주었을 것이다.

문학은 어떨까? 아름다운 시문들은 수없이 많다. 좋은 시를 읽을 때 나의 마음은 편안해지고 상상의 바다를 자유롭게 유영하게 된다. 별이 반짝이는 밤 은은한 달빛 아래 창가에 앉아 아름다운 시 구절을 읽을 때 얼마나 가슴이 떨렸던가. 그런 밤은 행복으로 충만하여 글을 쓰고 싶은 충동을 느끼곤 한다.

영국의 정치가 에드먼드 바크는 "아름다움이란 형식이 잘 되어 미적으로 즐거움을 주는 것"이라고 했다. 반면에 고대 그리스의 철학자 아리스토텔레스는 "아름다움의 형태적 원인은 사랑에 대한 열정"이라고 했다. 그래서 사랑하는 사람을 향한 열정이나 아기를 향한 부모님의 사랑은 그토록 아름다운 것일까?

나는 언제나 아름다움을 사진 속에 담곤 하지만 사진으로 다 담을 수 없이 멋진 풍경들이 있다. 카프리 섬에서 내려다보이는 반짝거리고 찬란한 에메랄드색의 바다, 북해도에서 보았던 비에이의 환상적인 설경들… 무궁무진한 자연의 아름다움은 영원히 가슴에만 남아 있을 것이다.

우주에 있는 대자연의 모든 것들은 보고 느끼는 대로 아름다움을 선사한다. 그것은 품위 있는 고요한 빛으로 우리의 가슴속에 감동을 주며 스며든다. 마음이 아프거나 슬플 때 자연의 숨결 속에서 먼 산을 바라보며 마음을 정리하라. 자연의 아름다움은 상처를 위로하고 마음을 편안하게 해 줄 테니.

삶의 모든 순간은 귀하고 소중하다. 시냇물이 흘러서 강을 만나듯 지치고 힘들 때에는 움츠리지 말고 가슴을 열고 활짝 웃는다. 그리고 아름다운 것들을 보고 듣고 느끼면서 살아가려고 노력한다. 그것은 삶의 경험에서 얻은 나의 인생관으로, 사람은 되도록 아름다운 것을 가까이 하도록 노력하는 시간이 필요하다고 생각한다. 그러노라면 우리의 마음은 점점 순화되고 좋은 성품으로 다듬어져 세상은 더욱 풍요로워지리라. 균형 있고 조화로운 아름다움은 삶을 편안하고 자연스럽게 승화시켜 주리라.

만추의 여정 –
용문사 은행나무

    가을이다. 하늘은 높푸르고 날씨는 춥지도 덥지도 않은 최상의 때, 어디로라도 떠나고 싶은 마음이 계절처럼 무르익는다. 마침 텔레비전에서는 여행하기 좋은 날씨라고 하면서 여행지를 소개하며 가뜩이나 부풀어 있는 내 마음에 부채질한다.

    그래, 떠나자. 이 좋은 기회를 붙잡지 않으면 가을은 금방 떠나 버리겠지? 갑자기 여행하고 싶은 마음이 솟구친다. 너무 멀지 않은 곳으로 갈 만한 데가 있을까?

    인터넷 검색을 해 보니 서울 근교에는 가 볼 만한 곳이 몇 군데 있었다. 다녀온 사람들의 후기까지 읽어 보니 그 가운데 '화담숲'이 제1 후보지로 떠올랐다. 예전부터 가 보고 싶은 곳이었기에 그곳으로 마음을 정하고 차분히 표를 구매하려고 했다. 그런데 온라인에서만 구매할 수 있는 입장표가 이미 매진되고 없었다. 놀랍게도 11월 중순이나 입장할 수 있는 표만 겨우 남아 있는 게 아닌가.

    그때는 이미 겨울의 문턱이라 단풍도 볼 수 없으리라. 결국 화담숲에 대한 마음을 접고, 다시 어디로 갈까? 궁리하다가 양평 용문사를 떠올렸다. 그래, 용문사 은행나무를 보러 가는 거야.

용문사를 다녀온 지가 10년은 지난 것 같았다. 갑자기 옛일이 떠올랐다. 10년 전 그때 내 아픈 마음을 위로하고 달래 줬던 그 커다랗고 노랗던 은행나무가 보고 싶었다.

다음 날 딸과 함께 떠나기로 했다. 금요일 오전에 용산에서 하는 창작수업을 마친 뒤 12시에 출발했다. 출발 전에 내비게이션을 켜보니 소요시간이 1시간 40분이라고 나왔다.

주말이지만 단풍객들이 아침 일찍 떠났는지 길이 막히지는 않았다. 즐거운 마음으로 강변도로를 휙휙 달리며 내 마음은 벌써 용문사로 가 있었다. 은행나무는 어떻게 변했을까?

차는 막히지 않고 잘 도착했다. 저만치 용문사 절의 푯말이 보였다. 먼 산들은 울긋불긋한 단풍들로 물들어 너무나 아름다웠다. 그리던 가을이 거기 있었다.

진입로에는 키 큰 은행나무들이 금빛 옷을 입고 햇빛에 반짝거렸다. 어느새 떨어진 잎들은 길 위에 수북이 금화처럼 쌓여 있었다. 길 양쪽으로 산나물 파는 음식점들이 즐비했고 거리는 사람들로 흥성거렸다.

은행나무를 찾아서 용문사로 향했다. 하늘은 구름 한 점 없이 파랗다. 용문사 오르는 길에 늘어선 단풍나무 풍경들이 눈을 즐겁게 해 주었다. 지저귀는 새소리, 계곡에서 졸졸 흐르는 시냇물 소리도 정겹다. 올라가고 내려오는 사람들로 길은 북적거렸다. 하지만 얼른 은행나무를 보고 싶고, 늦어지면 행여 파란 하늘과 어우러지는 산사 모습을 놓칠까 봐 빠른 걸음으로 산을 향했다.

드디어 저 멀리, 크고 웅장한 모습의 은행나무가 보였다. 10년 전의 모습을 그대로 간직한 그는 오늘도 변함없이 나를 반겨 주었다. 그래,

그날 마음이 몹시 아팠던 그때도 은행나무는 저렇게 나를 반겨 주었지. 새삼 지난 일이 떠올랐다.

당시 남편은 시의원에 입후보했고 최선을 다했지만 낙선했다. 틀림없이 당선되리라 믿었기에 실망도 컸다. 우리 부부에게는 너무도 큰 시련이었다. 다음 날 우리는 마음의 평안을 얻기 위해 강원도 쪽으로 길을 떠났다. 도중에 우연히 용문사 앞을 지나게 되었는데 그때 문득 유명한 은행나무가 떠올랐다. 그 나무를 보고 싶었다. 긴 세월 온갖 시련을 겪으면서도 의연하게 서 있을 그 모습에서 위로를 받고 싶었을까?

나는 몸도 마음도 지칠 대로 지쳐 후들거리는 다리를 이끌고 힘들게 이 길을 올라갔었다.

그날 본 은행나무는 너무나도 크고 웅장했다. 마치 부처님처럼 나를 내려다보며 부드럽게 미소 짓고 있는 것 같았다. 햇빛에 노란 잎들이 반짝거리는 모습에서 나는 어떤 위로를 느끼며 한참을 그 아래에 서 있었다. 그러자 갑자기 마음이 후련해지고 편안해졌다.

'그래 잊어버리자.' 나는 그 거목을 우러러보며 울분을 씻고 마음을 가다듬었다. "한평생 살아가노라면 좋은 일도 있고 궂은일도 있는 거란다." 나무가 잎을 반짝이며 나에게 그렇게 말해 주는 것 같았다. 어느새 아팠던 마음의 상처가 아물고 지친 몸에는 새 힘이 솟아났다.

이제는 다 지나간 옛이야기가 되었지만 그때를 회상하면 지금도 마음 한군데가 저려 온다. 어찌 보면 좋은 경험이기도 했다. 인생이라는 여정은 항상 순탄한 것만은 아니기에 때로는 역경과 실패를 통해 극복할 수 있는 용기를 배우기도 하는 게 아닐까.

이처럼 내게 큰 위로를 주었던 용문사 은행나무는 1962년, 은행나무로서는 처음으로 천연기념물 제30호로 지정되었다고 한다. 그는 수령

1,100살이고 높이 42m로 우리나라에서 가장 오래되고 키가 큰 나무다. 신라 경순왕의 아들인 마의태자가 망국의 슬픔을 안고 금강산으로 들어가기 전에 심었다는 설화가 있는가 하면 의상대사가 땅에 꽂은 지팡이에서 자라났다는 전설도 있다.

나는 잠시 눈을 감고 그 긴 생애를 생각해 봤다. 한 나라의 영고성쇠를 모두 바라보며 살아왔을 나무. 수많은 개인들의 영욕을 지켜보고 그 기억을 간직하고 있을 나이테, 역사의 증인이자 개인들의 위로자인 은행나무. 그는 내게 그랬던 것처럼 실의에 빠진 많은 사람들에게 위로와 희망을 주었으리라.

눈을 뜨니 은행나무 주변에는 사진을 찍으려는 사람들이 줄을 서서 차례를 기다리고 있었다. 그는 그 모두를 굽어보며 마치 전설 속 금장식 갑옷을 입은 장군처럼 수많은 부하 같은 가지들을 거느린 채 늠름하고 품위 있게 버티고 서 있었다. 용문사 은행나무, 그는 충분히 사람들의 사랑을 받을 만했다. 이렇게 많은 사람들이 그를 찾아오는 것은 당연해 보였다. 나 역시 여기에 다시 찾아오기를 잘했다는 생각을 했다. 나는 나무를 마음에 새기면서 아쉬움을 뒤로한 채 천년고찰 용문사 경내로 향했다.

설 날

    나 어릴 적 설날은 신나는 명절이었다. 며칠 전부터 설날이 빨리 오기를 손가락을 접고 펴 가며 기다렸었다. 그날은 어머니가 예쁜 꼬까옷도 해 주시고, 어른들께 세배하고 세뱃돈을 받는 것이 제일 좋았다. 그리고 맛있는 명절 음식을 배부르게 먹는 날이었다.

    떡을 좋아하는 나는 할머니가 불린 쌀이 담긴 커다란 광주리를 들고 "방앗간에 가자." 하면 신이 나서 따라나섰다. 할머니를 졸랑거리며 따라가는 것이 좋았다. 방앗간에는 가래떡 만드는 기계가 있었다. 뽀얗고 하얀 가래떡이 쑥쑥 쏟아져 나오는 것을 보면 신기하고 어찌나 재미있는지 시간이 흐르는 줄을 몰랐다. 한참을 구경하고 있으려면 김이 모락모락 나는 따끈한 가래떡 한 가닥을 싹뚝 잘라 주시곤 했다. 정말 맛있었다. 금방 나온 떡은 말랑말랑하고 쫀득쫀득한 게 정말 꿀맛이었다.

    할머니는 집에 와서 떡이 굳기를 기다렸다가 어머니와 함께 한석봉 어머니처럼 떡을 썰기 시작하신다. 설날 아침에 차례도 지내고 식구들이 둘러앉아 맛있게 먹을 떡국을 쑬 떡이었다. 떡국을 먹으면 나이도 한 살 더 먹는다. 지금은 나이를 먹는 것이 싫지만 그때는 한 살 더 먹는다는 것이 그렇게 자랑스러웠다.

할머니는 딸 셋에 아들 하나를 낳으셨다. 딸만 셋에 아들이 생겨서 고모들이 남동생을 무척 귀여워했다고 한다. 아버지는 머리도 좋고 사업수단도 좋으셨다. 고생을 많이 하셨지만 사업체를 성공시킨 아버지 덕분에 우리 형제는 유복하게 자랐다. 할머니는 그렇게 자수성가하신 아버지를 끔찍하게 귀히 여기셨다. 그리고 남편을 잘 내조하는 어머니도 세상에 하나밖에 없는 며느리라고 예뻐하셨다. 할머니는 아들을 하나밖에 못 낳으셔서 아들에 목말라 하셨는데 어머니는 아들을 다섯이나 낳으셨으니 할머니의 며느리 사랑은 끝이 없었다.

어머니는 음식 솜씨가 뛰어났다. 맛도 좋지만 예쁘게 만든 상차림을 보면 감탄사가 절로 나왔다. 집안의 큰 행사나 어른들 생일상도 상다리가 휘도록 차려 내셨다. 특히 설날은 할머니께 세배하러 오는 손님들이 많아서 종일 잔칫집이었다. 떠들썩한 웃음소리가 그치지 않고 전 부치는 냄새와 맛있는 갈비찜 냄새가 집안 가득히 풍겼다. 아버지가 사업을 하셔서 아침부터 점심과 저녁까지 손님들로 북적거렸다. 하지만 이제 생각하니 어머니는 얼마나 힘드셨을까 싶다. 종일 음식을 만들어 상을 차리고, 손님 가시면 다시 오는 손님을 위해 또 상을 차리고…

설날에 세배 손님들이 집에 오면 우리 남동생 둘은 덩달아 신이 났다. 철없는 두 남자아이들이 내 여자 한복을 꺼내 입고는 손님들 앞에서 덩실덩실 춤을 추면 웃음꽃이 집에 가득했다. 나는 좀 창피했지만 덕분에 세뱃돈을 받으니 좋기는 했다. 우리에게 설날이 아니면 언제 그런 목돈이 생길 수 있겠는가, 세뱃돈 주머니가 두둑해지면 누가 더 많이 받았는지 서로 비교하는 즐거움도 작지 않았다.

어머니는 설이 돌아오면 일주일 전부터 음식준비를 하셨다. 갈비를 한 토막씩 토막 내어 살을 바르고 도마에 놓고 두드리는 소리에 설 준비가 시작됐다. 귀찮고 힘든 일일 텐데 솜씨 좋은 어머니는 갈비에서 기름을 떼어 내고 칼로 먹기 좋게 다듬고 손질해서 맛있게 양념을 해서 궁중 갈비찜을 만드시는 것이었다. 그러고는 그것을 바깥에 있는 곳간에 두셨다. 그 시절 겨울은 정말이지 너무나도 추워서 밖에 있는 곳간은 그런 음식들을 꽝꽝 얼리는 냉동실 역할을 충분히 해냈다.

기억나는 또 한 가지는 쌀강정을 만드는 것이다. 이것도 집안의 커다란 행사였다. 식구들이 모여서 강정 반죽을 밀판에 밀고 예쁘게 잘라 냈다. 네모나게 잘라 낸 반죽을 뜨끈한 방바닥에 달력을 깔고 펴서 며칠을 말렸다. 한쪽이 마르면 뒤집기를 여러 번 해서 딱딱하게 굳을 때까지 말렸다. 우리가 학교에 다녀오면 그 방으로 뛰어가 강정 뒤집기에 바빴다. 딱딱하게 말린 것을 뜨겁게 끓는 기름에 집어넣으면 꽃이 피듯 '와르르' 하고 크게 부풀어 올랐다. 그게 얼마나 신기하던지 우리 형제는 "야, 신기하다!" 감탄하면서 구경하고는 했다. 기름에서 건져 엿을 발라 튀겨 놓은 쌀 튀밥을 묻히면 맛있는 쌀강정이 되었다. 강정을 만드는 날에는 멀리서 사는 외할머니도 오셔서 도와주시곤 했다. 금방 만든 강정은 솜사탕처럼 부드럽고 달콤했다.

어머니의 정성이 가득 찬 실내 찬방에는 오밀조밀한 정과들이 있었다. 연근과 무우정과와 생강정과 등, 어머니는 정과들을 실에 꿰어서 차곡차곡 찬합에 담아 놓으셨다. 틈틈이 만들어서 설날을 위하여 차곡차곡 모아 두셨던 것이다. 어머니는 음식을 잘 만드시니 그리 힘들지 않게 하시는 것 같았다. 고모들은 어머니를 솜씨쟁이라고 무척 예뻐하셨다. 어머니의 손에서 가위질로 마른오징어가 꽃이 되고 공작새도 되었다. 나도 그걸 따라 하려고 해 보았지만 쉽지 않았다.

옛날 설 선물들은 지금과는 많이 달랐다. 설탕이 귀한 시절이었기에 설탕가루가 들어 있는 설탕 부대가 가장 인기 있었다. 사과는 고급 선물이었다. 나무 궤짝에 사과 알들이 들어 있었고, 안에는 왕겨가 가득 차 있었다. 광에 사과 상자가 쌓이면 어머니는 사과를 꺼내라고 커다란 광주리를 내어 주시곤 했다. 나는 그 앞에 앉아 하나둘 사과를 꺼내기 시작했다. 사과는 왕겨 속에 묻혀 있었는데 싱싱하게 보관하기 위한 것 같았다. 나는 이리저리 뒤적이며 사과를 꺼냈는데 맨 마지막 남은 것은 찾기가 힘들어 팔 소매를 걷고 팔을 옆으로 휘휘 저으면서 찾아내곤 했다. 팔을 걷은 맨살에 왕겨 껍질이 붙어 따끔거리기도 했다. 행여 하나라도 놓칠까 봐 안간힘을 쓰며 몇 번이나 더듬고 찾곤 했다. 다 꺼낸 것 같은데도 항상 마지막 한 개가 남아 있었다. 사과 찾기가 보물찾기 같았다.

어느 날 밤에 두 동생이 몰래 곳간 창고에 들어갔다. 그리고는 맛있게 양념된 갈비를 어머니 몰래 가지고 나와서 숯불에 구워 먹었더니 그렇게 맛이 있었다고 자랑하였다. "누나, 정말 둘이 먹다 혼자 죽어도 모르게 맛있어.""그래, 맛있었겠지. 원래 몰래 먹는 것이 더 맛있거든." 나도 먹고 싶었지만 참았는데 두 놈은 설까지 기다리지 못하고 먹어 버린 것이었다.

설날이 되니 그 옛날 가족들과 함께했던 즐거웠던 일들이 생각난다. 설날이 오기만을 손꼽아 기다렸던 그 시절 어머니의 정성 어린 음식들, 귀여운 동생들의 천진난만한 모습들과 설빔으로 해 주신 알록달록 꼬까옷들, 두둑이 모았던 세뱃돈 등등. 모두가 잊지 못할 추억이다. "까치 까치 설날은 어저께고요, 우리 우리 설날은 오늘이래요." 골목에서 동네 아이들과 목청 터져라 신나게 불렀던 노래도 그리워진다.

이제는 설날을 손꼽아 기다리지도 않는데 어느새 옆에 와 있곤 한다. 정과나 강정은 마트에 가면 살 수 있다. 사과도 종이상자에 들어 있어 쉽게 꺼낼 수 있다. 떡국 떡도 맛있는 상표를 골라 사면 된다. 집에서 일주일 전부터 힘들게 장만하지 않아도 필요한 것들은 핸드폰에 메모해 놓았다가 사면 그만이다. 모든 것이 편리하게 바뀐 세상에서 설맞이도 편했다.

그러나 이런 편리함 속에서도 채워지지 않는 아쉬움이 있다. 풍요 속의 빈곤이랄까, 허전한 풍요로움이랄까.

어릴 적 설 명절은 아득히 먼 옛날이야기가 되었고, 어느새 추억이 되어 버렸다. 이제는 옛 설 풍경들이 세월에 묻혀 가슴속에만 아련히 남아 있다. 그러나 그 시절을 떠올리면 마음 밑바닥이 여전히 따뜻해진다. 어머니가 만들어 주신 음식들이 그립고 또 그립다. 그리움으로 가슴이 축축이 젖어 든다. 그나마 추억할 수 있는 옛 설날이 있어서 위로가 된다고 할까. 새로운 해를 맞는 길목에서 나이를 한 살 더 먹으면서 이제는 추억 하나를 더 먹고 지난 시절을 그리워한다.

봄을
기 다 리 며

입춘이 지났지만 아직은 쌀쌀하다. 오랜만에 한낮 기온이 영상으로 올랐다. 창을 열고 밖을 내다보니 봄기운이 어슴푸레 느껴진다. 그동안 한강 둔치를 걷고 싶고 자연학습장도 가고 싶었지만 날씨가 추운 데다 코로나 감염의 위험 때문에도 미뤄 왔었다. 그러나 오늘은 날씨도 상당히 풀리고 마스크 착용도 권고 사항이 되어서 가볍게 산책을 나가기로 했다. 그래도 혹시 강바람에 추울까 봐 따뜻하게 입은 옷깃을 단단히 여미고 집을 나섰다.

이촌동에 있는 둔치에 갔다. 일요일이라 이미 산책 나온 사람들도 많고 자전거 길에는 울긋불긋 헬멧을 쓴 채 자전거를 타는 사람들도 많았다. 따뜻한 날씨 때문인지 사람들의 움직임이 활발해졌다. 유모차에 아기를 태우고 나온 젊은 엄마, 걸음걸이가 부자연스러운 노부부와 개를 데리고 나온 사람들이 이른 봄 산책을 즐기고 있었다.

나는 이곳에 오면 항상 이촌 자연학습장까지 간다. 거기까지는 걸어서 30분이 걸린다. 두 가지 코스로 가는데 하나는 강변을 따라 동작대교를 바라보며 아스팔트 길을 걷는 길이고, 다른 하나는 그 아스팔트 길을 건너 키 큰 가로수들을 바라보며 걷는 흙길이다. 두 길 다 좋아하지만 오늘은 동작대교를 바라보는 길을 선택했다.

이왕 봄맞이를 나왔으니 오랜만에 강을 따라 걷고 싶었다. 따뜻한 오후 햇살에 등을 맡기고 천천히 걸으면서 새싹들이 나왔나 살펴본다. 거북선 나루터 앞길에서 멀리 흑석동도 바라보고 한강대교에 기차가 달리는 것도 본다. 모처럼 상쾌하다. 역시 사람은 집 밖에 나와 활동해야 하나 보다.

얼음이 녹은 한강도 반짝이며 나를 반겨 준다. 흐르는 강물을 바라보면서 꽃향기가 가득한 봄이 머지않았음을 느낀다. 미풍에 춤추는 갈대숲으로 참새 한 마리가 앉는다. 그러더니 순식간에 참새 떼가 줄지어 날아와 마른 갈잎에 앉아서 부지런히 먹을 것을 쪼아 댄다. 엄마를 찾아 나선 흥부네 새끼들 같다. 날씨가 풀리니 새들도 먹이를 찾아 더 바쁘게 날아다니는 것 같다.

혹시나 봄 새싹을 볼 수 있을까, 부푼 마음에 양지쪽 마른 땅이 있는 옆길로 내려갔다. 몇 발자국만 내려가면 바로 강이다. 까만 조약돌들과 풀섶이 있는 아늑한 강 모퉁이에는 오리가족이 즐거운 듯 꽥꽥거리며 놀고 있다. 저들도 벌써 봄나들이를 나온 것일까?

해를 마주하는 양지쪽에 아주 작은 푸른 싹이 땅을 헤집고 얼굴을 뾰족이 내밀고 있다. 드디어 찾았다! 애타게 기다리던 봄소식이다. 새봄의 탄생이다. 아주 작고 여리여리하지만 봄풀들이 세상 밖으로 나온 것이다. 너무 반가워서 한참을 들여다보았다. 지난해 피었다가 지고 난 뒤 겨우내 추운 땅 밑에서 봄이 오기를 얼마나 기다렸을까? 새싹이 돋았으니 이제 서서히 봄은 더 가까이 다가올 것이다. 파란 잔디가 무성했던 넓은 뜰에 쌓인 마른 나뭇잎들이 아직 서걱서걱 소리를 낸다. 올

해 처음 본 새싹을 기쁘게 눈에 담고, 겨울 동안 보지 못했던 자연학습
장은 얼마나 변했을까 생각하면서 부지런히 걸음을 재촉했다.

자연학습장은 규모는 크지 않지만 여러 가지 예쁜 꽃들도 있고 쉬어
가는 정자도 있어 찾는 이들에게 즐거움을 준다. 봄에는 샛노란 개나리
와 산수유가 흐드러지게 피고, 넓게 펼쳐진 라벤더 꽃밭도 인상적이다.
5월에 피는 장미는 얼마나 아름다운지 모른다. 불타는 듯 피어오르는
장미가 저절로 내 발걸음을 멈추게도 했다. 그전에는 꽃밭에 핀 색색의
튤립들이 아름다워 찍어 놓은 사진을 휴대폰 액정화면에 담아 지금도
간직해 놓고 있다. 밭에는 가지가 열렸고 고추와 넝쿨 호박도 자랐다.

몇 년 전 여름에 곤충 찾기 출사를 갔을 때 이곳을 처음 알게 되었
다. 그때 출사 팀에게는 풀이 무성한 연못에서 곤충 열 가지를 찍는 미
션이 주어졌다. 무더운 여름날 곤충 열 종류를 찾기 시작했는데 그중
에서 나비를 찾아 찍기가 제일 힘들었다. 나는 잠시도 가만히 있지 못
하고 카메라만 갖다 대면 날아가 버리는 나비와 숨바꼭질을 해야 했다.
무당벌레, 파리매, 방아깨비와 노란 꽃잎에 앉아 있는 벌과 잠자리 등,
정신없이 눈이 아프게 헤매고 다녔었다. 결국 미션을 잘 마친 덕분에
모처럼 즐거운 시간을 보냈었다.

그때부터 이곳이 시골에 온 것처럼 좋아졌다. 그 뒤로는 마음이 허전
하거나 답답할 때면 이곳을 찾게 됐다. 이곳은 올 때마다 다른 느낌을
주어서 늘 즐겁고 기대가 된다.

'그동안 어떻게 변했을까? 혹시라도 꽃이 있을까?' 기대하고 왔는데
성급한 마음이었을까? 촉촉하게 밟히는 땅은 얼어 있는 것같이 딱딱하
진 않았고 어쩐지 봄을 느끼게 해 주었지만 꽃은 아직 피지 않았다. 하
지만 촉촉한 땅과 대기는 금방 꽃이 활짝 필 것처럼 보는 곳마다 푸근

한 정감을 불러일으킨다. 멀리 대숲은 변함없이 파랗다. 장미밭 장미들은 가지가 얼지 않도록 짚으로 기다랗게 싸매 놓았다. 그것들도 겨울 동안 추위를 잘 견디고 따뜻한 봄날에 싹을 틔우려고 기다리고 있으리라. 다가오는 봄을 위해 모두가 부산히 준비하는 것처럼 보인다.

올겨울은 유난히도 추웠다. 영하 15도를 밑도는 추위가 계속되고 눈도 많이 내렸다. 갑자기 쏟아지는 많은 눈에 교통이 마비되고 미끄러운 빙판길에서 사고도 많이 났다. 앞이 보이지 않게 쏟아지는 눈을 보면서 어서 따뜻한 봄이 오기를 기다렸다. 꽃들이 보고 싶다. 그런데 올해는 너무 추워서 봄꽃들도 늦게 피려나 괜스레 걱정이 된다. 보통 봄은 3월부터 시작되지만 가끔은 이상 기온으로 2월에도 꽃이 피었던 적이 있었다.

봄이 오면 모든 생명체에 활기가 넘친다. 지난겨울 힘들었던 사람들에게도 희망찬 봄이 와서 얼었던 마음을 녹여 주면 좋겠다. 봄은 날개를 펴고 찾아오는 희망이다. 봄이 되면 햇볕이 더 따뜻해지고 바람도 더 부드러워져서 꽃들도 앞다투어 피게 될 것이다. 앙증맞은 매화도 꽃봉오리를 터뜨릴 것이고, 산수유도 노랗게 피어 아름다운 세상을 만들어 줄 것이다. 기다리지 않아도 봄은 오지만 성급한 마음은 꽃피고 따뜻한 봄이 어서 오기를 기다린다. 긴 겨울을 보내면서 봄이 더욱 그리워진 때문이다.

사부곡

(思 父 曲)

아이는 출장에서 돌아온 아버지 발등에 올라타 마치 왈츠를 추듯 아버지가 발을 옮기는 대로 따라 걸었다. 며칠 떨어져 있던 아버지가 반가워서였다. 아버지는 그런 딸을 내려다보고 미소 지으며 "내려가~"하면서도 가만 계셨다. 그 미소는 사랑을 가득 담은 정다움이었다. 어릴 적 나는 아버지가 여행이나 출장을 다녀오시면 언제나 그렇게 인사를 했다. 젊은 아버지와 어린 딸의 정다운 만남이었다.

이제 아버지의 빈자리는 그리움으로 가득 차 있을 뿐이다. 나의 아버지는 100세 인생이라는 요즘에 비해 보면 너무 일찍 돌아가셨다. 아버지는 가족의 가슴에 슬픔과 때 이른 이별이라는 한을 남겨 주시고 59세에 폐암으로 세상을 뜨셨다. 너무 분하고 억울했다. 수술받으신 뒤 3년 동안 약을 쓰고 관리도 했지만 소용없었다. 의술이 발달한 요즘 같으면 충분히 더 사실 수 있었을 텐데, 평화롭던 우리 집에는 슬픔의 그림자가 깃들기 시작했다. 건강이 소중한 걸 나는 그때 처음으로 알았다.

아버지는 어려운 환경에서 독자로 태어나셨다. 아들이 귀한 집안에서 할머니가 낳으신 1남 3녀 가운데 아버지는 셋째였다. 할머니께서 아들을 낳으니 위로 두 딸은 남동생이 귀엽고 사랑스러워 곁을 떠날 줄 몰랐다고 한다. 아버지는 가난해서 학교 교육을 제대로 받지 못하셨지만 영민하고 성실하셔서 자수성가하셨다.

텔레비전이 없던 시절, 어느 라디오 방송국에서 다큐멘터리 특집으로 「역경을 이겨 낸 사람」이라는 30분짜리 단편 드라마를 만들었다. 그때 아버지는 그 드라마의 주인공으로 그려졌다. 그 프로그램은 힘들게 사는 사람들에게 희망을 주는 감동적인 스토리를 주제로 한 것이었다. 우리 가족은 라디오 옆에 둘러앉아 30분 동안 아버지께서 역경을 이겨 내고 성공하신 이야기를 드라마로 들으면서 박수를 쳤다. 그 뒤 친척들과 만나기만 하면 그 드라마가 화제가 되었다.

나는 그런 아버지가 무척 자랑스러웠다. 그 드라마에는 아버지의 삶의 철학이 담겨 있었다. 그것은 자식들에게는 결코 가난을 물려줄 수 없다는 신념이다. 공부를 많이 하지 않으셨지만 누구보다 뛰어난 결단력으로 회사는 성장했고, 우리는 아버지 덕분에 유복한 어린 시절을 보낼 수 있었다. 아버지는 또 그 옛날 모랫바닥이었을 뿐인 여의도에 땅을 많이 사두셨다고 한다. 어떻게 여의도가 한국의 월가가 되고 이처럼 좋은 입지가 될 줄 아셨을까. 선견지명이 있으셨다.

과묵한 아버지는 정이 많은 분이었다. 아버지께서는 말없이 주위의 어려운 친척들을 많이 도와주셨다. 집 없는 이모에게는 집을 사 주시고 어려운 사촌들은 데려다 학비까지 대 주시며 공부를 시켰다. 그래서 우리는 사촌 형제와 같이 살았다. 엄하고도 인자하신 우리 아버지, 그 풍모가 그리울 때면 가만히 "아버지!" 하고 불러 본다.

우리 형제는 5남 1녀로 나는 외동딸이었기에 특별히 더 아버지의 사랑을 많이 받았다. 하지만 좀처럼 겉으로 표현하지 않으셔서 예뻐하지 않는 줄 알고 철없이 굴었던 적도 있었다. 이제는 안으로 넘치던 아버지의 사랑을 회상하고 그리워할 뿐이다.

중학교 다닐 때였다. 하루는 학교에서 돌아와 방문을 열면서 깜짝 놀랐다. 아침에 학교 갈 땐 분명히 없었는데 방 한쪽에 반짝이는 검정 피아노가 놓여 있는 게 아닌가? 꿈이 아닐까 하고 눈을 크게 떠 보니 볼수록 더 반짝였다. 이제 막 배우기 시작한 피아노를 선물로 받게 되다니 너무 기뻐 눈물이 날 것 같았다. 그 시절에 피아노는 정말 귀했다. 더구나 국산도 아닌 일본제 '가와이' 피아노였다. 하룻밤 사이에 나는 신데렐라가 된 것 같았다. 일본에서 배로 들여와 부산까지 가서 가져오셨다고 했다. 나는 "우리 아버지가 최고야!" 하고 소리쳤다. 피아노는 내게 그 무엇보다 감동적이고 귀한 선물이었다. 꼭 값비싼 피아노를 사주셔서 그런 게 아니라 딸의 마음을 헤아려 주시는 아버지가 너무도 감사했고, 그 사랑이 깊이 느껴져 행복했었다.

대학 시절에 오빠들은 모두 결혼해서 나가 살았기에 나는 주말에는 아버지와 엄마랑 셋이서 차를 타고 드라이브를 즐겼다. 아버지는 굴비를 좋아하셨다. 굴비를 산다는 핑계로 인천에 자주 가서 바다를 바라보며 점심을 먹곤 했다. 여름에는 퇴근하고 집에 오시면 시원한 모시 바지를 입으시고 갓 구운 굴비에 밥 한 그릇을 찬물에 말아 맛있게 뚝딱 드셨다. 그렇게 드시던 모습이 가끔 그리워지곤 한다.

운동도 좋아하셔서 아침이면 동네 분들과 배드민턴을 치고 일주일에 한 번은 골프도 치셨다. 나는 요즘 라운딩을 하면서 다른 가족이 아버지와 같이 골프 치는 걸 보며 아버지랑 같이 골프를 즐길 수 있다면 얼마나 좋을까 생각하곤 한다.

내가 셋째 아이를 낳고 퇴원하는 날이었다. 아버지가 나를 집에 데려다주시면서 당신 몸에 뭔가 이상이 있는 것 같다고 하셨다. 그 길로 병원에 가서 검사해 보니 폐암이었다. 우리는 몹시 놀라고 황망했지만 서둘러 수술을 받으시도록 했다. 그 시절 병원에서는 암 환자에게 병명을 말하면 쇼크를 받는다고 사실대로 말하지 못하게 했다. 우리는 아버지께 폐가 조금 나쁠 뿐이라고 했다. 요즘은 환자에게 병명을 알려 주는데 그때는 암이란 치명적인 병이어서 환자가 그로부터 받는 충격을 감당할 수 없으리라 여겼던가 보다.

아버지는 수술 후 퇴원하시고 2년간은 잘 지내셨는데 그 후로 서서히 나빠지더니 암세포가 다른 부위로 전이되었다. 그래서 주변 정리도 제대로 못 하시고 자신의 병명이 뭔지도 모른 채 돌아가시고 말았다. 그때 아버지는 나를 많이 원망하셨다. "내 친구는 딸이 의사라 병을 고쳐 줘서 나았는데 나는 사위가 의사인데 왜 못 고쳐 주냐." 고통과 절망 속에서 마음에도 없는 말씀을 하셨겠지만 나는 그 말씀이 두고두고 가슴에 남았다. 차마 병명이 암이라고 말할 수 없었기 때문에 생긴 일이었다. 사업하시면서 스트레스로 담배를 많이 피우셔서 폐가 나빠진 것 같았다. 그때 당신 병명을 알려 드리고 준비하도록 해 드리지 못한 것이 내내 후회되었다.

아들 다섯에 딸 하나, 나는 그 속에서 꽃송이처럼 사랑을 받고 자랐다. 훌륭한 아버지를 둔 건 내 일생의 축복이 아닐까 한다. 인품 있고 잘생기신 아버지가 우리 곁을 떠나신 지 어느덧 30여 년이 되었다. 오늘은 유난히 돌아가신 아버지 생각이 많이 난다. 여름이면 하얀 모시 바지에 굴비를 드시던 모습이 떠올라 가슴이 울컥해지곤 한다. 지금 계신다면 잘 해 드릴 수 있을 텐데… 아버지의 빈자리가 크기만 하다.

지금도 마치 곁에 계신 것처럼 귓가에 쟁쟁한 아버지의 목소리와 잊히지 않는 그 모습… 눈을 감으면 아버지는 내 가슴속에 살아 계셔서 보고 싶을 때는 언제나 볼 수 있고 말하고 싶을 때는 말할 수 있을 것만 같다. 그러나 눈을 떠 보면 그 빈자리엔 찬바람만 횡하니 불고 그리움만 애타게 피어오른다. 풍수지탄(風樹之嘆)이라고 했던가. 나무는 고요히 있고자 하나 바람이 멈추지 않고, 자식은 부모를 봉양하고자 하지만 부모님은 기다려 주지 않는다. 곁에 계신다면 이제라도 못다 한 효도를 해 드리고 싶지만 세월이 흐를수록 그리움만 더해 갈 뿐이다.

설국의
겨울나무

사진 출사 여행을 왔다. 이곳은 홋카이도의 후라노라는 작은 시골이다. 후라노에서 유명한 팜도미타라는 경치 좋은 라벤더 정원에 왔다. 여름에 피는 라벤더로 유명한 이곳은 겨울이면 완전히 다른 은빛 세상으로 바뀐다. 눈으로 하얗게 물들어 있는 벌판과 포플러와 서리가 있는 얼음 나무들, 반짝이며 떨어지는 눈송이까지 너무도 아름다운 은색이었다.

산과 들이 눈이 시리도록 하얗다. 흰 도화지에 파란색을 칠한 듯 하늘만 파랄 뿐, 가끔 퇴색한 나무들의 색도 보이지만 눈에 덮여 그마저도 하얗다. 나무마다 머리에 하얀 눈꽃 관을 쓰고 있다. 10cm 이상 쌓인 눈들이 나무 위에서 미동도 하지 않고 있다. 그래서 나무도 온통 하얗게만 보인다. 신기하게도 이곳의 눈은 내리면 내리는 대로 쌓이기만 할 뿐 녹지 않는다. 설국이라는 홋카이도는 역시 와서 보니 상상했던 것 이상으로 눈이 많아 놀라웠다.

파랗던 하늘이 어느새 회색빛으로 변하더니 사각사각 눈이 내린다.

눈 쌓인 설경이 슬프도록 아련하다. 아무도 밟지 않은 눈길을 발자국을 내며 걷는다. 깊은 눈 속에 빠져 바지가 젖을까 봐 아이젠과 스패츠까지 신었다. 종아리까지 빠지는 눈길은 깊은 발자국을 만들고 다리는 무겁지만 마음은 즐겁기만 하다. 내리는 눈을 바라보다가 영화 「러브레터」의 주인공처럼 두 손을 모으고 '오겡끼데스까!'라고 외쳐 본다.

숲을 지나다 여러 나무들을 만났다. 하늘과 눈길과 숲을 같이 넣어 찍어 보기도 하고 숲과 하늘만 넣고 찍기도 했다. 하얀 언덕에 서 있는 크고 작은 나무들을 찍었다. 사진을 찍고 몇 발자국 가다가 갑자기 가슴이 뭉클해졌다. 발걸음을 멈추었다. 무엇이 나를 멈추게 할까? 뒤돌아보니 제일 크고 커다란 나무가 눈에 들어왔다. 다시 가까이 다가가 그 나무를 클로즈업하고 크게 찍어 본다.

그 큰 나무는 두 팔을 크게 벌리고 수많은 가지들을 거느리고 있다. 겨울이어서인지 나뭇잎이 떨어져 앙상한 모습이지만 많은 가지를 거느린 커다란 줄기로 보아 수령이 꽤 많아 보인다. 나무의 오랜 역사가 가지마다 배어 있는 것 같다. 높이 뻗은 나뭇가지들은 마치 사람의 몸속 혈관처럼 보인다. 멀리서 볼 땐 보지 못했던 가지들이 가까이 보니 굵은 혈관과 가느다란 실핏줄처럼 온 나무에 퍼져 있다. 어쩌면 이토록 오묘하게 사람과 닮아 보일까. 신기하고 놀라웠다. 허리쯤에 있는 큰 가지 하나가 부러져 있다. 역사의 주인공처럼 꿋꿋한 나무의 가지가 어쩌다 부러졌을까? 문득 안타깝고 애처로운 마음이 들었다.

나무만 가지가 부러지는 게 아니라 사람도 부러질 때가 있다. 살면서 인생의 한 가지가 꺾이게 되면 좀처럼 다시 앞으로 나아가기 힘들어지는 때가 있다. 그럴 때 우리는 아파하고 좌절하면서 엄살을 떨지만 나무는 그저 묵묵히 견딜 뿐이겠지. 오랜 세월 나이를 먹으면서 많은 고난 속에서 나무는 그렇게 견디어 냈으리라. 혹독한 추위를 견디며 더욱

강하고 굳건하게 뿌리를 내리고 튼튼하게 서 있게 되었으리라.

몇 살이나 되었을까? 궁금했지만 알 수 없었다. 수령이 50년은 훨씬 넘었을 것 같았다. 사방으로 퍼진 가지 혈관들은 뿌리로 영양분과 수분을 돌려보내고도 이 겨울을 충분히 잘 이겨 낼 수 있을 것이다. 그 나무의 가지마다 이불처럼 눈이 쌓여 있고 가지 끝에 핀 얼음꽃은 반짝반짝 빛나는 보석 같기만 하다.

나무는 하얀 눈 이불을 쓴 채로 나를 보며 속삭이듯 말한다. "이 추운 겨울 외로웠는데 반가워요." 라고, 나만 그렇게 느꼈을까? 갑자기 이 신령스러운 나무가 친구같이 친근해졌다.

그는 큰 가지 하나는 부러졌지만 흔들리지 않고 나이테에 연륜을 쌓고 대지에 든든한 뿌리를 내리며 기품 있게 서 있다. 그 모습에 갑자기 눈시울이 뜨거워진다. 때로는 흔들리는 우리의 삶도 결국 나무와 비슷하지 않을까?

한동안 나무를 우러러보다 그 주위를 걸어도 본다. 나도 나무에게 뭐라고 말하고 싶어서 가만히 "나무야" 하고 불러 본다. 부르고 나니 한결 마음이 편해진다. 내리는 눈송이들이 반짝거리며 춤을 추는 듯하다. 고흐가 나무뿌리에서 생명을 느꼈던 것은 그로 인해서 홀로 서 있을 수 있는 고독의 힘 때문이 아니었을까?

어느 식물학자가 나무는 그들끼리 말도 하고 가족도 있다고 한다. 큰 나무 옆에는 작은 나무들이 있는데 가족들일 것만 같다. 나무의 삶이 우리와 다를 게 없다는 걸 나를 바라보는 나무에게서 느낄 수 있었다. 이 겨울이 지나면 새로운 움이 트고 새 생명이 가지에 또 생길 것이다.

나무가 하는 일들을 생각해 본다. 여름이면 나뭇잎들이 무성해져 지나가는 사람들에게 시원한 그늘을 만들어 쉬게 하고, 그 몸에서는 피톤치드도 뿜어내어 좋은 환경도 만들어 준다. 나무는 언제 보아도 신비롭고 경이로우며 우리를 치유하는 자연의 의사 같다. 평소 생각하지 못했던 나무에 대한 고마움을 오늘 만난 나무를 통해 좀 더 깊이 생각하게 되었다.

나는 더 오래 나무 앞에 서 있을 수는 없었다. 일행이 있어서 그 자리를 떠나야 했다. 아쉬움에 되돌아보면서 나무의 고뇌와 기쁨을 생각했다. 혹독한 환경에서 무한한 인내를 가지고 강추위와 칼바람을 견디고 서 있는 나무, 자연과 사람들에게도 좋은 일을 하는 나무. 겨울 산을 지키는 나무에게서 진정한 아름다움을 느낀다.

나도 설국의 겨울나무처럼 대지에 깊이 뿌리를 내려 튼튼하게 자리 잡고 고난 속에서도 흔들리지 않는 그런 사람이 되고 싶다.

가을
국도 여행

가을이 옥수수 알갱이처럼 맛있게 익어 간다.

산 위에 둥실 걸린 흰 구름이 손으로 잡힐 듯 선명하다. 달리는 차의 창밖으로 스치는 나무들은 아직 푸릇하지만, 아침저녁으로 날씨는 점점 서늘해지고 있다. 머지않아 가을빛을 듬뿍 먹은 애잔한 빨간 단풍잎들이 도로를 수놓을 것이다. 달리는 대로 변하는 풍경이 영화의 장면처럼 매 순간 새롭게 펼쳐진다.

봄은 첫사랑처럼 가슴 두근거리게 오지만 무덥던 여름의 끝자락에 찾아오는 가을은 풍성한 사랑처럼 편안하게 다가온다. 그런 가을을 놓칠세라 서둘러 여행을 떠나기로 했다. 강원도 봉평으로 여행지를 선택하고 길을 나섰다.

산과 들 사이로 시원하게 뚫린 고속도로도 좋지만, 빠른 속도를 내며 달리는 것보다 느긋하게 풍광을 음미하려고 국도로 가는 여행길을 택했다. 오늘은 바쁜 일정 없이 한가로운 가을 여행을 떠나기 때문이었다. 국도는 언제든 가다가 차에서 내려 들꽃도 보고 계절의 아늑함을 누릴 수 있어서 좋다.

오래전에 양평에서 주말농장을 한 적이 있었다. 지자체에서 땅 소유주와 주말농장을 할 수 있게 협의를 하고 희망자에게 임대 신청을 받았다. 신청을 하고 봄에 이곳을 찾아왔더니 10평쯤 되는 텃밭이 있었다. 이 밭에 봄이면 갖가지 모종을 심고, 상추 쑥갓 등의 씨를 뿌리고 가을이면 거두면서 재미있는 주말 농부 생활을 했었다. 그때 이곳 양평에서 강원도 쪽으로 가려고 내비게이션을 켜고 길을 찾다가 이 국도를 알게 되었다. 거기서는 고속도로보다 국도로 가는 게 빨랐다. 오늘은 모처럼 그때 알아 두었던 길을 찾아왔다.

국도는 정 많은 여성처럼 아기자기하다. 고속도로와 다르게 볼 것도 느낄 것도 많으며 평화롭고 여유롭다. 한적한 국도변에 차를 세우고 경치를 바라보노라면 고향에 온 듯 마음이 편안해진다. 도시 생활에 찌든 심신이 정화되는 느낌이다. 차에서 내려 두 팔을 들고 크게 심호흡을 하며 먼 산을 바라보았다. 민둥산에 언제 그렇게 나무들이 빽빽하게 들어찼는지 울창한 숲을 이루었다. 숲 아래 한적한 시골 마을이 무척 평화로워 보인다. 파도처럼 일렁이는 푸른 논과 밭은 옛날 시골 외할머니 집 근처의 마을 같아서 추억을 불러일으켰다. 물이 발목까지 차는 논에 들어가 우렁이도 잡고 메뚜기도 잡던 추억들이었다. 마을 뒤로 우거진 대나무 숲도 운치 있어 보인다. 숲이 살랑살랑 소리 내며 춤을 추는 듯하다. 사계절 푸른 대나무는 언제 보아도 신비롭고 신선하다.

한 폭의 수채화 같은 강마을도 지났다. 한적한 길옆에는 토끼풀이 있고 노란 들꽃들이 우리를 반기는 듯 귀여운 미소를 지었다. 잠깐 내려서 꽃을 보고, 행여 네 잎 클로버가 있을까 잎들을 헤치며 찾았지만 보이지 않았다. 찾지는 못했지만 지나치며 보았던 아름다운 풍경들로 행운은 이미 가슴에 들어와 있었다.

이런저런 즐거움을 주는 국도는 구불구불 그리운 고향을 찾아가는 기분을 안겨 준다. 국도는 그저 자연의 길이며 시골길이다. 이름난 비경이 있는 것도 아니다. 그저 담담히 마을을 지나며 산길을 오르내리면서 나무들의 신선한 냄새를 맡으며 지나기에 적당한 길이다.

한참을 가다 보니 오른쪽으로 향토 음식점이 있어 점심은 이곳에서 먹기로 했다. 들어가 보니 한식 뷔페였다. 음식을 보는 순간 벌써 군침이 돌았다. 이제 막 만든 음식들은 맛있는 냄새를 풍겼고 반찬의 가짓수도 푸짐하게 많았다. 반지르르한 윤기가 도는 따뜻한 전과 갖은 야채가 들어 있는 잡채와 산뜻한 나물들이 식욕을 돋우었다. 후식으로 식혜와 떡도 나왔다. 이런 곳에 이렇게 맛있는 음식이 있고 가격도 싸서 더욱 놀랐다. 정다운 시골 풍경에 푸짐한 음식까지 먹을 수 있으니 즐거움이 배가 되었다.

국도는 차가 많지 않아 마음은 녹아들 듯 편안해지고 콧노래가 절로 나온다. 좁은 길을 돌고 돌아 손바닥에 들어올 듯 펼쳐진 하얀 신작로를 어느 틈에 훌쩍 지난다. 녹색의 푸르름을 선사하는 가로수들 옆에 벌써 코스모스가 청초한 모습으로 한들한들 피어 있다. 좁은 길옆으로는 포도밭이 있었다. 넓지는 않지만 아담한 포도밭에 할머니 두 분이 앉아 있었다. 하얀 모자를 쓴 포도들이 주렁주렁 매달려 있는데 할머니가 먹어 보라며 포도 한 송이를 따 주셨다.

포도는 내가 좋아하는 과일이다. 9월에 둘째를 낳고 병실에서 제일 먼저 먹고 싶은 것이 포도였다. 그때 먹었던 포도 맛은 산고 후에 갈증을 달래 주는 생명수 같았다. 할머니의 포도도 맛이 있어서 한 박스를 사서 차에 실었다. 차들이 많지 않은 공해 없는 곳에서 할머니들의 손길로 잘 가꾸어서 포도는 더 맛이 있는 것 같았다. 봉평이 가까워지자

국도는 아쉬움을 남기고 멀어져 갔다.

　일상의 답답함 속에서 긴장을 풀고 여유 있는 시간을 보내기 위해 선택한 가을 여행길이 국도라서 더 즐거웠다. 국도는 가다가 마음대로 쉬어 갈 수 있고, 아기자기한 경치와 소박한 시골 음식을 먹을 수 있어서 더 좋다. 감자밭에서는 아리아리한 감자 냄새가 나고, 코스모스는 한들거리고, 포도송이는 주렁주렁 매달려 있고… 국도는 달리는 내내 그저 푸근함을 가득 선사하는 고향길 같았다. 싱그러운 가을바람이 차 안으로 가득 밀려들고 파란 하늘에는 어느새 흰 구름들이 너울너울 춤을 추고 있었다. 내 마음도 덩달아 춤을 추는 듯했다.

　젊은 날의 삶이 고속도로였다면 노년의 삶은 국도가 아닐까. 나도 젊은 날에는 쉴 새 없이 빠르게 살아왔다. 하지만 노년이 된 이제는 국도처럼 여유롭고 푸근하며 정겨운 모습으로 살아가고 싶다.

고 라 쿠 엔
공 원 에 서

구라시키 여행 마지막 날, 우리는 고라쿠엔 공원의 야경을 찍으러 갔다. 이곳은 일본에서도 손꼽히는 오카야마 현에 있는 아름다운 공원인데 조명을 이용한 야경이 유명하다고 했다. 공원 앞에는 벌써부터 야경을 즐기기 위해 많은 사람들이 들어오고 있었다. 우리는 정문 앞에 모여서 멘토님의 말씀을 들었다. "여기는 야경이 좋습니다. 이제부터 해산해서 각자 촬영하고 1시간 후에 여기서 만나요."

지금부터 공원을 한 바퀴 돌면 대충 시간이 맞을 것 같았다. 해가 조금씩 지기 시작하고 어둠이 서서히 나래를 펴고 있었다. 그러자 갑자기 겁이 났다. 처음 가 본 넓은 공원은 어디가 어딘지도 모르겠고 날까지 슬슬 어두워지기 시작해서였다.

"그래 이젠 혼자서도 찍을 수 있어야지." 어린아이처럼 조금은 서운한 마음으로 일행과 헤어진 나는 그렇게 나를 다독였다. 그것도 잠시, 조그만 시냇물에 빨간 단풍잎이 빠져 있는 반영(反影)을 보고는 기쁜 마음에 촬영을 시작했다. 물에 빠진 어여쁜 단풍잎이 서운했던 마음을 다 씻어 주었다. 시냇물 다리를 건너 야경 찍기에 좋은 자리를 찾아다니기 시작했다. 좀 높은 곳으로 올라가야 공원 전체를 찍을 수 있다는 생각으로 언덕으로 올라갔다. 각자 사진을 찍으려고 일행과는 조금씩 멀어졌고 주위엔 아무도 없었다.

가을 해는 어쩌면 그리 빨리 지는지 눈 깜짝할 사이에 지평선 너머로 사라졌다. 가까스로 마음에 드는 자리를 찾았다. 눈 아래 펼쳐져 있는 야경이 한 폭의 그림 같았다. 넓은 공원은 불빛과 아름다운 조형물들로 소문난 고라쿠엔 공원의 아름다움을 고스란히 보여 주었다. '자리도 잡았으니 이제는 본격적으로 야경을 찍어야지.' 잘 가꾸어진 공원을 보며 자리도 잘 잡았다고 생각했다.

그러나 나는 좁고 높은 바위 사이에서 간신히 서 있었다. 바닥이 평탄하지 않아서 삼각대를 세우고 혼자 서 있으면 꽉 차는 공간이었다.

삼각대를 꺼내고 카메라를 연결하려고 하는데 너무 어두워서 아무것도 보이지가 않았다. 밑에 있는 호수와 공원은 빛 천지로 반짝이는데 이곳 언덕에는 불빛 한 점 없이 깜깜한 게 마치 지옥 같았다. 진즉 손전등이라도 준비해 올걸. 새로 산 삼각대는 무겁기도 하지만 사용하기가 복잡했다. 그러나 이렇게 크고 묵직해야 카메라를 잘 받쳐 줄 수 있고 안정되어 위험하지 않았다. 버튼을 눌러 뒤집어서 삼각대 다리를 길게 빼내고 길이를 맞추어 간신히 바위 사이에 세웠다.

이젠 카메라에 장착해야 하는데 삼각대와 카메라를 맞출 부분이 어두워서 보이지를 않았다. 손으로 대충 맞추려고 해도 안 되었다. 연결된 줄 알고 세웠는데 카메라가 흔들려서 떨어지면 큰일이었다. 그렇게 몇 번이나 시도했지만 계속 실패했다. 등에서는 땀이 흐르기 시작하고 마음은 조급해지기 시작했다. '다른 사람들은 잘 찍고 있을 텐데, 같이 다닐걸.' 나는 완전히 멘붕 상태에 빠졌는데 주위엔 아무도 없었다. '아, 이럴 땐 어떡하지? 야경 찍을 땐 꼭 삼각대를 써야 흔들리지 않고 좋은 사진이 되고, 서울에서 여기까지 가져왔는데 모든 게 무용지물이 되나?'

문득 선생님의 말씀이 떠올라 가슴을 쳤다. "삼각대는 많이 연습해서 어두운 곳에서도 만질 수 있도록 눈 감고도 척척 쓸 수 있어야 됩니다."라고 하셨는데, 정말 울고 싶었다. 오늘로 겨우 두 번째로 쓰는 삼각대는 연습이라고는 안 해 보고 가져온 것이었다. 지난번 출사 후에 손도 안 대고 처박아 놨던 게 떠올라 후회스럽기만 했다.

시간이 꽤나 흘렀고 땀도 많이 흘렀다. 이제는 삼각대로 찍는 건 포기하고 내려갈 준비를 해야 했다. 그러나 앞이 잘 안 보여서 내려갈 일도 걱정이었다. 그렇게 후회와 고통 속에서 번민하다가 어둠에 익숙해질 무렵에야 더듬거리며 간신히 내려왔다. 내려오면서도 혹시 카메라가 떨어질까 봐 마음 졸이며 카메라를 가슴에 꼭 품었다. 백팩을 메고 삼각대를 들고 다른 한 손으로는 카메라를 안았다. 나는 넘어져도 괜찮지만 카메라는 떨어뜨리면 안 되기 때문이었다. 욕심부리고 혼자 떨어져서 높이 올라갔던 걸 거듭 후회했다.

조심스러웠지만 내려오니 살 것 같았다. 좀 밝은 곳에서 삼각대는 포기하고 손으로 흔들리지 않게 붙잡고 찍어 봤다. 시간이 없어서 빨리 찍어야 했다. 그러나 어두운 빛과 속도가 맞지 않아 사진은 프레임 안에서 완전히 유화처럼 빨간 줄들만 요동을 쳤다. 아, 이건 또 무슨 일일까. 셔터 스피드를 줄이고 조리개를 높여도 보고, 생각나는 대로 여러 가지를 조작해 보아도 결과는 똑같았다. 그러다가 마지막으로 ISO(감도)를 높여 보기로 했다. 어둡기 시작할 때는 640으로 했는데 조금 높이니 사진이 차츰 괜찮아졌다. '와! 그렇구나, 이거였어.' 손으로 야경을 찍을 때는 어두운 곳에서는 ISO를 아주 높이 올려야 된다는 걸 처음으로 알았다.

야경 찍을 때는 삼각대를 썼기 때문에 잘 몰랐다. 흥분과 함께 갑자기 자신감이 스멀스멀 피어올랐다. 그래서 ISO를 조금씩 높여 3600으로 찍어 봤더니 흔들림도 없이 선명하고 예쁜 사진들이 찍혔다. 실제로 겪은 경험이 큰 공부가 되었다. 조그만 전각이 있는 인공 섬에 빨간 단풍과 물에 비친 조명등이 화려함의 극치를 보였다. 연못에 비친 노란 조명이 켜져 있는 나무들은 노출은 –1로 하고 조리개를 개방해서 찍었더니 황금처럼 빛나는 섬이 되었다. 낮에 보는 것보다 밤 조명에 비친 야경들이 훨씬 깊은 아름다움을 주었다.

삼각대로 찍은 사진보다는 못하겠지만 내 눈엔 그저 최고로 아름다운 고라쿠엔의 야경 사진들이었다. 그 사진들이 아주 멋지게 메모리에 쌓여 갔다. 그제야 어두웠던 마음이 풀리고 성취감에 하늘을 날 듯 신이 났다. 고생은 했지만 이렇게 실전에서 혼자 배워 가는 게 기뻤다. 그리고 평소에 연습 안 했던 것을 많이 후회했다. '그래 삼각대는 어두운 곳에서도 만질 수 있어야 돼.' 그것을 마음속에 다짐했다. 이렇게 고라쿠엔의 야경 사진들이 탄생했다. 어떤 사진보다도 더 애착이 가는 사진들이었고, 사진 찍기 초보 때의 아팠던 추억이었다.

여행이 끝난 후에 사진 카페에 사진과 글을 올렸다. 많은 분들이 격려와 칭찬을 해 주셨다. 좋은 경험을 했고 그런 경험이 쌓여 실력이 되는 것이라고 하셨다. 삼각대 없이 ISO 높여서 찍은 야경 사진도 멋지고 전체적인 구도도 좋고 사진도 좋다는 글도 보았다. 이런 글들을 보니 그날 했던 고생들이 눈 녹듯 사라지고 힘이 났다. 스태프 한 분이 이런 팁도 주셨다. 아예 볼 헤드를 빼 버리고 그 안에 있는 나사로 카메라와 삼각대 몸체를 바로 연결하면 플레이트가 없거나 삼각대 다루기 힘들 때 쓸 수 있다. 감사한 마음으로 잊지 않도록 깊이 새겨 두었다.

우리 멘토님의 격려와 칭찬 말씀도 큰 위로가 되었다. "짧은 매직 아워 동안 모두 흩어져 고라쿠엔의 야경을 만끽하던 순간 수니 님께 그런 고충의 시간이 있었군요. 저도 여전히 종종 삼각대 장착하는 데 버벅거리기도 한답니다. 그래도 야경 멋지게 잘 담으셨어요." 하셨다. 그때를 생각하면 지금도 달콤쌉쌀하기만 하다. 언젠가 다시 고라쿠엔의 야경 사진 찍기를 도전해 보고 싶다.

꽃

사 진 을 찍 으 며

　　　　　양주에 있는 나리공원에 왔다. 꽃도 보고 사진도 찍고 싶어서
다. 이곳은 넓기도 하고 꽃 종류가 많아 사람들이 많이 오는 곳이다. 늦
은 가을장마가 끝난 후 오랜만에 청명한 날씨다. 들판에 무지개 꽃이
가득하다. 무성하게 군락을 이루고 있는 핑크뮬리가 부드러운 비단처
럼 물결친다. 농익은 빨간 댑싸리와 희고 붉은 천일홍, 가을의 소녀 코
스모스 등… 이곳은 꽃들의 천국이다.

　처음으로 이곳에 왔던 때가 3년 전이었다. 그때도 감동을 받았는데
오늘은 꽃의 종류가 더 많아졌고 색이 조화롭게 균형을 이루어서 더욱
아름답다. 흰 구름이 둥둥 떠 있는 파란 하늘은 꽃들을 더욱 빛나게
해 주고 있다.

　꽃을 싫어하는 사람도 있을까? 꽃은 아름다운 색과 향기를 지니고
있다. 그것을 보고 있으면 저절로 행복해지고, 아름다운 이미지들이 눈
으로 들어와 가슴이 쿵쿵 뛰기 시작한다. 저마다 제 개성을 뽐내고 있
는 꽃들을 카메라로 찍기 시작했다.

　오늘의 주제는 꽃이고, 부제는 하늘과 꽃 무리들이다. 부제의 색에

따라 주제가 더 돋보이는데 오늘은 주위가 조화로워 선택의 걱정이 없다. 머릿속에서 '사진은 시간과 공간을 지배하고 빛을 사냥한다.'는 이론이 떠오르면서 엔도르핀이 솟아오른 느낌이다.

구름 사이에 천일홍도 넣어 보고 억새와 핑크뮬리도 넣어 본다. '댑싸리는 왜 이렇게 예쁘지?' 초록빛으로 시작해서 햇살과 바람과 시간을 먹어 가면서 이렇게 빨갛게 익어 가는 댑싸리가 유난히 예뻐 보인다. 오늘 그것의 빨간색은 물감으로도 표현하기 힘들 만큼 선명하고 진하다. 이렇게 변해 가면서 빛을 낼 수 있는 오묘한 자연의 섭리에 감탄할 뿐이다. 하늘을 바라보며 연분홍색 얼굴을 내미는 코스모스를 하늘에 넣고 찍어 보니 그대로 한 장의 엽서가 되었다. 눈길 가는 곳마다 빛깔과 향기에 사로잡혀 눈을 뗄 수가 없다.

며칠 비가 온 뒤 모처럼 좋은 날씨여서인지 사람들이 점점 많아지고 있다. 많은 인파 속에서 나는 수없이 셔터를 누르면서 사진 속에 순간의 아름다움을 그대로 포착하려고 애쓴다. 가장 아름다운 사진을 얻으려고 앉았다 섰다를 반복하니 힘은 들었지만 신나고 즐거웠다.

어느덧 멀리 보이던 '사랑의 종이 있는 동산'이 가까워지고 있다. 올라가서 바라보니 공원 전체를 볼 수 있었다. 꽃밭에 가득한 사람들이 모델처럼 포즈를 취하고 사진을 찍는 모습이 보인다. 모두 행복하고 즐거운 모습들이다.

2시간도 넘게 시간 가는 줄도 모르고 이곳저곳을 쏘다녔다. 다시 내려가는 길에 그 붉은빛들이 나를 유혹한다. 그냥 지나칠 수가 없어서 댑싸리 밭으로 들어갔다. 제일 빨간 놈을 골라 렌즈를 클로즈업하는데 갑자기 "실례합니다." 하는 소리가 들렸다. 돌아보니 두 남자가 있었다. 커다란 카메라를 든 모습이 텔레비전에서 많이 보던 인터뷰 기자 같았다.

"혹시 프로 작가님이세요?" "나리공원은 자주 오세요?" "여기가 왜 좋은지 말씀 좀 해 주세요."

연속해서 여러 가지 질문을 하더니 인터뷰 요청을 한다. 갑작스러워 가슴이 뛰었지만 나는 승낙을 하고 인터뷰를 시작했다. 처음엔 술술 잘 나오던 말이 시간이 지나자 조금씩 떨려 왔다. 화장도 안 한 채 마스크를 쓴 내 얼굴이 떠올랐다. 말할 때마다 마스크는 왜 조금씩 내려가는지…

"마지막으로 시청하시는 분들께 한 말씀만 해 주세요."

"가을이 가기 전에 이곳의 예쁜 가을꽃들을 즐기시고 하루를 힐링해 보세요."

말하는 내 목소리가 핑크뮬리처럼 떨렸던 것 같다.

꽃은 늘 새롭고 신선한 기쁨을 준다. 우울한 마음을 치유해 주고 마음의 빈 곳을 채워 주기도 한다. 아파서 누워 있을 때도 꽃을 받으면 기분이 환해지고 좋아진다. 축하해 주고 싶은 일이 있을 때 꽃은 한 아름 기쁨을 선사하고 또 받는 기쁨도 주어 우리의 삶을 풍요롭게 해 준다.

그 꽃을 피우기 위해 씨를 뿌리고 사랑과 정성으로 기르고 돌보는 사람들이 있다. 그들의 노력으로 피어난 꽃들은 우리에게 주고받는 행복과 함께 바라보는 기쁨까지 주는 것 같다. 꽃 사진을 찍으며 우리도 꽃처럼 아름다운 존재가 될 수 있기를 기원한다.

뉴 욕
아 들 에 게 가 는 날

　　기다리던 2018년 6월 29일, 마침내 뉴욕에 있는 아들을 만나러 가는 날이 되었다. 나는 3개월 전부터 비행기 표를 예약해 두고 오늘을 눈 빠지게 기다려 왔다. 비행기는 아침 10시에 출발한다. 어젯밤, '아침 8시까지 공항에 도착하려면 5시 반엔 일어나야지.' 하고 잠이 들었는데 4시 반에 눈이 떠졌다.

　　이른 장마로 연일 비가 계속 내렸는데 오늘 아침에도 역시 흐린 하늘에서 비가 내리고 있다. 바깥은 안개까지 자욱해서 어쩌면 비행기가 뜨지 못할 수도 있을 거라는 생각에 슬며시 걱정이 되었다. 아들을 만난다는 기쁨에 배도 고프지 않아 커피만 한 잔 마시고 공항으로 향했다. 항상 곁에서 편안하게 해 주는 큰딸과 같이 가는 여행이라 마음도 즐겁다. 막내딸 세희가 자동차로 용산역까지 데려다주었다. 같이 가면 좋으련만 바쁜 일이 많다니 두고 갈 수밖에 없어 서운하기만 하다.

　　공항에 도착해 우선 여행 가는 인파에 놀랐다. 이른 아침 시간인데도 많은 사람들이 부지런히 캐리어를 끌고 모여드는 게 아닌가. 모두들 여행 가는 즐거움에 들떠 보이고 공항은 떠들썩한 분위기로 가득 찼다. 비행기는 비가 오고 안개가 끼어 있어도 다행히 출발한다고 한다. 걱정은 사라지고 감사하는 마음이 들었지만 출발시간이 예정보다 30분이나 늦어져 개운치 않았다.

비행기는 거대한 소리를 내며 서서히 움직이고 나는 하늘을 향해 신나게 날아오른다. '그래, 비행기야, 더 높이 올라서 나를 안전하게 뉴욕까지 데려다주렴. 부탁해.'

이륙 후 1시간쯤 지난 뒤 식사가 시작되었다. 메뉴는 두 가지다. 쇠고기 스테이크와 쌈밥정식. 배가 고파 스테이크를 시켰더니 스튜어디스가 스테이크는 다 떨어지고 쌈밥밖에 없다고 한다. 없다니까 더 먹고 싶었지만 할 수 없이 쌈밥을 먹기로 했다. 보고 싶은 아들을 만나기 위해 비행기에서 먹는 밥이니 무엇인들 맛이 없으랴. 상큼한 야채와 잘게 썰어 구운 쇠고기를 상추쌈에 올리고 쌈장을 넣어 먹는 맛도 괜찮다. 여기에 막걸리 대신 레드와인이 왔는데 그 맛도 훌륭하다.

맛있게 식사를 하고 있는데 갑자기 비행기가 마구 흔들린다. 잔뜩 긴장되는데 스튜어디스는 아무렇지도 않은 듯 오가며 서빙하기에 바쁘다. 또다시 놀랄 일이 생긴다. 갑자기 전선 타는 냄새가 나는 거다. 불안해서 물었더니 다음 식사준비로 레인지에서 나는 냄새라고 한다.

약 5년 전 사건이 떠오른다. 하마터면 우리 가족이 죽을 뻔했던 사건이었다. 올랜도에 사는 남편 친구가 초대해서 그곳에 갔다가 샌프란시스코로 가는 비행기를 탔다. 이륙하자마자 너무 피곤해서 다들 쓰러져 잠이 들었다. 그런데 잠결에 무언가 타는 냄새에 눈을 떴다. 오랫동안 그 냄새에 당황하고 있을 때 기장의 멘트가 들렸다. 자세히는 모르지만 위험하다는 것은 느낄 수 있었다. 막내딸 세희가 듣더니 큰일 났다는 표정이었다. 전선이 타고 있어서 목적지가 아닌 곳으로 안전하게 피항하겠다고 한다.

모두 잠에서 깨어 떨고 있었다. 숨이 막히는 것 같았다. 여기서 이대로 죽을 순 없지, 공포가 온몸을 엄습했다. 아이들 앞이라 말은 못 했지만, '하느님, 우리를 살려 주세요!'라고 얼마나 기도했는지 모른다. 비행기에서 전선이 타고 있다는 것은 정말 위험한 일이었다.

그렇게 가슴을 졸이며 10여 분이 지난 후에야 비행기는 아주 천천히 샌프란시스코가 아닌 라스베이거스에 착륙했다. 그런데 더욱 놀랐던 것은 창밖으로 내다보았을 때 앰뷸런스와 수십 대의 소방차가 대기 중이라는 사실이었다. 우리가 탄 비행기는 위험해서 제 목적지로 가지 못했고 도중에 다른 곳에 착륙하였다.

오늘 또 타는 냄새가 나니 그때 일이 저절로 생각나 겁이 난 것이다. 그러나 자라 보고 놀란 가슴 솥뚜껑 보고 놀란 것이었으니 이제 마음 편하게 여행을 즐기자. 이제부터 나의 여행은 이 비행기처럼 서서히 날개를 펴기 시작한다. 어두운 기내에서 영화도 보고 음악도 듣고 몇 시간을 보낸다. 그러자 서서히 지루해지기 시작한다. 엉덩이와 허리도 뻐근하고, 너무 가까이 위치한 텔레비전 화면 때문에 눈도 침침하다.

눈을 감고 서울에서의 생활을 더듬어 본다. 바로 어제 끝난 첫째 딸 세라의 인사동 전시회와 두고 온 막내딸 세희와 친구들을 생각하다가 잠이 든다.

비행기를 탄 지 13시간 반 만에 드디어 뉴욕공항에 도착한다. 비행기는 조심스럽게 잘 착륙했고 안전하게 나를 내려 준다. 긴 비행시간에 무척 피곤하다. 이렇게 힘들게 와야 보고 싶은 내 아들을 만나 볼 수 있다니…

이제 조금 있으면 아들을 만난다는 기쁨으로 출구표시를 따라 밖으로 나왔는데 아무도 보이지 않는다. '무슨 일이 있을까?' 걱정되어 전화를 해 보니 차가 많이 막힌다고 한다. 잠시 후 우리 아들과 며느리와 손자 현민이의 모습이 보인다. 얼마나 보고 싶었던 아들인가. 너무 반가워서 얼싸안고 등을 두드려 준다. 벅찬 감회로 가슴이 뭉클거린다.

이렇게 비행기 한 번 타면 볼 수 있고 만날 수 있는데 살다 보면 그게 그렇게 마음대로 되지 않는다. 힘든 여행 끝에 만나는 것이 더 의미가 있는 것인지, 오랜만에 이렇게 아들 가족을 만나니 모처럼 사는 맛을 느낀다. 하지만 또 두고 온 딸 세희가 마음에 걸린다.

이제부터 얼마 동안 나의 생활은 바뀔 것이다. 주위엔 못 보던 낯선 건물들이 늘어서 있지만 왠지 정겹게 느껴진다. 거실에서 내려다보는 거리와 나무들도 반갑다. 길에는 사람도 별로 없고 조용하기만 하다. 간혹 개를 데리고 산책하는 사람뿐이다.

내일부터 시작되는 미국 생활을 기대하면서 밤하늘을 바라본다. 오늘 피곤했던 긴 시간의 비행에서 해방감을 느끼며 바라보는 화이트 플레인의 깊은 밤하늘에 맑은 별들이 반짝인다.

쁘띠의
사랑

쁘띠는 작은 토이푸들 종의 애완견으로 아주 잘생긴 수캐였다. 쁘띠는 18년이라는 긴 세월 동안 우리에게 많은 사랑을 주고 하늘나라에 갔다. 쁘띠가 우리 곁을 떠난 지도 벌써 10년이 되어 간다. 하지만 여전히 생각나고 길에서 비슷한 개를 보면 깜짝 놀라기도 한다. 비록 개이지만 사랑을 잃은 그 마음을 어떻게 표현할 수 있을까?

아이들이 아빠를 닮았는지 어렸을 때부터 개를 무척 좋아해서 기르고 싶어 했다. 나는 개나 고양이 같은 애완동물은 냄새가 나고 털이 빠지는 게 싫어서 좋아하지 않았다. 그렇지만 아이들 때문에 기르기로 마음먹었다. 백화점에서 새끼강아지 한 마리를 막내딸의 생일에 깜짝 선물로 사다 주었다. 개에 대한 지식이 없었기에 좋은 강아지를 추천해 달라고 해서 그냥 믿고 사 왔다.

강아지를 보자 아이들이 환호성을 지르며 좋아했다. 그걸 보니 나도 기뻤다. 그렇게 며칠이 지났는데 강아지가 갑자기 설사를 하더니 허무하게 죽었다. 강아지를 판매한 곳에 항의해 봤지만 소용없는 일이었다. 이미 죽은 강아지를 되살릴 수도 없어 아이들의 가슴만 멍들고 말았다.

어느 날 친구에게 그 이야기를 했더니 "우리 개가 며칠 있음 새끼를 낳는데 한 마리 줄까?" 하고 말했다. "정말?" 아이들 생각을 하니까 뛸 듯이 기뻤다. 그로부터 열흘이 지났을까 친구가 종이가방 하나를 가져왔다. "네 마리를 낳았는데 가장 똑똑하고 잘생긴 녀석을 골라 가져왔어." 친구가 건네주는 종이가방을 열어 보니 조그맣고 예쁜 강아지가 들어 있었다. 낳은 지 일주일밖에 안 됐다고 했다. 반갑고 고마웠다. 개를 안고 집으로 오면서 열어 보니 작고 앙증스러웠다. "그래, 이제 네 이름은 쁘띠야." 하고 이름을 지어 주었다.

그날부터 쁘띠는 아이들의 사랑과 보살핌 속에서 잘 먹고 잘 쉬면서 우리 집에 적응을 잘해 나갔다. 그렇게 사흘쯤 되었을까? 주위에서 맴돌던 강아지가 갑자기 보이지 않고 불러도 나오지 않았다. 외출한 아이들한테 전화로 물어봐도 모른다고 했다. 방을 다 뒤지고 베란다까지 찾아봐도 없었다. 아이들이 오기 전에 찾아야 할 텐데, 싶어서 조바심치다가 우연히 안방 침대 밑을 들여다보니 매트리스 덮개 밑에 죽은 듯이 숨어 있었다. 며칠 잘 있었는데 갑자기 엄마 생각이 났는지 불쌍한 표정으로 웅크리고 있는 게 너무도 가여웠다. 아이들한테 찾았다고 전화하고는 얼른 품에 안았다. 안도의 한숨이 절로 나왔다. 그 후로 쁘띠는 나와 더 친해지고 더욱 건강하게 집안을 달리며 무럭무럭 잘 자랐다. 개 한 마리 때문에 집안 분위기가 이토록 밝아질 수 있다니. 개를 좋아하지 않던 나도 쁘띠에게 점점 정이 들었다. 동물을 바라보는 시선이 사랑으로 변하는 것을 느꼈다.

그렇게 쁘띠는 우리 가족이 되어 항상 우리 곁에 있었다. 우리는 쁘띠를 보면서 웃고 즐기는 날이 많았다. 말만 못 할 뿐이지 의사소통이 되는 사람과 다를 바 없었다. 특히 외출하고 들어오면 얼마나 반기는지,

현관으로 달려와서는 이리저리 뛰면서 낑낑거리는 환영을 어디에서 받을 수 있을까? 쁘띠는 우리에게 언제나 가득한 기쁨을 안겨 주었다.

하루는 한강 고수부지로 운동도 시킬 겸 쁘띠를 데리고 나갔다. 집 앞 큰 찻길을 두 번 지나면 고수부지로 내려가는 계단이 있어, 내려가면 바로 그곳에 닿는다. 그곳으로 가면 쁘띠는 미친 듯이 달리곤 했다. 우리도 같이 달리다가 나무 뒤에 살짝 숨으면 어느새 찾아와서 낑낑거리곤 했다. 쫑긋한 두 귀를 세우고 신나게 바람을 가르며 달리는 모습이 마치 달리기 선수 같았다.

산책 갔던 어느 날이었다. 같이 뛰다 보니 갑자기 개가 안 보였다. 찾다가 지쳐서 집으로 왔더니 쁘띠가 집 현관 앞에 있는 게 아닌가. 벨을 누를 수 없으니 그냥 서 있었던 거다. 한강 변에서 집으로 오는 길은 위험한 찻길도 있는데 어떻게 왔을까 궁금했다. 다음 날 길옆 노점상 아주머니가 쁘띠가 어제 건널목 파란 불에서 사람들이 길을 건널 때 같이 건너는 것을 봤다고 했다. 얼마나 똑똑한 놈인가. 나는 녀석을 점점 귀하게 여겨 국내여행도 꼭 데리고 다녔고 해외를 나갈 땐 반드시 지인에게 맡겼다. 예방 주사도 때에 맞추어 잘 놓아 주었다.

건강하던 녀석이 우리와 함께 지낸 지 어느새 15년이 지났다. 우리 집에도 변화가 왔다. 아들은 결혼해서 미국으로 유학을 갔고 피아노 전공인 막내딸도 혼자 미국으로 떠났다. 우리도 여의도에서 용산으로 이사를 왔다. 세월은 그렇게 강물이 흐르듯이 흘러갔고 시간의 흐름에 따라 우리의 환경도 변해 갔다. 조용하던 용산이 몇 년이 지나니까 새로운 고층 건물들이 줄지어 들어서며 복잡하게 변했다. 그렇게 모든 것이 변하면서 쁘띠도 18살 장수개가 되었다. 그러자 쁘띠도 사람처럼 치매에 걸리고 눈이 어두워져 잘 보이지 않게 되었다. 점점 천천히 걷고 눈이 잘 안 보이니까 부딪치기 일쑤였다.

그러던 어느 날 외출에서 돌아오니까 반갑다고 뛰다가 갑자기 숨을 멈추었다. 큰딸과 나는 너무 놀라 급히 아파트 경비실로 뛰어갔다. 이런 일은 처음이라 가슴이 쿵쿵 뛰었다. 경비 아저씨께 119를 외쳤고 전화를 했는데 개라고 하니까 못 온다고 했다. 경비아저씨와 같이 집으로 올라와 보니 죽은 줄 알았던 쁘띠가 살아서 앉아 있었다. 딸이 응급으로 심폐소생술을 했다고 했다. 죽지 않고 살아서 너무 기뻤다. 다음 날 동물 병원에 갔더니 심장이 나쁘다고 해서 쁘띠는 그날부터 심장약을 먹기 시작했다. 서서히 우리 곁에서 멀어져 가는 슬픔의 전조였다.

늙은 쁘띠는 급하게 증세가 악화되기 시작했다. 아파서 고통이 심할 때는 얼굴이 악마처럼 변하고 미친 듯이 날뛰었다. 그러다가 고통이 잦아지면 좀 쉬고, 그러기를 여러 번 했다. 지켜보는 우리도 견디기가 너무 힘들었다. 신촌의 큰 동물병원에 다니면서 증세가 심하면 입원시키고 좀 나으면 집으로 데려오기를 몇 차례 반복했다. 퇴원해서 집으로 온 날 또다시 발작을 일으켜서 병원으로 가니 사흘밖에 살지 못한다고 했다. 더 이상 약도 듣지 않아서 구할 수 있는 방법이 없었다.

남은 사흘 동안 고통에 떠는 녀석을 차마 볼 수 없어 안락사를 결정했다. 마침 미국에 갔던 막내딸도 공부를 마치고 집으로 돌아와 있었다. 쁘띠를 보내기로 한 그날 막내딸이 녀석을 안고 모두 함께 병원으로 갔다. 병원으로 가는 내내 눈물이 쏟아졌다. 18년 동안 함께 살았던 녀석을 이렇게 보내야 하다니, 가슴이 너무 아팠다. 병원에서 마지막 인사를 하라고 해서 가 보니 누워 있던 쁘띠가 안심이 되는 듯 우리를 쳐다봤다. 그 고통 없는 평온한 표정이 우리와 같이한 마지막 순간이었다. "잘 가, 쁘띠야. 고통 없이 편히 쉬어라." 우리는 그렇게 쁘띠를 보냈다.

그날 밤 일산의 개인 동물 화장터에서 조그만 함에 담은 쁘띠를 안고 나왔다. 18년 동안 사랑을 주었던 녀석은 우리에게 이별의 슬픔을 남기고 그렇게 떠났다. 모든 절차가 끝나고 새벽에 집으로 돌아오는 길에는 안개가 잔뜩 끼어 있었다. 안개 자욱한 그 새벽길을 지금도 잊을 수가 없다. 며칠 동안 우리는 쁘띠가 없는 휑한 집에서 상실의 슬픔에 몸살을 앓았다. 이제 다시는 개를 키우지 않으리라 다짐했다. 그러나 쁘띠는 지금도 우리들 가슴에 여전히 살아 있다.

못된 사람을 개에 비교할 때가 있다. 심지어 개를 잡아먹는 사람도 있다. 그러나 우리 쁘띠를 보면 개가 얼마나 뛰어난 동물인지, 얼마나 인간에게 도움이 되는 존재인지 너무나 잘 알 수 있다. '개만도 못하다.' 는 말이 있듯이, 남에게 위로와 기쁨, 행복을 주지는 못할망정 이유도 없이 남을 증오하고 괴롭히는 사람이 점점 늘고 있다. 어쩌다 세상이 이렇게 되었을까. '묻지 마 사랑' '묻지 마 봉사'가 아니라 일상의 거리에서 '묻지 마 살인'이 일어나고 있는 세상이다. 이런 세상에 쁘띠의 이야기를 알려 주고 싶다.

어 느
가 을 의   추 억

대학 시절 친구였던 그를 다시 만난 건 2015년 가을이었다.

어느 날 때때로 만나는 대학 동창 친구에게서 연락이 와서 별다른 생각 없이 만나는 자리에 나갔다. 그랬는데 들어서는 순간 나는 깜짝 놀랐다. 학창 시절에 매우 친했는데 오랫동안 소식이 끊겼던 한 친구가 앉아 있어서였다. 그동안 어떻게 사는지도 몰랐는데 그렇게 만나게 되니 뭐라 말할 수 없이 반가웠다. 그는 별로 변하지 않은 모습이었다. 커피를 마시고 옛일들을 이야기하면서 우리는 그 시절로 돌아갔다. 세월이 그토록 많이 흘렀는데도 학창 시절의 이야기를 하다 보니 대학생으로 돌아간 듯 신이 났다. 시간 가는 줄 모르게 우리들의 이야기는 이어졌다.

그토록 많은 세월이 지났지만 우리는 세월의 담을 훌쩍 뛰어넘어 어색함 없이 흐르는 대화 속에서 금세 옛 시절의 친구로 돌아갔다. 하늘이 높고, 바람은 부드럽게 나뭇잎들을 알록달록 수놓고, 우리의 감성도 꽃처럼 물드는 아름다운 계절이었다. 우리 주변에는 음악이 감미롭게 맴돌았다.

풍선처럼 팽팽하고 빛났던 청춘 시절이었다. 우리는 학교 강의를 빼먹고 영화를 보기도 했다. 학교 앞 빵집에서 배고플 때 먹었던 구수하고 달콤한 빵은 둘이 먹다 하나가 죽어도 모를 만큼 맛있었다. 광화문의 유명한 커피숍은 우리들의 아지트였다. 집에 가기 전에 항시 들러 노래를 듣곤 했다. 신나는 음악 소리는 옆 사람의 말소리도 듣지 못할 정도로 쩡쩡 울렸지만 우리는 그 소리에 매료되었다. 그곳은 그 시절에 대학생들 사이에 유행하는 음악들을 틀어 주어서 손님 대부분이 학생들이었다. 종로나 명동에도 음악다방이 있어서 신청곡을 쪽지에 써내면 신청곡을 들을 수 있었다. 언젠가 우리는 대학생 미팅 다방에서 디제이를 함께했던 적도 있었다.

우리의 만남은 거의 30년이 지난 옛날이야기를 회상하면서 시작되었고 그렇게 이어졌다. 우리는 마치 대학생이 된 듯 이어폰을 꽂고 옛 시절에 즐겨듣던 음악의 멜로디에 빠지기도 했다.

그사이 사진 공부를 많이 했다는 그는 묵직한 카메라를 백팩에 넣고 다녔다. 나도 사진 찍는 것을 좋아해서 가끔 혼자서도 찍었지만, 그가 사물을 보고 알려 주는 느낌대로 찍어 보니 사진들이 더 운치가 있었다. 그는 내가 찍은 사진을 보고 칭찬해 주고 고쳐 주기도 했다. 덕분에 사진 찍기가 더 즐거워졌다. 헬스장만 오가던 권태로운 일상에 변화가 생겼다. 나는 그때부터 사진을 찍고 배우면서 새로운 감각을 느꼈다. 상암동의 억새밭에서 주황빛 일몰에 은빛 억새가 세상을 온통 물들이고 있는 풍경을 사진에 담으며 아름다움에 대한 감각을 일깨웠다.

가 버린 시절은 시간이 흐르고 나이가 들어감에 다시는 오지 못할 소중했던 젊음이었다. 그럼에도 불구하고 그저 순수했던 대학 시절로 돌아간 듯, 옛 시절을 회상하기만 해도 즐거웠다. 서로 시를 쓰고 보여 주기도 했다. 대학 시절에 그가 만들어 줬던 영어 단어장도 생각이 났다. 어느 지점에서 멈춘 채 잊고 있었던 문학의 발걸음이 떼어지기 시작했다. 메말랐던 가슴에 서정의 꽃이 피기 시작했다. 집에 돌아오면 뭔가 끄적이고 싶었다. 밤하늘에 반짝이는 별을 보는 밤이면 느끼지 못했던 새로운 감동의 늪 속으로 빠져들기도 했다. 그러면서 그 느낌을 그대로 써 보기도 했다. 글을 쓰게 되면서 친구를 만난 것에 더욱 감사했다. 그는 내가 쓴 글을 읽고는 칭찬하면서 계속 쓰라고 격려해 줬다. 그가 쓴 시는 깜짝 놀랄 만큼 깊이 있고 독특했다.

그는 학창 시절에 노래도 좋아했고 잘 불렀다. 낮고 허스키한 굵은 목소리로 '자메이카 안녕'을 부르면 가슴은 그 노랫소리로 젖어 들곤 했다. 유난히 좋아했던 '해변의 길손'의 트럼펫 소리도 감미로웠다. 가을은 그렇게 서서히 깊어져 갔다.

파란 하늘과 새빨간 단풍잎, 노란 은행잎들이 뒤엉켜 구르는 산사의 모습에 가슴은 미적 감동으로 가득 찼다. 세찬 바람에 아픈 듯 울어 대는 풍경 소리, 끝없는 억새밭 사이로 쏟아지는 폭포수 같은 햇살이 허허로운 품속을 파고들었다. 처음 느끼는 애틋한 감정은 나를 감상에 빠지게 했고 나는 그 감각을 오래 간직하고 싶었다.

항상 곁에 있는 것들이었지만, 모르고 스쳐 지나가곤 했던 것들이 한 사람으로 인해 다시 보이게 된 것은 큰 기쁨이요 행운이었다. 커피를 마시며 사진과 글에 대한 생각을 나누면서 우리의 가을은 깊어 가고 추억은 차곡차곡 쌓여 갔다.

그렇게 가을이 무르익어 단풍잎이 춤추며 떨어지던 날, 나는 그에게 내 힘든 상황을 말했다. 인생이란 다 그렇고 그런 거라지만, 한편으로는 그럴 수밖에 없었던 나의 현실을 받아들이면서도 다른 한편으로는 스스로 자책해 가며 살아온 날들에 대해 고백했다. 그렇게 털어놓고 나니 모처럼 속이 시원하고 편안했다. 그는 그때 선택한 건 최선의 길이었으니 지금도 잘했다는 생각이라고 위로해 주었다.

내 이야기를 듣던 그가 갑자기 자기는 곧 떠날 것이라고 말했다. 먼 나라 인도로 갈 준비를 하면서 모든 것을 정리하고 있다가 나를 만난 것이라고 했다. 그에게는 남은 생의 계획이 있었던 것이다. 그런 계획이 있기까지 그에게도 누구에게도 말 못 할 슬픈 과거가 숨어 있었다. 그와의 이별은 슬펐지만, 편안한 여생을 위해 선택한 그의 길을 이해했고 존중했다. 우리는 인생의 가슴앓이를 하는 동병상련의 친구였다. 하지만 내 마음은 두 손에 가득 찼던 무언가를 놓친 듯 허전했다. 어둠과 고뇌에 찬 우울한 시간이 흘렀다.

오래지 않아 그가 멀리 떠나갔다. 내 귓가에 있던 그의 음성은 어느새 아련함만 남긴 채 멀어져 갔다. 이제 그는 없지만 마치 곁에 있는 것처럼 수시로 웃음소리를 느꼈다. 그에게 나는 지나가는 한 줄기 바람이었을까? 고요히 흐르는 강가에서 우리는 잠깐 옛 추억에 빠진 한 가닥 햇살이었을까? 문득 회의가 일어 슬퍼지기도 했다.

그러나 그는 내게 아름다운 세상을 다시 볼 수 있는 마음의 눈을 열어 주었고 표현할 수 있는 힘도 북돋아 주었다. 다시는 오지 못할 그 아름다웠던 가을을 떠올려 본다. 언제 다시 그를 볼 수 있을까? 그와 함께했던 2015년 가을은 잊지 못할 한 장의 인생 사진으로 내 가슴에 인화되어 있다.

청 계 천
스 케 치

햇볕이 따사로운 늦가을 오후에 청계천을 찾아갔다. 2년 전 빛초롱 축제 때 가 본 후로 처음이었다.

도시의 높다란 건물 사이에 있는 청계천은 마치 도심 사막 속 오아시스처럼 반가운 곳이었다. 시원한 인공폭포를 보면서 계단을 내려가면 개천이 시작된다. 흘러내려 떨어지는 폭포의 물줄기를 바라보며 디딤돌을 밟고 서 보니 청계광장 입구에 분홍색 조형물이 높이 서 있고, 햇빛을 받아 떨어지는 물줄기들이 보석처럼 반짝였다. 이 대형 조형물은 스웨덴 출신인 클래스 올덴버그와 그의 아내 코샤반 브르겐의 공동 작품으로 '스프링(Spring)'이라 하는데 깨끗한 물에서만 산다는 다슬기를 형상화했다고 한다.

청계광장의 시작을 알려 주는 다슬기 모형은 분홍색과 청색의 보색 대비로 파란 하늘 아래 우뚝 솟아 있는 모습이 아름다웠다. 폭포 아래에는 전국 팔도에서 가져온 석재로 제작되었다는 팔석담 분수도 있었다. 언젠가부터 이곳에 동전을 던지고 소원을 빌면 이루어진다는 속설이 생겼다고 한다.

뒤돌아보니 돌다리와 곡선을 이룬 부드러운 개천이 비단길처럼 좁았다가 넓어지며 멀리 뻗어 있었다. 수로 양쪽으로는 산책로가 있어 오가는 사람들에게 휴식 공간을 주었다. 조경이 잘된 시골 냇가를 연상시키면서 빨간 단풍나무와 녹색의 사철나무들이 어우러진 도심 속 힐링 쉼터가 되었다.

돌담 벽의 시작에는 청계천의 시작과 역사를 알리는 돌 현판이 있다. 거기에는 바람이 땅과 하늘 사이를 열고 물이 사람 사이로 푸른 길을 내었다는 전설이 새겨져 있었다. 돌담 위에는 늦가을임에도 피어난 노란 꽃들이 길 따라 아득히 펼쳐져 있어 마치 돌담이 노란 화관을 쓰고 있는 것 같았다. 반대편에도 넝쿨이 뻗어 내리고 그 아래에는 낙엽이 쌓여 있어 늦가을 정취가 물씬 풍겼다.

멀리 보이는 물길을 따라 청계천을 좀 더 알아보려고 걷기 시작했다. 주위에는 전에 못 보던 높은 건물들이 많아서 언제 이렇게 세워졌는지 놀라웠다.

첫 번째 다리 모전교를 지났다. 지금은 돌다리로 모습을 바꾸고 있지만 옛날 이 다리는 서민들이 과일을 파는 나무다리였다고 한다. 광통교를 지나니 거리공연을 하는 조그만 아티스트 공간이 있었다. 이런 냇가에서 하는 공연은 특별할 것 같아서 꼭 보고 싶었지만 아쉽게도 그날은 공연이 없었다. 대신 능 행차 모습이 그림으로 잘 표현되어 있는 정조 대왕 반차도를 보면서 역사의 숨결을 느낄 수 있었다.

산책로에는 친구와 같이 온 사람들과 가을 청계천을 즐기는 단체 모임도 눈에 띄었다. 포토저널리스트 같은 외국인들도 커다란 카메라를 들고 다니며 청계천의 여러 모습을 찍고 있었다. 그들도 도시 가운데 물이 흐르는 이곳을 당연히 아름답고 독특하다고 느낄 것이다. 비록 좁지만 물을 따라 푸른 산책로가 이어져 있고, 좁고 오밀조밀하고 바닥이 다 보이는 깨끗한 물이 흐르는 이곳은 누가 보아도 청량감을 느낄 것이다. 더구나 우리의 청계천은 좌우로 높은 건물들이 수호신처럼 우뚝 서 있어 그 모습이 물에 비쳐 웅장함을 더해 준다. 청계천은 시민들에게는 휴식처로, 연인들에게는 데이트 코스로 사용되어 어느덧 서울의 자랑스러운 문화공간이 되었다.

오후의 가을볕이 등을 따습게 해 주었다. 나는 잠시 길가에 있는 나무 의자에 앉아 귀엽게 헤엄치며 노는 오리 한 쌍을 바라보며 생각에 잠겼다. 청계천의 이전 모습과 변천하는 역사를 알고 싶어 1950년대의 청계천을 사진으로 찾아보았다.

사진에서 본 1950년대의 청계천은 넓은 개천에 나무 기둥들이 높게 세워져 있고 그 위에는 낡은 판잣집들이 즐비했다. 여인들은 빨래를 하고, 아이들은 근처에서 흙 놀이를 하거나 깨끗해 보이지 않는 물에 발을 담근 채 놀고 있었다. 가난한 촌락의 모습이어서 지금과는 너무 달라 보였다. 1970년대에 들어서는 옛 모습은 없어지고 청계 고가도로가 만들어져 그 위에 차가 많아졌다. 그러다가 고가도로를 철거하고 하천 복원이 시작되어서 2005년에 지금의 청계천이 되었다. 1950년대에 판자촌이 즐비했던 곳이 지금은 고층 건물들이 빽빽이 들어선 자리였다.

청계천의 역사를 알고 보니 이곳이 더욱 소중하게 느껴졌다. 무엇보다 역사가 바뀌면서 빈민촌이었던 이곳이 도심의 문화공간이 되었다는 게 기분 좋게 느껴졌다. 덕분에 여기를 찾는 사람들이 여름에는 시원하게 물가에 앉아 발을 담글 수 있고, 가을에는 오늘처럼 따뜻한 햇살 아래 잔잔한 물을 바라보며 심신의 피로를 풀 수 있게 되었다. 내 감흥을 북돋우려는 듯 물은 소리 내어 흐르다가 큰 바위에 부딪혀 물거품을 내며 맴돌면서 흘렀다.

문득 지난 2021년 어느 날 밤의 빛초롱 축제 기억이 떠올랐다. 돼지 해였던 2021년의 축제 현수막에는 귀여운 돼지 다섯 마리가 그려져 있었다. 밤의 불꽃 같은 화려한 야경과 빛초롱들이 물 위를 수놓았던 축제였다. 바쁜 하루가 끝난 도시의 밤은 반짝이는 시냇물 위에 색색의 꽃 초롱들이 피어나는 환상적인 공간이 되었다. 진분홍색의 커다란 하트 초롱이 반사된 물은 분홍색이 되어 수초와 어울려 사랑스럽게 춤을 추었다. 옛 정취를 느끼게 하는 장구 장단에 맞춰 노래하는 한복 입은 여자 초롱과 많은 캐릭터들의 초롱들이 흥을 돋웠다. 추운 날씨인데도 축제를 보려고 가족과 연인들이 끼리끼리 와서 사진을 찍는 모습이 행복해 보였다. 길 위의 건물들에서 쏟아져 나오는 불빛을 받은 가로수들도 빛을 내며 호사스러운 밤을 누리고 있었다. 길게 뻗어 있는 빛초롱 길은 마치 파라다이스 꿈길 같았다.

깊은 가을로 접어드는 길목에 건물들 사이로 벌써 넘어가기 시작하는 해가 구름들까지 주홍색으로 물들이고 있다. 아름다운 노을은 풍성한 밤을 준비하면서 하늘도 물도 황금빛으로 물들인다. 노을 속의 청계천은 붉은 강이 되어 색다른 풍경으로 바뀌었다. 이곳에 오니 빈민촌에서 빌딩 숲까지 변천해 온 역사의 숨결이 느껴지고, 앞선 세대와 우리 세대가 지혜와 노력으로 이루어 낸 현재의 풍요를 실감할 수 있었다.

우리의 역사가 숨 쉬는 경복궁과 덕수궁과 광화문이 청계천 근처에 있다. 이 유산들과 같이 도시 가운데 흐르는 비단 물길인 청계천이 오래도록 길이 흐르며 시민의 마음을 적셔 주기를 빌어 본다.

상처받은
마음

'쏴~' 파도가 높이 솟아오르다가 물거품과 함께 모랫바닥에 내동댕이쳐진다. 놀란 모래알들이 미처 피할 겨를도 없이 그렇게 내리치고는 떠나간다. 지금 내 마음은 마치 그 파도에 휩쓸린 모래알처럼 먹먹하고 아릿하다.

어느 한 곳을 향해 달리며 상상의 나래를 펴던 마음이 힘을 잃자 몸마저 기운을 잃은 채 주저앉아 버린다. 목표를 세우고 달려가는데 불청객이 가한 일격에 멈칫거리게 된 꼴이다.

며칠 전 한 모임에서 들은 말 때문이다. 누군가 아무렇지도 않게 하는 말이 때로는 상대방에게 아픈 화살이 되어 꽂히기도 한다. 즐거운 분위기였는데 충고 같은 그 말 화살에 꽂혀 나는 아무것도 할 수 없게 되었다. 상처받은 내 마음을 그저 바라보기만 했다. 감성적이고 예민하고 편협하다고 할까? 사회생활을 하려면 이런 건 아무것도 아닌 거야, 하고 마음을 다스려 보지만 자꾸만 그 말이 떠올라 그저 속상하기만 할 뿐이다.

많은 생각을 해 보았지만 답은 나오지 않았다. 앞으로 다시 만나야 할까 말아야 할까? 멀어지는 마음을 묶어서 다시 당겨 볼 수 있을까? 상처는 선택의 어려움을 안겨 준다. 이런 상황에서는 생각을 멈추고 마음을 비우는 게 최선일 텐데, 의지와 감정의 덩어리들이 제각기 다른 길로 방황하고 있다. 생각을 멈출 수가 없었다. 크게 숨을 들이쉬고 내쉬며 명상한다. 넓지도 좁지도 않은 가슴속에 자리한 평화가 침범당하지 않도록.

밖으로 나가 강변길을 걸었다. 시원한 바람을 맞으며 강물을 바라보고 잔잔한 들꽃도 보면서 한참을 걷다 보니 훨씬 안정되었다. 그 사람이 평소에 내게 주었던 은혜를 생각하고 지나온 시간 속에서 같이 즐거웠던 일들을 떠올리니 차츰 마음이 서서히 열렸다. 그래, 역시 사색은 중요한 거야. 어떤 일로 마음이 상했을 땐 다시 한번 돌이켜 생각해 보자. 그리고 결정을 했을 때는 중심을 잡고 굳건한 나무처럼 흔들리지 말자. 이렇게 하니 마음이 한결 편해져서 자유로웠다.

말 한마디로 마음이 멀어질 때가 있다. 생각 없이 던진 말로 믿던 사람에게 실망을 느끼고 마음이 멀어져 관계가 단절되는 수가 있다.

몇 년 전 헬스장에서 열심히 운동을 하던 시절이었다. 그 안에서 만났던 친한 선후배가 있었다. 우리는 한 달에 한 번씩 운동이 끝나면 모여서 식사를 했다. 그동안 각자의 생활이나 헬스장에서 있었던 일들을 이야기하면서 즐거운 모임을 가졌다. 식사비는 차례로 돌아가며 냈다. 그날도 운동 후에 내일은 누가 낼 차례냐고 물었더니 후배가 내 차례라고 했다. 내가 지난번에 냈는데 또 내 차례라니? 아닌 것 같아서 핸드폰의 일정표를 보니 내 말이 맞았다. 두 번 낼 수는 있는데 당연히 자기 말이 맞다고 큰소리치고는 가 버리는 태도에 기분이 나빴다. 순간, 바보가 된 느낌이 들어 화가 났다. 아무것도 아닌 일로 무시당한 기분이었다. 차근차근 상대방의 기분도 살펴봐 가며 말할 수는 없었을까? 기대했는데 실망이 커서 한동안 후배를 멀리하게 되었다. 그러면서도 마음이 흔들렸다. 그까짓 거 아무것도 아닌데 내가 옹졸한 게 아닐까.

살아가는 데 실수와 후회는 늘 공존하는 것 같다. 실수 없이 살아가는 사람이 있을까? 인생은 실수투성이다. 결정을 잘못하고 문제가 생기면 '그렇게 하지 말걸, 그때 왜 그랬을까?' 하고 후회하기 일쑤다. 나도 여러 번의 실수와 그 뒤에 오는 허망함 때문에 잠 못 들고 괴로워했던 적이 있었다. 주변에서 흔히 보는 사기를 당하기도 했다. 재산상의 손해를 보게 했던 두 사람의 사기 행위였지만 그 또한 말로 인한 것이었다. 거기서 헤어 나오지 못해 지금도 가끔 꿈속에서도 괴로워할 때가 있다. 치밀하게 계획된 사기에는 당할 재간이 없다. 문제는 그로 인해 사람과의 관계와 신뢰가 무너지는 것이다. 믿었던 사람들이었기에 그만큼 마음의 상처가 컸다. 어쩔 수 없이 원망하고 후회할 수밖에 없었다. '그때 마음을 다잡고 휘말리지 말았어야 했다. 시간을 되돌릴 수 있다면 얼마나 좋을까?' 그 사건을 되돌아보면서 스스로에게 하는 바보 같은 위로였다. 그때 받은 상처는 너무 커서 잊을 수가 없다. 그것을 극복할 수 있는 힘을 가질 수 있을까.

돌이켜 곰곰이 생각해 본다. 나는 친구든 가족이든 주위의 사람들에게 마음의 상처를 준 일이 없었을까? 그래서 나한테서 멀어진 사람들은 없을까? 주변 사람들에게 상처 줄 수 있었을 만한 일들을 떠올려 본다. 툭툭 던지는 내 말로 상처받았을 사람들이 있다면 어떻게 용서를 구해야 할까. 심지어 어느 때는 나도 모르게 잘못한 말이 있었을 것이다. 그러나 시간이 지나면서 망각과 용서로 마음을 열어 준 사람들에게 뒤늦게 감사함을 느낀다. 또한 겨우 말 한마디로 흔들리고 멀어지는 나의 소심함에 부끄러움을 느낀다. 앞으로는 하고 싶은 말을 한 번쯤 걸러서 하는 습관을 갖고 더욱 말조심해야겠다고 생각했다.

상처를 준 사람과 상처를 받은 사람의 마음에는 무엇이 남을까. 실수 없이 살아가는 사람은 없겠지만 나는 그 실수를 발판 삼아 용서하는 사랑, 포용이라는 관대함도 배우고 싶다. 그래서 가까운 이들과 어울려 안정된 삶을 살고 싶다.

며칠 전 나무에 대한 시를 여러 편 보았다. 좋은 시들이 많았지만 그중에서 조병화 시인의 '나무의 철학'이라는 시가 절절히 가슴에 와닿았다.

깊은 곳에 뿌리를 감추고
흔들리지 않는 자기를 사는 나무처럼
그걸 사는 거다

사노라면
가슴 상하는 일 한두 가지겠는가

나도 나무처럼 대지에 깊이 뿌리 내리고 흔들리지 않게 살고 싶다. 남에게 상처를 주지 않고 피톤치트 같은 기쁨을 주는 사람, 나무처럼 마음을 활짝 열고 비와 눈과 새들을 받아들이는 사람… 그러노라면 나는 더 크고 단단하고 평화롭고 행복한 존재가 되어 있지 않을까. 흔들리지 않는 나무처럼.

딸에게
가는 길

  이른 아침 남양주에 사는 둘째 딸에게 가려고 길을 나섰다. 11월이지만 아침은 낮과 기온 차이가 크고 추워서 얇은 패딩 조끼에 긴 코트까지 겹쳐 입었다. 아침 공기는 서늘했지만 그렇게 입고 걸으니 춥지도 덥지도 않은 게 딱 좋았다.

 남양주에 가려면 집에서 가까운 이촌역에서 경의·중앙선을 타야 하는데 운동 삼아 걸으면 15분이 소요된다. 이촌역 가는 길 왼쪽으로 기찻길이 있다. 이 기찻길 옆에 가로수가 촘촘히 늘어선 좁고 기다란 길이 있다. 한적한 길에서 나무들을 보면서 걷다 보면 지루하지 않아서 나는 항상 이 길로 다니곤 한다.

 오늘은 키 큰 가로수 잎들이 낙엽이 되어 키 작은 나무들 위에 소복이 쌓여 있고, 기찻길 옆 담에는 여름내 욕심껏 뻗어 오르던 담쟁이 넝쿨들이 그 자리에 머물러 빛바랜 모습으로 앙상하게 말라 있는 것을 보았다.

 초목들도 겨울을 향해 가는 모양이었다. 벌써 겨울이 오다니 어쩐지 서글픈 생각이 들었다. 아무도 없이 혼자 걷는 이 길이 오늘따라 더욱 울적하고 을씨년스럽게 느껴졌다. 손주 애가 아프다는 말 때문일 게다. 나는 걸으면서 딸 생각을 한다.

결혼한 지 7년째 되는 딸은 7살과 5살인 두 딸아이의 엄마가 되었다. 대학에서 피아노를 전공한 딸은 학교 강의와 레슨, 성가대 반주 등으로 항상 바쁘게 지낸다. 거기에 두 아이가 어린이집을 다니기 때문에 아침이면 차에 태워 등원시키고 3시가 되면 다시 하원시키며, 아이들이 없는 시간엔 강의 준비와 피아노 연습, 집안일 등으로 바쁘게 살고 있다.

아이를 키우는 엄마들의 일상이 다 그렇겠지만 잠시도 쉴 틈이 없이 일하는 딸이 억척스러워 보이면서도 애잔하기만 하다. 체력은 한계가 있어 피곤하고 아플 때도 많지만 그럴 때면 얼른 약 한 알을 물에 삼키고 다시 움직인다고 한다. 그런 딸아이를 보면 마음이 아프다. 내 귀한 딸인데, 왜 쉬지도 못하고 이런 생활을 해야 하나? 오늘 아침에도 딸이 부르는 응급 전화에 마음이 쓰여 내 스케줄은 생각도 못 한 채 이렇게 달려가고 있다.

"엄마 진희가 편도선이 많이 붓고 밤새 열이 40도 가까이 되면서 많이 아파." 전화 속 딸의 목소리는 힘없이 늘어져 있다.

진희는 내가 사랑하는 소중한 손녀딸이다. "내가 빨리 갈게." 전화를 끊고 나니 마음이 짠하고 가슴이 두근거린다. 아이가 밤새 얼마나 고열에 시달렸을까? 아이들 키우면서 제일 힘들 때가 아플 때인데 딸아이는 얼마나 힘이 들까?

옛날 생각이 났다. 당시 남편은 옥천 무의촌에 가 있었고, 나는 혼자서 첫아이를 기르면서 아이가 조금만 아파도 항상 친정엄마께 전화하곤 했다. "엄마 애가 자꾸 울고 열도 많이 나는데 어떻게 해?" 걸핏하면 소아과에도 자주 가서 나중에는 원장님이 "애기 안 아프니까 걱정 마시고 자주 오지 마세요."라고까지 하셨다. 그때는 아이 아빠도 곁에 없는데 애기가 말을 못 하고 울기만 하니 아픈 줄 알고 겁이 나서 무조건 병원으로 달려갔었다.

딸한테 가는 길에 내가 아이들을 기르던 때의 생각들이 주마등처럼 스쳐 갔다. '그래. 그때는 나도 무슨 일만 생기면 엄마를 찾곤 했었지.' 문득 이제는 세상에 계시지 않은 엄마가 사무치게 보고 싶어졌다.

너무나도 많은 일들을 혼자서 감당하면서 항상 피곤해하는 딸을 바라보면 여러 가지 생각이 든다. 한편으로는 며느리 노릇, 아내 노릇, 엄마와 선생 역할로 맡은 일들을 열심히 하면서 살고 있는 모습이 기특해 보이면서도, 다른 한편으로는 무거운 책임감으로 정작 누려야 하는 삶의 즐거움을 놓치는 게 아닌가 하는 생각에 마음이 짠해진다. 엄마이지만 한 걸음 떨어져 있기에 딸의 세세한 일상을 모두 들여다볼 수는 없다. 그러나 주고받는 대화로 느끼게 되는 딸의 생활에 대해 걱정스러운 마음에 생각이 많아지는 것이다. 딸을 만나면 말해 주고 싶은 것들을 떠올린다.

놓쳐서는 안 되는 인생의 소중한 것이란 무엇인가? 나이가 들면서 많은 경험과 시행착오를 통해 알게 되는 일상의 소중함을 40대인 딸이 알 수 있을까? 후회 없는 인생을 살라고 말하고 싶다. 사노라면 생각지도 못한 어려움이 올 수도 있고 기쁨과 환희에 행복을 느낄 수도 있다. 그때마다 너무 어렵게 여기지만 말고 현명하게 잘 대처하기를 바란다. 단 울고 싶을 때는 실컷 울어 가슴의 응어리를 씻어 버리기를 바란다고도 말해 주고 싶다.

시간이 지나면 다시 좋은 일도 생길 테니까 재미있게 살아라. 그렇게 살다 보면 소중한 경험들을 하게 될 것이다. 아이들이 좀 더 자라고 시간의 여유가 생기면 더 나이 먹기 전에 하고 싶은 일도 하고 배우고 싶은 것도 배워라. 모든 것은 시간이 지나면 놓쳐 버리고 마니까. 운동을 해서 건강한 생활을 하는 것도 필요한 일이다. 내가 건강해야 가족도 건강해지니까 라고 말해 주고 싶다.

이런 생각들을 떠올리니 내 마음도 한결 편안해졌다. 걷다 보니 어느새 역에 도착했고 전철이 거친 소리를 내며 들어오고 있었다. 딸과 손주들의 얼굴이 클로즈업되어 환하게 떠올랐다.

버리지
못하는 옷

　　계절이 바뀔 때마다 옷 정리를 한다. 마음먹고 하는 옷 정리는 커다란 과제 중의 하나다. 다가오는 계절에 입을 것을 꺼내고 입었던 옷은 다음 해를 기약하고 잘 접어 깊숙이 넣어 둔다. 그런데 정리를 하다 보면 버릴 옷이 꽤 많다. 입으려고 꺼냈지만 한 번도 입지 않은 것도 있다. 내 체온이 묻어 있었던 옷, 버려야지 하면서도 못 버리는 옷들이다. 그냥 두면 언젠가·한 번은 입게 되겠지, 버리기엔 아까우니 누구라도 줘야지, 하는 마음으로 못 버릴 때도 있었다. 언젠가 딸이 "그 계절에 한 번이라도 안 입으면 미련 없이 버려야 돼."라고 했지만 버리는 게 쉽지 않다. 용단을 내려 버렸다가 필요해져서 아쉬워했던 적도 있었다.

　입던 옷들을 버리려면 왠지 서운하다. 그냥 버리면 되는 것을 왜 이렇게 연연하는지 모르겠다. 마치 나의 지난날을 버리는 것 같달까. 나와 세월을 같이한 옷들이기에 정들었기 때문이랄까. '그래, 지난 것 잊고 다시 사면 되지.'라고 마음도 먹어 본다. 시간이 지나면 유행에 뒤떨어지는 옷도 있다. 왜 이런 색을 샀을까 후회가 되는 것도 있다. 나이를 먹으면 눈도 마음도 변하나 보다.

그러나 시간이 지나고 나이를 먹었어도 내 마음에 깊이 간직한 소중한 옷 하나가 있다. 그것은 그저 평범한 가을 코트지만 25년이 지난 지금도 옷장에 걸려 있다. 이제는 입지 않지만 해마다 가을이면 눈으로라도 바라보면서 추억을 음미하게 되는 옷이다.

25년 전 가을의 어느 날 백화점에 걸려 있는 코트가 눈에 띄었다. 나는 그때 그 코트를 조금의 망설임도 없이 샀다. 곤색에 가까운 청회색으로, 후드가 달린 롱코트였다. 나는 옷을 살 때 까다로운 편이다. 보통은 색상과 디자인은 물론 가격까지 고려해서 신중하게 사는데 이 코트만은 예외였다. 마치 천생연분이나 만난 것처럼 보는 순간 끌려들어 도저히 그냥 지나칠 수 없었다. 사서 입고 보니 키가 큰 나한테 잘 어울려서 더욱 마음에 들었다.

첫해엔 이 코트를 한 계절을 내내 입고 다녔다. 겉에 입는 옷이라서 걸쳐 입기도 편했다. 보는 사람마다 멋지다고 칭찬해 줬고 입으면 마치 내 몸의 일부분인 듯 편했다. 그래서 이 코트는 나랑 여행도 많이 다녔다. 비행기, 기차, 자동차를 타기도 했고 한동안 내가 가는 곳마다 붙어 다녔다.

동생이 프랑스 파리에서 미술 공부를 하고 있을 때였다. 낙엽이 떨어지는 어느 쓸쓸한 가을날, 동생이 보고 싶고 내 할 일도 있어 파리에 갔었다. 어머니는 동생에게 이불과 밑반찬 등, 유학생에게 필요한 것들을 잔뜩 싸 주셨다. 파리의 한 공항에서 동생을 만나 어머니가 주신 것들을 전해 주고 우리는 오랫동안 이야기꽃을 피웠다. 집을 떠나 혼자서 공부하는 동생이 측은해 보였다.

동생은 한국 생각이 나거나 괴로운 일이 있을 때마다 찾아가는 곳이 있다면서 누나랑 같이 가 보고 싶다고 했다. 파리에서 1시간 정도 차를 타고 갔는데 아주 아름다운 어느 해안가였다. 우리는 도시락까지 싸 들고 바다가 앞에 있는 높은 언덕으로 올라갔다. 밑에서 볼 때는 가팔라 보였는데 힘들지 않게 올라갈 수 있었다. 보기보다 넓고 평평한 잔디밭으로 이어져 있고 눈앞에 끝없는 바다가 펼쳐져 있었다. 우리는 자리에 앉아 싸 가지고 간 도시락을 먹으며 이런저런 이야기를 나누었다.

동생은 학교수업 시간 외에 관광객들을 차에 태우고 가이드하며 엄마의 부담을 덜어 주려고 학비를 번다고 했다. 그때 처음 듣는 이야기였다. 그저 편하게 공부만 하고 있는 줄 알았는데 힘들게 유학생활을 하는 이야기를 들으니 애처로워 가슴이 찡했다. 그저 안전하게 어서 공부를 마치고 돌아오기만을 바랐었다.

동생과 이야기를 나누던 중에 갑자기 바람이 많이 불었다. 폭풍이 일듯 하늘은 어두워지고 바다는 성난 파도 소리를 내기 시작했다. 세차게 부는 바람에 긴 머리카락도 코트 자락도 날아갈 듯 나부꼈다. 고생하는 동생의 이야기와 함께, 발아래 검푸른 바다에서 솟구치던 파도가 무섭고 아파서 저절로 눈물이 흘러내리던 그 바닷가를 잊을 수 없다. 그날도 이 코트는 후드까지 덮어 주며 나를 다독이고 감싸 줬었다. 오랜 세월이 지났지만 코트를 보면 그때 일이 마치 동영상을 보듯 세세하게 되살아난다. 코트 자락 펄럭이던 그 장면들이 시간이 흐른 이제는 아름다운 추억으로 남았다.

가을이면 낙엽 밟는 길을 좋아해서 나무가 있는 숲길을 자주 걷기도 했다. 꽃잎 같은 단풍잎들이 떨어져 쌓이는 길을 걸으면 마른 잎이 사각거리는 소리가 좋았다. 프랑스 시인 레미 드 구르몽의 '낙엽'이라는 시를 생각하면서 꿈꾸듯 가을에 취해 걷곤 했다. 코트 주머니에 손을 깊숙이 넣은 채.

어느새 이 코트도 나와 함께 나이를 먹었다. 긴 세월의 흔적으로 색이 바래고 모양도 낡아졌다. 하지만 이 옷만은 언제까지나 옷장에 걸어 놓고 낭만 가득한 추억에 잠겨 보고 싶다.

한 모임에서 선배 언니가 가죽 코트에 분위기 있는 머플러를 걸치고 나오셨다. "이 옷이 10년 된 거야. 버리려고 해도 못 버리겠어." 유행에 약간 뒤처진 디자인이었지만 관리를 잘하셔서 그런지 여전히 멋져 보였다.

누구나 버리지 못하는 옷들을 한두 벌씩 가지고 있을 것이다. 대개 버리지 못하는 옷들은 사연이 있는 옷들이다. 명품은 아닐지라도 정이 든 추억 보따리들이다. 그런 옷들은 볼 때마다 그 옷을 샀던 어느 도시와 그것을 입고 다녔던 이국의 길들이 새록새록 떠오른다. 이제는 입지도 않으면서 쌓아만 놓았던 것들을 과감하게 버리기로 했다. 그러나 소중한 청회색의 롱코트만은 끝까지 내 곁에 남겨 둘 것이다. 오랜 세월 나와 같이한 옷, 그것은 나의 분신처럼 추억을 데불고 와 언제든지 나를 그 자리에 옮겨 놓는다. 그 옷과 더불어 살아온 시간들 속에 켜켜이 쌓인 기쁘고 슬프고 힘들었던 일들이 가슴속에서 꽃으로 살아난다.

오래된 친구 같은 그 옷을 입고 다시 한번 가을을 만나러 가고 싶다. 색이 바래고 옛 모습을 잃었지만 그와 더불어 추억의 문을 열고 멋진 노래라도 들으면서 낙엽 깔린 숲길을 걷고 싶다. 마치 오래전의 나를 찾아보기라도 하듯. 그 옛날의 젊고 행복했던 순간들을 되새기면서.

친 구

　　여행을 떠나서 목적지에 거의 왔는데 청첩장이 들어 있는 메시지가 왔다. 신랑 신부의 이름을 보니 모르는 이름이어서 의아했다. 바로 뒤따라 미국에 사는 내 친구 옥이가 동생 딸이 결혼을 해서 한국에 왔다는 메시지를 다른 친구가 보냈다. 그 결혼식장에서 옛친구를 만나고 싶어 청첩장을 보낸 것이었다. 결혼식은 토요일이고 바로 내일이었다. 가족들과 같이 가는 여행이니 돌아갈 수는 없다. 월요일에나 돌아가기 때문에 나는 참석할 수가 없었다. 다른 친구들은 가기로 했다고 한다. 하필이면 이렇게 어긋날까 무척 아쉬웠다. 보고 싶은 친구인데 3년 전부터 갑자기 전화도 오지 않고 소식이 끊겼다.

　　옥이는 나의 고등학교 절친이었다. 40년도 더 지난 그 시절 우리는 마음이 맞고 성격도 비슷한 6명이 모여서 클럽을 만들자고 했다. 옥이를 포함한 우리 6명은 모두 찬성했고 '재스민'이라고 클럽명도 지었다. 재스민은 조그맣고 예쁘고 향기로운 꽃인데 우리가 그렇다고 느껴서 아마 내가 이름을 지었던 것 같다. 학교생활이 즐거워졌고 우리 클럽은 소풍 날 단체노래자랑에 나가 일등도 했다. 그때 신나는 트위스트는 얼마나 우리를 열광케 했는지 모른다. 수학여행 때 트위스트를 추던 추억도 잊지 못한다. 학교에서도 알아주었던 '재스민'은 우리들 중 한 사람에게 무슨 일이 생기면 서로 도와 해결하는 의리파 모임이었다.

학교수업이 끝나면 학교에서 가까운 우리 집에서 밥도 먹고 영어 과외공부도 함께했다. 나는 여자 형제가 없어서 그런지 이런 친구들이 더욱 좋았다. 사춘기 소녀들은 비가 오는 날이면 우산을 받고 빗길을 하염없이 걷기도 했다. 눈이 내리면 눈 쌓인 운동장에 누워서 눈을 받아먹으며 즐거워하기도 했다. 그런 날은 제과점에 가서 뜨거운 단팥죽을 먹었다. 김이 모락모락 나는 거기에 잣과 떡도 들어 있어 달콤하고 맛이 있던 단팥죽은 꿀단지라고 불렸다. 꿀단지는 눈밭에서 뒹굴었던 우리의 추위를 달래 주었다. 우리는 그렇게 어울려 같이 다니기만 해도 재미있던 학창시절을 보냈다.

고교 시절을 보내고 대학으로 진학하자 만나는 시간이 줄어들어 서서히 멀어져 갔다. 결혼을 하면서 이젠 각자의 바쁜 생활 때문에 만나기가 힘들어졌다. 그러던 중에 옥이가 결혼하고 얼마 후에 미국으로 이민을 갔다. 당시 나는 아이들 뒷바라지로 바빠 떠나는 걸 못 봤지만 가끔 서울 친정에 왔을 때 친구들과 만났고 전화번호도 주고받았다.

한미 친선단으로 처음으로 미국에 갔을 때 뉴욕 근교에 살던 그 친구가 나를 만나려고 호텔에 왔었다. 그야말로 깜짝 만남에 우리는 반갑게 회포를 풀었다. 오래 헤어져 있었기에 그만큼 쌓인 이야기가 끝이 없었다. 그 후로 많은 세월이 흘러 내 아들과 딸이 미국으로 유학을 갔다. 그래서 미국을 가면 혹여 만날 수 있으려나 했지만 우리 아이들은 동부에 있었고 옥이는 의사 남편이 은퇴 후 샌디에이고로 이사를 가서 만날 수가 없었다. 그저 서로 가끔씩 전화 통화만 할 뿐이었다. 당시 옥이는 남편이 뇌출혈로 쓰러져서 혼자서 고생을 많이 한 것 같았다.

어느 해 미국에 갔는데 아들이 샌디에이고로 여행을 가자고 했다. 그 곳은 옥이가 사는 곳이라 만날 수 있어 무척 기뻤다. 이 소식을 들은 옥이도 무척 기뻐했고, 그중 하루는 자기 집에서 보내기로 초대를 했다. 여행날짜가 가까워지고 더구나 친구 집에서 하루를 같이 보낸다는 기쁨에 설레었다. 그런데 갑자기 서울에서 옥이 남편 친구들이 와서 근교로 여행을 가기로 해 우리의 약속이 깨졌다. 기대하던 친구 집에서 하루 보내기를 하지 못해 서운했지만 여행 마지막 날 점심을 같이 먹기로 해서 아쉬움을 덜었다. 좋은 일식집으로 초대해 줘서 갔더니 남편이 길을 몰라 좀 늦었다고 너스레를 떠는 옥이는 변함없는 수다쟁이였다. 우리는 반가워서 얼싸안으며 극적인 만남을 했다. 그렇지만 서로 시간이 없어 점심을 같이 먹은 뒤 곧바로 헤어져야 했다. 서운했지만 그나마 만날 수 있었다는 것으로 만족했다.

그 뒤로 우리는 서울과 미국에서 일주일에 한 번씩 통화했다. 그동안 생긴 일들을 묻고 들으며 오래도록 전화가 지속되었는데 3년 전쯤부터 친구의 전화가 없었다. 무슨 일인지 궁금했지만 전화를 해도 받지 않았다. 우리는 그렇게 소식이 끊겼다.

가족여행을 하고 집에 와서 옥이가 궁금해서 수소문하니까 먼저 만난 친구가 남동생 전화번호를 알려 주었다. 그렇게 해야 만날 수 있다고 했다. 그리고 옥이에게 약간의 치매 증상이 있어 보였다고 했다. 깜짝 놀랐다. "무슨 소리야? 치매라니." 말로만 듣던 치매가 내 친구에게 왔다니 충격이었다. 곧바로 친구 동생에게 전화를 했다. 남동생이 지금은 누나와 헤어지고 내일 아침 11시면 통화할 수 있다고 해서 약속을 했다. 누나가 단기 치매 증상이 있다는 말도 했다. 치매는 신경인지 장애로 기억상실과 언어 사용에 어려움이 생기고 차츰 여러 가지 기능을 수행할 수가 없어 결국 타인에게 의존하는 삶을 살아야 한다. 먼 이야기인 줄 알았는데 친구가 그렇다니 몹시 걱정스러웠다.

다음 날 11시에 전화를 기다렸지만 10분이 지나도 전화가 오지 않아 결국 내가 했다. 친구의 목소리가 들렸다. 목소리가 떨리고 갑자기 눈물이 핑 돌았다. 눈물이 나오려는 걸 꾹 참고 말하는데 친구의 목소리는 전과 똑같았다. 말도 앞뒤가 분명했고 평소와 같았다. "나야." 했더니 "응. 많이 보고 싶었어." 그러면서 "미국은 너무 외로워. 결혼하고 미국으로 간다고 했으면 결혼 안 했을 거야. 난 다시 절대 결혼 안 해. 우리 다음 생애는 결혼하지 말자."라고 한다. 할 말이 많을 텐데 이런 말을 하다니, 하면서도 나도 친구의 말에 "응. 그러자 우리끼리 살자." 하고 맞장구를 쳐 줬다. 친구의 마음을 다독여 주고 싶어서였다.

친구는 계속 너무 외롭다는 말만 한다. 외로움이 마음의 병이 되어서 치매에 걸린 것이 아닐까? 미국 생활 청산하고 한국에 와서 가깝게 살자고 했더니 이젠 힘들다고 한다. 그렇게 5분쯤 통화를 하는데 갑자기 "다른 전화가 들어온다고 끊으래." 한다. 그래도 나는 더 얘기하고 싶었는데 "통화 못 하겠다. 동생이 전화를 받아야 한대." 그러고는 전화가 뚝 끊겼다. 다시 전화가 올 줄 알고 한참을 기다렸다. 전 같으면 바로 전화했을 텐데 전화는 다시 오지 않았다. 돌아서자 나를 잊은 것 같았다. 근처에 사는 친구에게 통화 내용을 말하고 옥이를 만나고 싶다고 했더니 한마디로 만날 수가 없다고 한다. 그나마 전화를 해서 다행이라고. 며칠 후면 출국하는데 내일이면 시골 시댁도 가야 해서 시간도 없고 혼자서는 다닐 수가 없어서 만날 수 없을 거라고 한다.

이제 옥이는 뒤돌아서면 잊어버리고 기억을 못 하는 친구가 되었다. 자유롭지 못해서 도와주는 사람이 꼭 필요한 내 친구. 어쩌다 이렇게 되었을까.

결국 나는 친구와 만나지 못했고 그녀는 어제 미국으로 돌아갔다. '이럴 수가 있을까?' 하루 종일 마음에 커다란 돌멩이를 매단 듯 무겁고 아팠다. 떠나고 나니까 만나지 못한 것이 아쉽고 아파서 오래 울었다. 결혼한 자식들은 멀어지고, 남편도 아파서 힘들었고 외롭다고, 그녀가 했던 말들이 그녀의 삶을 그대로 전해 준 것 같았다. 그래서 다음 생에는 결혼하지 않겠다고 했나 보다. 멀리 타국에서 혼자 얼마나 외로웠을까. 우울증으로 인한 치매가 왔는지도 모른다. 가여운 내 친구.

그러나 나는 친구를 위해 해 줄 수 있는 것이 아무것도 없다. 부디 친구가 세월의 무상함을 이겨 내고, 치매 증상이 더 이상 악화하지 않기를, 곧 건강해져서 반드시 다시 만날 수 있기를 기도하는 일 외에는.

텃 밭 이
준 선 물

      나는 전생에 농촌에서 농부 시인으로 살았나 보다. 그저 밭일이 좋고 푹신한 땅을 밟으면서 그것을 바라보는 시간은 더욱 좋다. 시골을 생각하면 괜스레 마음이 푸근해진다. 상쾌한 공기를 마시며 바라보는 산과 강과 넓은 평야의 변화 많은 풍경이 좋기만 하다.

  오래전 양평의 주말농장에서 농사를 지은 적이 있다. 도시에 사는 사람들이 주말에 농사지을 수 있도록 지자체에서 땅 소유주와 협의하여 희망자 신청을 받았다. 우연히 온라인에서 그 광고를 보고 신청했는데 당첨되었다. 드디어 도시 생활의 답답함에서 벗어나 잠깐이라도 농촌 생활의 여유를 누릴 수 있게 되었다.

  첫날 모종 심을 준비를 하고 부푼 가슴으로 농장을 찾아갔다. 양평은 서울에서 차로 1시간이 조금 더 걸리는 곳이었다. 서울을 벗어나니 공기부터 상쾌했다. 가는 내내 도시에서 못 보던 정답고 푸근한 풍경들이 펼쳐졌다. 이른 봄이라 조금 쌀쌀했지만 기분은 훈훈했다. 1시간쯤 넓은 길을 달리다가 좁고 낯선 길로 들어서니 그림처럼 아늑한 농장이 보였고 보기만 해도 기분 좋아지는 넓은 텃밭이 기다리고 있었다. 농장주께서 도착한 사람들에게 모종을 주며 심는 법을 자세히 알려 주셨다. 10평 정도의 텃밭에는 번호판과 함께 주인의 이름이 쓰여 있었다.

내 텃밭은 운 좋게도 입구 쪽에 있고 물이 있는 곳과 가까워서 편했다. 꽃삽과 필요한 도구도 이곳에서 구매할 수 있었다. 평평한 땅에 모종을 들고 다치지 않게 조심스럽게 심어 보았다. 시골 텃밭에서 이런 일을 하는 것은 처음이었다. 모종을 차례로 심고 고랑을 내는 일을 계속해서 반복했더니 곧 예쁜 밭이 만들어졌다. 처음 해 본 밭일이라 힘들었지만 모종을 심고 흙으로 덮어 줄 때 손에 느껴지는 촉감과 냄새가 좋았다. 끝내고 나니 뿌듯한 성취감으로 마음이 충만했다. 밭 저편 멀리 보이는 산과 파란 하늘이 모두 내 것처럼 느껴졌다. 평화로운 농촌의 풍경이었다.

청명한 공기가 코에서 목을 지나 온몸으로 퍼져서 저절로 건강해지는 것 같았다. 그 역시 텃밭이 주는 귀한 선물이었다. 물을 주면서 밭을 한 바퀴 돌아보니 심어 놓은 어린 모종들이 그렇게 사랑스러울 수가 없었다. 이곳에서 1년 동안 내 손길이 필요한 어린싹들을 키우며 내 꿈도 같이 키워야지 했다.

두 주일 후 일요일에 다시 찾아갔다. 이제는 농장 가는 길이 좀 익숙해졌다. 그동안 얼마나 자랐을까? 기대심과 궁금증에 설레는 마음으로 도착해 보니 그사이 잘 자란 식물들이 나를 반겼다. 뿌린 씨들은 땅을 비집고 옹기종기 초록 싹을 내밀었고, 연초록 모종들의 색은 더욱 진해지고 도톰해졌다. 그것들은 따뜻한 햇볕을 온몸에 받고 뿌리로 물을 빨아 먹으면서 잘 자라고 있었다. 내가 뿌리고 심은 씨앗과 모종들이 잘 자라 준 걸 보니 너무 기뻐 텃밭 주위를 한 바퀴 돌며 그들에게 사랑한다는 말을 연신 속삭여 주었다. 사이사이에 자란 잡풀도 부지런히 뽑아 주었다.

씨를 뿌린 상추. 쑥갓, 부추는 자라는 속도가 빨랐다. 땅에 뿌리를 내린 상추나 쑥갓은 번식력이 강해 잘 자라고 쑥갓은 조금 늦게 가면 줄기가 단단해서 못 먹을 정도였다. 얼마쯤 지나니 특별히 비료를 주지도 않았는데 땅에 빈 곳이 없을 정도로 채소가 꽉 찼다. 식물들의 강한 생명력이 놀랍기만 했다. 여기에 내가 사랑의 말까지 해 주니 녹색 가득 환하게 피어나는 상추와 향기로운 쑥갓은 쑥쑥 더 잘 자라는 것 같았다. 모두 우리의 건강을 도와주는 고마운 먹거리들이었다. 마트에서 사 먹기만 하던 야채들을 이렇게 직접 가꾸어 먹으니 신기하고 고맙기만 했다.

어느 날은 삼겹살 파티를 했다. 텃밭 가에서 온 가족이 둘러앉아 금방 따온 싱싱한 상추를 씻어 고기에 싸 먹는 맛은 기가 막혔다. 누가 눈물 젖은 빵을 먹어 보지 않은 사람은 인생의 참맛을 모른다고 했던가. 땀 흘린 노동 후에 먹는 음식의 맛이야말로 인생의 참맛이 아닐까 싶었다. 식사 후에 텃밭 가에서 따뜻한 커피까지 마시니 세상 부러울 게 없었다. 땀 흘려 가꾼 것들이 주는 꿀 같은 보람의 맛. 점점 정이 들어 집에 오면 텃밭 생각이 나고 가는 날이 기다려졌다. 어느새 그곳은 나만의 행복 텃밭이 되었다. 나는 10평의 좁은 땅에서 인생의 참맛이라는 보석 같은 꿈을 일구었다. 나는 그 주말농장 체험을 통해 처음으로 배운 텃밭이 주는 재미와 보람, 수확의 기쁨을 잊을 수가 없다.

9월에는 배추와 무를 심었다. 정성 들여 잘 키워서 내가 기른 것으로 김장을 하고 싶어서였다. 큰 찻길에서 농장으로 들어오는 길가에는 예쁜 코스모스와 연잎들이 초가을 바람에 한들거렸다. 농장 입구에서 텃밭까지 이름 모를 잔꽃들이 가득 피어 있었다. 채소를 가꾸는 것도 좋지만 꽃이 핀 시골의 아련한 가을 풍경을 보는 것도 좋았다. 시심이 절로 생겨나는 것 같았다.

날이 추워지자 배추는 점점 커져서 맨 가에 있는 널따란 잎이 더 퍼지지 않게 잘 오므려 묶어 줘야 했다. 무들도 세상 밖으로 점점 머리를 들고 나와 아름다운 들녘을 바라보고 있었다. 그동안 키워 낸 식물들을 집으로 데려가는 날이 되었다. 배추는 잘 컸는데 무는 생각보다 작고 서로 붙어 있는 기형들도 있었다. 그러나 내가 정성으로 키운 것, 정든 것들이라 그런지 하나도 버릴 수가 없었다. 그저 고맙고 감사하는 마음으로 모두 다 가져와 김장을 했다.

도시에서 나고 자란 내가 늘 동경하던 농촌 생활은 나에게 새로운 꿈을 주고 활력을 맛보게 했다. 뿌리고 심고 가꾸면서 식물의 생명력에 놀랐고, 그 새로운 체험은 내 정신건강에도 큰 도움을 주었다.

주말농장은 도시 생활에서는 맛볼 수 없는 재미와 기쁨, 뿌듯한 성취감을 안겨 주었다. 그리고 땀 흘려 가꾼 야채 같은 인생의 참맛을 맛보게 해 주었다. 모두가 텃밭이 주는 고마운 선물들이었다. 텃밭에서 자연과 더불어 숨 쉬고 교감하며 사는 생활. 이것이 진정 행복한 삶이 아닐까?

시루팥떡

나는 떡을 좋아한다. 그래서 마트에 가면 자주 떡을 사 오곤 한다. 요즘엔 프랜차이즈 떡집도 많이 생겼고 떡집마다 맛깔스러운 떡들이 진열되어 있어서 얼마든지 골라 사 먹을 수 있다. 콩이나 깨를 넣은 쫀득한 색색의 송편, 켜켜이 쌓아 놓은 노란 콩가루 시루떡과 약식, 무지개떡과 인절미 등 가게마다 화려하고 맛깔스럽게 진열해 놓은 떡들이 많다. 그러나 그 많은 떡을 볼수록 더욱 그리워지는 떡이 있다. 어릴 적 할머니가 만들어 주시던 찹쌀 팥떡이다.

할머니는 나를 세상에 하나밖에 없는 손녀라고 하시며 지극히 사랑하셨고, 나도 할머니가 좋아서 항상 졸랑거리며 따라다녔다. 불교 신자셨던 할머니는 식구들 생일이나 조상님의 제삿날에는 치성을 드리려고 칠성사라는 절에 다니셨다. 나도 자주 할머니를 따라 그 절에 갔다. 절은 집에서 멀었고 평지에서 조금 올라가면 나오는 소나무 숲을 지나야 했다. 산에서는 상큼한 솔 냄새가 났고 바닥에는 솔방울이 떨어져 있었다. 가끔 반질반질 윤기가 흐르는 조약돌처럼 예쁜 도토리도 주울 수 있었다. 그런 소나무 숲을 지나 한참 올라가면 넓은 절 마당이 보였다. 시내에서 떨어져 있는 이곳을 갈 때마다 산과 소나무들을 바라보면서 나는 상쾌한 기분에 빠져들었다.

할머니를 따라 절에 올라가서는 불당에서 절을 하고 스님이 주시는 밥도 잘 먹었다. 절에서 차려 주시는 밥상은 채소 나물과 하얀 총각무가 들어 있는 물김치가 고작이었는데 어찌나 맛이 있었던지, 할머니가 절에 가신다고 하면 나는 그 밥이 먹고 싶어 더 따라나섰던 기억이 난다. 절 부엌에서 밥을 하려고 아궁이에 넣은 장작이 탁탁 튀는 소리와 타오르는 새빨간 불꽃을 보는 것도 재미있었다. 나무를 때서 금방 지은 밥은 집에서 먹던 밥과는 다른 별미가 있었다. 스님께서는 할머니를 따라와서 기특하다고 나를 무척 귀여워해 주셨다. 오랜 세월이 지났지만 지금도 그 절의 모습이 눈에 선하다.

불교 신자이신 할머니는 음력으로 매달 초사흘이면 집에서 고사를 지내셨다. 장독대에 시루팥떡을 올려놓고 가족이 잘되게 해 달라고 빌면서 기도를 하셨다. 그래서 우리는 초사흘이 되면 할머니의 맛있는 고사 팥떡을 기다리며 들뜨곤 했다.

할머니가 떡을 만드는 초사흘이 되면 나는 하던 일들을 멈추고 할머니를 따라 방앗간에 갔다. 할머니는 하얀 쌀을 정성스레 씻어서 물기가 빠지면 소쿠리에 담아 방앗간에 가져가셔서 쌀을 가루로 빻아 달라고 하셨다. 방앗간에서는 구수한 떡 냄새가 허기를 불렀지만 쌀가루가 빻아져 기계에서 줄줄 흘러 내려오는 것을 구경하다 보면 곧 잊히곤 했다. 신기하고 재미있었다. 그렇게 서너 번을 되풀이해야 고운 가루가 되었다. 그러다가 가래떡이라도 하나 얻어먹는 날은 얼마나 행복했는지 모른다. 정말 옛날이야기다.

할머니는 집에 오시면 팥떡 만들기에 바쁘셨다. 팥은 액운을 쫓고 행운을 기원한다고 해서 고사를 지낼 때는 꼭 팥떡을 만드신 것 같다. 쌀가루를 한 켜 놓고 그 위에 삶은 팥을 한 켜 놓기를 반복하면서 시루 가득히 켜켜로 쌓아 놓는다. 그러고는 커다란 솥에 물을 붓고 시루를 그 위에 올려놓은 뒤 시루와 솥 사이에 김이 새어 나가지 않게 밀가루를 반죽해서 붙이셨다. 우리는 시루 근처에서 왔다 갔다 하며 떡이 익기를 기다렸다. 그때는 과자 같은 군것질거리가 없어 우리가 먹을 수 있는 것은 집에서 만들어 주시는 강정과 약과나 떡이 고작이었다.

해가 지고 어두워지면 떡이 거의 완성되어서 맛있는 냄새가 나기 시작한다. 그러나 떡이 익었다고 해서 바로 먹을 수는 없었다. 밤이 되면 할머니는 그 떡을 시루째 장독대의 상 위에 올려놓고 온 가족 평안하라고 고사를 지내셨다. 군침이 넘어갔지만 나는 할머니의 기도가 끝날 때까지 기다려야 했다. 드디어 할머니께서 커다란 대나무 채반에 시루를 쏟아붓고 김이 모락모락 올라오는 떡을 자르면 구수한 팥 시루떡 냄새가 집안 가득 진동을 했다. 그제서야 우리는 정신없이 팥떡을 집어 먹었다.

찹쌀로 만든 팥떡은 달짝지근하고 물렁물렁하고 쫀득쫀득해서 정말 맛이 있었다. 향미도 기가 막혔다. 맨 밑바닥에 붙어 있는, 팥고물이 많고 물컹거리는 떡을 수저로 긁어먹는 맛은 너무 기가 막혀서 그것은 항상 내 차지였다.

할머니는 우리를 위해 먼 길을 걸어 절에 다니며 치성을 들이셨고 초사흘이면 맛있는 떡을 해 기도를 하고 배불리 먹이면서 사랑을 베푸셨다. 엄마의 손이 못 미치는 곳에는 항상 할머니의 손길이 자리해 있었다. 나는 그런 할머니가 정말 좋았다.

시루팥떡은 꼭 돌아가신 할머니를 닮았다. 켜켜이 쌓은 사랑을 아낌없이 베푸시는 모습이 그렇다. 이제 할머니는 안 계시지만 할머니를 생각하면 시루팥떡이 생각나고, 시루팥떡을 보면 할머니가 생각난다. 할머니의 팥떡에 맛 들인 나는 팥이 들어간 것은 뭐든 좋아한다. 제과점에서 파는 단팥빵과 겨울이면 길거리에서 파는 뜨거운 붕어빵도 좋아한다. 동지에 먹는 팥죽도 정말 맛있다. 팥으로 만든 음식은 맛도 있지만 영양가도 풍부하다. 팥에는 각종 미네랄과 비타민B가 많고 단백질이 풍부하고 항산화 성분도 있다고 한다. 영양분도 많고 맛도 있으니 얼마나 좋은 음식인가.

전에 살던 여의도 아파트 옆 상가에 조그만 방앗간이 있었다. 그곳에서 할머니의 손맛 같은 맛있는 찰시루팥떡을 만났었다. 지하로 내려가면 항상 구수한 냄새가 나고 한쪽에는 금방 쪄 낸 따끈한 팥떡이 쌓여 있었다. 할머니 떡처럼 맛있는 떡이 주는 기쁨으로 그 방앗간에 자주 갔었는데 지금은 그곳마저 없어졌다.

1년 중 밤이 가장 길고 낮이 가장 짧다는 동지가 곧 다가온다. 그날은 팥죽을 먹는 날이다. 팥의 붉은색이 액운을 쫓아내고 좋은 기운을 부른다는 풍속에 따라 우리 조상들은 팥죽을 먹으면서 무사한 한 해를 기원했다고 한다. 나 역시 해마다 잊지 않고 팥죽을 해서 먹는다.

그러나 올해는 동짓날에 시루팥떡을 해 먹으려고 한다. 팥죽 대신 할머니께서 만들어 주시던 그대로 찹쌀가루에 잘 삶은 팥을 넣어 맛있는 떡을 만들어 식구들과 같이 먹어 보련다. 시간이 많이 흘렀지만 할머니의 떡 만드시는 모습을 지금도 잊지 않고 선명하게 기억하니 잘 만들 수 있으리라. 사랑하는 손자 손녀들에게 할머니가 해 주시던 팥떡 이야기를 하면서, 정 가득한 시간을 쪄 내고 싶다.

메 밀 꽃 을
찾 아 서

　　메밀꽃을 보려고 강원도 봉평에 갔다. 그곳은 가을이면 산허리가 휘도록 피어 있는 메밀꽃으로 유명하다. 봉평의 메밀꽃이 유명한 것은 이효석의 소설 「메밀꽃 필 무렵」의 배경이기 때문이기도 하다. 봉평에는 이효석문학관도 있고 해마다 메밀꽃 축제가 열린다. 보통은 꽃이 한창 피는 9월에 있다. 우리는 올해엔 조금 늦게 왔지만 그래도 10월 초니까 아직은 잘 찾아보면 메밀꽃이 있을 것도 같았다.

　　9월에 메밀꽃 군락지에 가면 그야말로 온 산들이 눈밭처럼 환했다. 그 올망졸망하고 조그만 꽃잎들이 알알이 바람에 살랑거리면 하얀 파도가 물결치듯 산은 바다로 변하여 출렁거렸다. 차를 타고 봉평 시장을 갈 때도 찻길 양쪽에 무성한 메밀꽃 동산들이 있었다. 메밀꽃은 길섶에 있는 들꽃처럼 흔한 듯하면서도 한데 무리 지어 피어 있는 모습이 다정하고 은은해서 특별하게 느껴진다.

　　몇 년 전 초가을에 근처의 골프장에서 골프를 치고 난 후 이곳의 메밀 음식점 뒷마당에서 점심을 먹었다. 메밀막국수와 전병까지 먹고는 운동 후의 노곤함을 풀려고 시원한 동동주도 마셨다. 그리고 밖을 바라보니 뒷산이 메밀꽃 동산이었다. 파란 하늘 아래 핀 작고 하얀 꽃들의 단아한 자태가 몽롱한 취기에 더욱 아름다워 보였다.

　다음 해에는 친구들과 이곳의 메밀꽃 축제에 왔다. 축제장에서 가까운 봉평 시장은 축제에 온 사람들로 걸어 다니기조차 힘들었다. 도시에서 볼 수 없는 시장 구경이 특히 재미있었다. 한쪽 골목길에서 뻥튀기 아저씨가 "뻥이요, 귀 막아요!" 하는 소리에 얼른 귀를 막았지만 '뻥~' 하는 소리에 화들짝 놀란 기억도 새롭다. 뜨거운 기름에서 튀겨 낸 도넛과 꽈배기는 어찌나 맛이 있는지 우리는 모두 두 개씩이나 먹었다. 근처에서 막 따 온 것 같은 싱싱한 갖은 나물들과 강원도 감자와 옥수수가 가득 쌓여 있었다.

　봉평에서 나오는 더덕은 살이 도톰하고 향이 좋아 친구들과 길에 쪼그리고 앉아 골라 사면서 한껏 뿌듯했다. 시장은 살 것과 볼거리가 많았다. 제일 인기 있는 곳은 역시 메밀 막국수집이었다. 이 집 앞에는 길게 줄을 서야 했지만 그 맛이 일품이라 기다린 시간이 아깝지 않았다. 쫄깃쫄깃한 면발에 국물도 시원한 이 고장의 메밀은 각별한 맛이 있었다.

　메밀국수를 먹고는 꽃동산이 있는 문학관을 향했다. 흐르는 시냇물 위에 징검다리를 조심히 건너는 것도 재미있었다. 물레방앗간을 지나자 동산이 보이기 시작했다. 흐드러지게 핀 메밀꽃을 다시 만나 반가웠다. 동산에 들어가서 가장 예쁘고 폼 나는 모습으로 사진을 찍었다. 가까이 가서 꽃 속에 얼굴을 묻고 달콤한 향기도 맡았다. 멀리서는 흰색으로만 보였던 꽃이 봉오리는 연분홍색이었다. 금방이라도 필 것처럼 봉긋거리는 꽃들의 표정이 사랑스러웠다. 우리는 꽃에 취해 소녀들처럼 즐거워하면서 해마다 꼭 오자고 약속했다.

메밀꽃의 꽃말은 '연인'과 '사랑의 약속'이라고 한다. 예쁜 꽃말이 이 계절과 잘 어울리는 것 같다. 얼핏 보면 한 송이 꽃다발 같지만 자세히 들여다보면 숨어 있는 작은 꽃잎들이 겹겹이 모여 사랑의 약속을 하는 듯하다. 사이좋게 어울리는 꽃잎들이 마치 자기들끼리 사랑을 하고 있는 듯도 했다. 우리도 메밀꽃처럼 자신에게 숨어 있는 사랑을 찾아내어 차곡차곡 만남의 꽃을 피워 낼 수 있다면 얼마나 좋을까. 한 송이 꽃도 좋지만 여럿이 모이면 꽃동산을 이룬다. 그렇듯 우리도 같이 어울려 꽃길처럼 다정하게 살아갈 수 있다면 얼마나 좋을까. 가을의 메밀꽃을 배경으로 아름다운 추억을 만들면서 그렇게 살아갈 수 있다면…

둥근달이 교교히 내리비치던 그날 밤, 달빛에 비친 꽃동산은 한 폭의 아름다운 그림이었다. 하늘에는 달빛이 휘영청 찬란했고 그 아래 어둠 속에 돋보이는 하얀 꽃밭은 가까이 갈수록 운치를 더했다. 더구나 초롱초롱 반짝이는 별빛까지 흩뿌려져서 꽃과 달과 별이 어우러진 산은 수많은 하얀 나비들이 어울려 춤을 추는 것 같았다. 별들은 금방이라도 쏟아져 내릴 것처럼 반짝거려서 꽃들을 더 하얗게 빛나게 하는 듯했다. 낮과는 또 다른 황홀한 밤 풍경이었다. 봉평의 메밀꽃은 정말 특별한 감성을 불러일으켜 우리의 가슴에 잔잔히 스며들었다.

지난 옛 생각을 떠올리며 메밀꽃 군락지로 부지런히 걸었다. 그리고 아직은 피어 있을 거라고 생각했다. 그러나 그리움에 찾아간 꽃동산은 온데간데없고 쓸쓸하고 텅 빈 벌판뿐이었다. 반갑게 만날 줄 알았던 올망졸망 귀엽던 꽃들은 보이지 않았고 퇴색한 줄기와 말라 버린 잎들만이 남아 있었다. 행여나 하고 이 산 저 산 뒤집고 다녀 봐도 이미 져 버린 메밀꽃은 아쉬움만 남겼다. 올해는 비가 많이 와서 꽃이 일찍 졌을까? 조금 늦었을 뿐인데 허무했다.

이효석문학관의 언덕에는 고운 색의 바람개비들이 맴돌고 있었다. 큰 찻길 옆에 곱게 핀 분홍과 하얀 코스모스가 그나마 나를 반겨 주었다. 메밀밭 밑 무밭에 살포시 머리를 들고 올라오는 무가 보였다. 얕게 흐르는 실개천 옆 메마른 가지들이 성큼 다가온 늦가을을 느끼게 했다. 자연은 그렇게 한 계절을 보내면서 다른 계절을 부르리라.

나는 이번 여행에서 허전함을 달래려고 그때의 아름다웠던 달밤의 동산을 떠올려 보고, 친구들과 동산에서 즐겼던 것들도 추억해 보았다. 그리고 내년에 다시 올 것을 약속하고 돌아섰다. 그래도 스산한 마음은 가라앉지 않아 들길을 걷는데 바람도 아는지 쓸쓸히 지나갔다.

손 주 와
함 께 춤 을

남양주에 사는 딸과 만나기로 약속을 하고 지하철을 탔다. 연휴라서 지하철엔 사람이 많았다. 며칠 전에 두 아이의 엄마인 막내딸이 오늘 학교수업이 있다고 내게 도움을 청했다. 사위는 임시공휴일인데도 병원 근무 때문에 집에 없으니 내게 두 아이를 봐 달라는 것이었다. 처음에는 내가 남양주에 있는 딸의 집으로 가기로 했다. 그런데 연휴이기도 하니 아이들에게 엄마가 다니는 학교와 아름다운 자연 풍경을 보여 주고 싶어졌나 보았다. 어젯밤 큰딸은 학교 안에 아이들이 놀수 있는 공원이 있나 검색해서 '자연사박물관'을 찾았다고 좋아했다. 그래서 우리는 딸이 출강하는 학교 근처에서 만나기로 했다.

학교 주변에는 키즈카페도 있지만 박물관이 바로 학교 안에 있다니 놀라웠다. 딸도 오래전부터 그 학교에 출강하지만 몰랐다고 한다. 그것도 딸이 강의하는 음악당 근처에 있었고, 검색해 보니 동물 박제 등 아이들이 볼만한 것들이 많았다. 수업이 1시부터 3시까지 2시간 걸리니까 그사이에 구경하고 좀 쉬면 딱 맞을 것 같았다. 음식점도 알아봤다고 하면서 딸은 나와 같이 점심을 먹고 아이들에게 박물관을 보여 줄 수 있어서 좋다고 했다. 그렇게 약속을 하니 연휴의 마지막 날인 오늘 하루가 새로운 기쁨으로 다가왔다. 지하철 회기역에서 내려 발걸음도 가볍게 약속 장소에 갔다. 딸이 반갑게 맞아 주고 아이들이 소리를 지르며 좋아했다. 학교에 차를 세우고 점심을 먹기 전에 우선 '자연사박물관'부터 찾았다.

박물관은 커다란 사자상이 앞에 있어서 바로 찾을 수 있었다. 그러나 문이 잠겨 있고 휴관이라고 쓰여 있었다. 인터넷에서는 분명히 관람 시간이 월요일부터 금요일까지 오전 10시에서 오후 5시까지라고 했는데, 월요일인데 휴관이라니 어이가 없었다. 아마도 연휴 때문인 것 같았다. '어쩌면 좋아. 아이들한테 뭐라고 하지? 얼마나 속상할까?' 하고 돌아서는데, 아니나 다를까 초등학교 1학년생인 큰아이 진희가 입을 삐쭉이며 "기대를 많이 했는데 속상해." 하며 그 자리에서 떠날 줄을 모른다. "다음에 다시 꼭 오자." 하고 달랬지만 관람 가능일이 월요일부터 금요일까지여서 아이는 등교를 해야 하니 다시 올 수가 없다. 속상한 마음을 추스르며 우리는 근처 음식점으로 향했다.

음식점은 후문 근처에 있었다. 나는 풀이 죽은 두 아이의 손을 잡고 걸었고 딸은 핸드폰을 들고 음식점을 열심히 찾고 있었다. 그러나 연휴 탓에 찾아간 곳들마다 모두 문을 닫았다. 그래도 혹시나 하고 동네 끝까지 갔다가 결국 되돌아섰다. 오늘은 왜 이럴까? 계획했던 일들이 점점 꼬이기만 한다. 박물관과 음식점 때문에 속이 상했지만 딸이 서운해할까 봐 내색하지 못했다. 다행히 문을 연 햄버거 가게에서 아쉬운 대로 햄버거를 먹는데 딸의 강의시간이 촉박해졌다. 음식점을 찾다가 아깝게 시간만 놓쳐 버렸는데 갑자기 아이들이 키즈카페라도 가고 싶다고 한다. 강의시간이 10분 정도 늦을 것 같았지만 딸은 아이들을 위해서 차를 몰았다.

주차장 밖으로 막 나가는데 학생이 강의실 문이 잠겨서 들어갈 수 없다고 전화를 했다. "내가 아이들 데리고 있을 테니 걱정 마."라고 말하자 딸은 급히 강의실로 향했다. 나는 이제 키즈카페를 못 가서 서운해하는 아이들을 데리고 2시간을 잘 보낼 수 있는 곳을 찾아야 했다. 고개를 들고 주변을 살피는데 바로 크라운관의 음악당이 보였다. 햇살에 비치는 왕관 모양의 크라운관이 구름 한 점 없는 파란 하늘 아래 눈부시게 아름다워 보였다. 그 밑으로 많은 계단이 보였다. 계단이 많아서 아이들에게 가위바위보로 계단 오르기를 알려 줬다. 나와 아이들은 곧 가위는 둘, 바위는 다섯, 보는 열 계단 올라가기를 시작했고 꼭대기 계단까지 올라갔다 내려왔다. 처음 해 보는 것인지 큰놈이 즐거워하며 신이 났다. 그걸 보니 잘했다 싶어 기분이 좋아졌다.

나는 힘들어져서 좀 쉬려고 둘이서 하라니까 손주들은 기어이 할머니도 같이해야 한다고 한다. 다시 하는데 의사전달이 안 되는 일이 생겼다. 첫 계단부터 시작하는데 아이는 자기의 말을 내가 이해를 못 한다고 하고 나는 아이의 말을 알아들을 수 없었다. 논란이 되풀이되자 답답해서 벤치로 가려는데 갑자기 아이가 울기 시작한다. 내가 계속 안 놀아 주고, 자기 말을 이해하지 못해서 우는지 몰라도 난 나대로 짜증이 나서 달래 주지도 않았다. 그러고는 "나 집에 갈 테니 너희들끼리 놀다 엄마 나오면 가." 하고 화를 내며 말했다. 그러자 아이가 울음을 뚝 그쳤다. 8년 만에 처음으로 손주한테 화난 모습을 보인 거였다. 잠시 침묵이 흘렀다. 생각해 보니 박물관도 키즈카페도 못 가서 속상했을 텐데 할머니가 화까지 냈으니 아이는 얼마나 서운했을까 싶었다. 사랑하는 아이들에게 내가 화를 참지 못하고 쏟아 내서 부끄럽고 미안했다.

내가 평소에 저를 많이 예뻐하니까 달래 주기를 기다렸을 텐데.

얼른 아이의 손을 잡고 "재미있는 거 찾으러 가자." 하고 벌떡 일어났다. "떨어진 낙엽 밟기"라고 말하자 아이는 플라타너스 낙엽이 굴러가는 걸 쫓아가며 발로 밟고 큰소리로 웃었다. 날아가는 꽃매미를 쫓아가며 도감에서 봤는데 이름이 생각 안 난다고 고개를 갸웃거리는 모습이 언제 울었느냐는 듯 즐거운 표정이다. 그새 마음이 다 풀렸는지 신이 나서 등나무 아래에서 춤도 추었다. '이렇게 예쁜 놈을 울렸다니…'

집으로 돌아오는 기찻길을 지났다. 오후 3시지만 시원해진 날씨 덕에 양산이 없어도 쏟아지는 햇볕은 견딜 만했다. 길 오른쪽엔 언제 보아도 변하지 않는 친구 같은 기찻길이 있다. 가끔 '빵~' 하고 길게 여운을 남기고 지나가는 기차 소리가 정겨웠다.

오늘은 아이를 울린 일이 생각나서 내내 울적했다. 기대에 찼던 연휴의 하루를 이렇게 우울하게 보냈다니. 후회하며 생각에 잠겨 걷는데 갑자기 아이들이 하늘하늘 춤추던 모습이 떠올랐다. 앞니 하나가 빠진 예쁜 얼굴이 "할머니!" 하고 환하게 웃고 있었다. 아이들의 천진한 모습에 답답했던 마음이 눈 녹듯 풀렸다. '다시 만나면 꼭 껴안아 줘야지.'

울다가도 금방 웃고 잘 놀아 주는 아이가 너무도 사랑스럽고 소중하게 가슴으로 파고들었다. 할머니가 돼서 좁은 소견으로 화를 낸 스스로를 자책했다. 천천히 이해시켜야 했는데 싶었고 '다시는 울리지 말아야지.' 하는 마음이 들었다. 화낸 내 모습에 아이가 상처받지 않기를 빌었다. 아이들이 바른 성품으로 건강하게 잘 자라는 게 요즘 나의 최고의 바람이다. 웃음과 활기를 주는 천사 같은 아이들이 내 삶을 행복하게 해 주고 환하게 비춰 준다. 마치 반짝이며 쏟아져 내리는 밤하늘의 별빛처럼.

물 들 지
못 한 은 행 나 무

　　　집 앞 큰길 건너에는 늦가을까지 예쁜 분홍 꽃을 피우는 배
롱나무가 있고, 왼쪽으로 조금 더 내려가면 마치 시골처럼 아담한 동
네가 있다. 한강 변의 아파트들을 병풍처럼 두르고 있는 이곳에는 낮은
기와집들이 오밀조밀하게 모여 있다. 오순도순 다정한 가족처럼 이어지
는 집들의 마당에는 빨갛게 익은 감들이 주렁주렁 매달려 있다. 집 앞
에는 꽃 화분들도 많아 보기만 해도 정감이 느껴진다. 조금 떨어진 곳
에 기찻길도 있어 볼거리가 풍성한 이곳에 오면 마음이 절로 풍요로워
진다. 금방 꿀물이 떨어져 흐를 것 같은 홍시, 향기 가득한 꽃들과 가
끔 요란한 소리를 내며 지나는 기차의 모습들이 정겨운 시골 마을을
떠올리게 한다. 아침에는 짹짹거리며 나뭇가지에서 가지로 몰려다니는
참새들도 귀엽게 다가온다.

　이 골목의 한쪽에 커다란 은행나무가 있다. 둘레가 한 아름이 넘고
키도 커서 수령이 꽤 되어 보인다. 나이를 알 수는 없지만 이 나무는 동
네 수호신처럼 우뚝 서서 위용을 자랑한다. 골목에 집도 많은데 어떻게
이런 큰 나무가 있는지 신기해서 그 앞을 지날 때는 항상 우러러보곤

한다. 내 마음이 그래서 그런지 볼 때마다 나무도 나를 다정하게 굽어보는 것만 같다.

작년 가을에 이 은행나무는 머리부터 발끝까지 노랗게 황금빛으로 물들어서 멋진 노신사 같았다. 햇빛이 비치는 오후에 은행잎들은 금화처럼 아름답게 반짝였다. 며칠 후 그 앞을 지나다가 깜짝 놀라 발을 멈췄다. 나무 옆에는 빨간 지붕의 조그만 정자가 있었고 나무에서 떨어진 노란 은행잎이 빨간 지붕과 땅에 수북이 쌓여 있었다. 황금빛 잎들과 지붕 위에 노랑 은행잎, 바닥에 떨어진 잎들이 위로부터 차곡차곡 내려 쌓여서 가을의 운치를 더했다. 한 장의 멋진 우편엽서 같았다. 황금빛으로 물든 은행잎들과 어우러진 주변 풍경에 가슴이 설렜다. 정신없이 바라보다가 문득 사진을 찍어 간직하고 싶었는데 그날따라 핸드폰을 가져가지 않아 찍지 못했다. 집에 와서도 그 은행나무가 내내 눈에 어른거렸다.

다음 날 일찍 갔는데 아깝게도 어제 그 절정의 아름다움은 볼 수가 없었다. 아침 일찍 누가 쓸어 버렸는지 지붕 위와 바닥에 쌓였던 잎들이 깨끗하게 치워져 그림엽서는 사라져 버리고 말았다. 안타까웠다. 그 뒤로도 다시 몇 번이나 그곳에 가 봤지만 내 마음에 새겨 놓았던 그 모습은 다시 볼 수 없었다.

올해에는 작년 가을에 놓친 것을 꼭 담아 보리라 하고 때를 기다렸다. 아름드리 은행나무는 봄부터 가지에 어린싹을 틔우고 여름이 되니 무성한 가지마다 수많은 초록 잎들을 키워 냈다. 지날 때마다 반짝반짝 윤기 나는 잎들이 하늘을 바라보며 물들기 위해 준비를 하고 있는 것 같았다. 날마다 변화하는 잎들을 바라보는 기쁨이 커져 갔다.

그렇게 은행잎 단풍을 기다리는 동안 가을이 찾아왔다. 그런데 작년

이맘때 같으면 벌써 노랗게 물들기 시작했을 잎이 이상했다. 항상 꼭대기에서부터 서서히 물들기 시작하던 그 황금 물결들이 안 보이고 푸르딩딩하기만 했다. 그러더니 어느 날, 아픈 사람처럼 시들어 하나둘 떨어지기 시작했다. 가슴이 철렁 내려앉았다. '웬일일까?' 하고 큰길가에 있는 가로수 은행나무로 달려가 보았다. 가을이 되면 가로수 은행잎이 노랗게 물들고 열매까지 떨어져 노란 카펫을 깔아 놓은 것 같았는데 지금은 찬바람에 떨어진 잎들이 파리하게 병든 모습이었다.

단풍은 기온이 5도 이하로 떨어지고 맑은 날씨가 이어지며 일사량이 높을 때 물든다고 한다. 은행잎의 처음 보는 이런 모습은 날씨 때문인 것 같았다. 올해 2023년은 11월 초 갑자기 기온이 올라 단풍이 미처 물들지 못한 채 말라 버렸다고 한다. 11월 날씨가 너무 더워 낮 기온은 20도를 넘었는데 기상청은 116년 만에 가장 높은 기온이라고 했다. 이상고온현상으로 대기 하층의 온도는 높고 상층에는 북쪽에서 찬 공기가 내려와서 11월 날씨가 변덕스러워졌다고 한다. 길에는 여름 반소매 옷을 입은 사람들이 다니기도 했다. 그런 날씨에 갑자기 한파가 닥치면서 은행잎이 미처 물들지 못한 채 파란 상태로 말라 떨어진 것이었다. 기온의 변화가 은행잎까지 물들지 못하게 했다니 안타까웠다. 외국에서는 지구가 점점 가열되며 단풍의 색이 달라진다는 논문까지 나왔다고 하니 앞으로는 전처럼 아름다운 단풍의 모습을 다시는 볼 수 없을까 걱정이 되었다. 산사의 꽃보다 더 아름다운 단풍과 골목길의 황금빛 은행나무가 벌써 그리워진다.

지구온난화는 대기 중에 온실가스농도가 증가함에 따라 지구의 평균기온이 상승하는 현상이라고 한다. 온난화로 인한 기후적 변화가 아름다운 단풍마저 앗아가는 것이다. 이 모두가 그럴듯한 명분으로 자연을 훼손하며 생태계를 파괴하는 우리의 잘못 때문은 아닐까? 인과응보의 법칙처럼 망가뜨린 자연의 생채기는 공해라는 업보가 되어 다시 우리에게 돌아오는 것이 아닐까?

온전히 물들지 않은 채 떨어져 누렇고 마른 은행잎들이 거리에 쌓여 있다. 그 모습을 바라보니 착잡한 마음에 생각이 많아졌다.

오늘 아침에 그 은행나무를 또 만났다. 그것은 이제 잎은 다 떨어지고 마른 가지만 앙상한데 가지치기까지 해서 을씨년스러운 모습으로 나를 내려보고 있었다. 그러나 그는 다가오는 겨울 추위를 씩씩하게 잘 이겨 내리라. 그리고 내년 가을에는 따사로운 햇볕과 시원한 기온으로 황금빛으로 물들 것이다. 그런 노신사의 모습으로 다시 만날 수 있기를 간절히 바라며 지구 생태계 보호를 위해 작은 일이라도 실천하리라 다짐해 본다.

감사의
눈물

새벽에 왼쪽 발이 아파 잠에서 깼다.

자다가 깰 정도로 발목이 이렇게 아파 본 적이 없었다. 핸드폰을 들어 시간을 보니 새벽 1시 반이다. 잠이 든 지 겨우 2시간밖에 안 됐는데 이상하다. 혹시 잠결에 발이 한쪽으로 겹쳐졌는데 깊이 잠들어 빼질 못했나? 아무리 생각해도 이유를 모르겠다. 아픈 발을 주무르고 낫기를 기다려 보지만 통증은 똑같다.

이런 일은 처음이었기에 알 수 없는 불안감에 이미 잠은 달아나고 1시간이나 발을 주물렀지만 통증은 똑같다. 도저히 잠을 잘 수가 없어 수면제라도 먹으려고 침대에서 일어나 왼발을 디디다가 너무 아파서 침대에 그냥 주저앉아 버렸다. '아, 이게 무슨 일이지?'

어젯밤 자기 전까지 멀쩡하던 다리가 불과 몇 시간 만에 걸을 수가 없게 되다니. 꿈은 아니다. 갑자기 공포가 밀려온다. 몇 발자국만 가면 책상이 있는데도 가지 못한다. 오른발로 깡충거리고 뛰면 갈 수야 있겠지만 밤 1시에 아파트에서 그럴 수는 없다. 바닥에 아프지 않게 자리를 잡고 앉아 엉덩이를 끌고서야 겨우 책상까지 갔다.

책상 서랍에 있는 수면제를 찾아서 먹으려고 하는데 포장에 든 약이 잘 빠지지 않는다. 또다시 가위를 찾아 엉덩이를 끌며 화장대로 갔다. 책상과 화장대는 가까이 있는데도 앉아서 가려니 너무도 멀다. 수면제를 먹고 '시간이 지나면 뭉친 근육이 풀어질 테니까 아침이 되면 나아지겠지.' 생각하다가 스르르 잠이 들었다.

6시에 잠이 깨어 불안한 마음을 누르며 침대에서 일어났다. 새벽 같은 진통은 없었지만 발을 디뎌 보니 아직도 제대로 걸을 수는 없었다. 왼발에 힘을 안 주려니까 절뚝거리게 됐다.

아침이 되면 괜찮을 거라는 기대가 무너지자 많은 생각들이 스친다. 매일 하는 스트레칭, 라인 댄스와 골프 연습, 그리고 몸을 움직여야 할 수 있는 많은 것들로 눈앞이 캄캄해지고 깊은 슬픔의 낭떠러지로 떨어지는 것 같았다. '아, 어떡하지? 나한테 이게 무슨 일이지? 식구들은 얼마나 놀랄까?'

70대 나이에 맞지 않게 운동량이 많다고 생각하곤 했지만 허리나 어깨가 아픈 적도 없었으니 항상 건강하다고 자부했었다. 그런데 갑자기 어제까지의 일상들이 꿈만 같아졌다.

방문을 열고 첫째 딸아이를 불렀다. "세라야, 나 다리가 아파 못 걷겠어." 기절할 듯이 놀라는 딸아이의 표정에 눈물이 나오려는 걸 꾹 참았다. 우리 집은 갑자기 나 때문에 어두운 분위기에 휩싸였다. 나 역시 우울했다.

딸아이와 함께 9시에 동네 병원으로 갔다. 원장님이 아픈 곳을 눌러 봤는데 발등이 좀 아플 뿐 발바닥은 괜찮았다. 엑스레이도 찍었는데 뼈에는 이상이 없다고 한다. 의사는 왼쪽 관절이 오른쪽보다 좀 부었으니 타이레놀이나 먹고 두 달 후에 무슨 변화가 있는지 다시 찍어 보자고 나를 안심시킨다. 뼈에 이상이 없다니 나도 조금은 안심이 됐다. 그러나 절룩거리며 병원을 나서는데 마음이 편치 않았다. 두 달이나 기다리라고 하는 것도 무겁게 가슴을 눌렀다.

집으로 가지 않고 조금 멀지만 규모가 큰 통증 전문 병원으로 차를 돌렸다. 이곳 원장님은 초음파로 보면서 관절이 많이 부었다고 하더니 새벽에 자다가 아팠다고 하니까 통풍 같다고 하신다. 하지만 확실치 않으니 골수 액을 뽑아 보면 안다고 하지만 그건 무서워서 싫었다. 그러면 관절이 부었으니 염증 주사를 맞자고 하신다. 한 대도 아니고 몇 군데나 맞아야 한다고 하니 기가 막혔다. 관절에 놓는 염증 주사는 많이 아픈 걸로 알고 있었다. 갑자기 골수 액이나, 염증 주사 같은 생소한 말들이 아픈 가슴을 후빈다.

집에 가고만 싶었다. 통증도 새벽보다 덜해서 내일 다시 오기로 하고 오늘은 물리치료나 받기로 했다. 치료를 받는데 치료실 바깥에서 기다리는 큰딸 세라랑 둘째 딸 세희는 여기까지 왔으니 주사를 맞고 가자고 계속 카톡을 보낸다. 나는 "아침보다 좀 나으니 물리치료만 받고 집에 가서 푹 쉬고 싶어."라고 답했다. 잠도 제대로 못 자서 쉬고만 싶었다.

집에 와서 오후가 되니 아무렇지도 않던 발등이 붓더니 염증이 있는 것처럼 붉어진다. 큰딸 세라는 병명을 찾으려고 발의 상태를 관찰하고 인터넷 검색을 하더니, "엄마 통풍은 아냐, 통풍은 엄청 아프고, 대부분 살찐 사람들이 걸린대."라고 한다. 식구들이 인터넷 검색으로 하루를 보냈다.

그런데 다음 날부터 조금씩 걸어도 아프지는 않았는데 부기와 붉은색은 여전했다. 그게 더 불안하기만 했다.

셋째 날, 정확한 이유를 알려면 MRI를 찍어 보라고 많은 사람들이 권

하기에 MRI가 있는 큰 병원을 가기로 하고 예약을 했다. 그런데 그 병원에 다녀간 사람들의 리뷰를 보니 마음이 내키지 않았다.

그러다가 우연히 근처 다른 정형외과를 찾아갔다. 젊은 원장님은 그동안의 진행 과정을 듣더니 눌러 봐도 아프진 않고 붓기만 있으니 우선 물리치료만 받고 3일간 약을 먹어 보자고 하신다. 다녀 본 병원 중에 제일 시원한 말을 가볍게 하신다. 뛸 듯이 기뻤다. 갑자기 기분이 좋아지고 기운이 났다. 그래도 효과 없으면 다시 엑스레이를 찍어 보자고 하면서 안에서 실핏줄이 터진 것 같다고도 하신다.

하루에 두 번 먹는 약을 저녁부터 먹기 시작했다. 다음 날 아침에 보니 부기도 빠져 가고 붉은색도 옅어졌다. 그렇게 약을 먹고 이틀이 지나자 발은 거의 나아 가고 있었다. 그동안의 걱정이 한순간에 사라지고 신기하고 감사해서 눈물이 주르륵 흘렀다. 이제 마음대로 걸을 수 있다. 기쁨이 폭죽처럼 온몸으로 퍼져 나갔다.

그런데 왜 실핏줄이 터졌는지 궁금했다. 가만히 더듬어 생각해 보니 아프기 전날 저녁에 급히 가다가 앞에 있는 테이블 모서리에 왼발을 부딪쳤던 생각이 났다. 외상도 없고 '아야' 하고 조그만 소리만 질렀을 뿐 아프지도 않아서 그 생각은 전혀 못 했었다. '혹시 그때 손상되어서 핏줄이 터졌나? 아, 그랬었구나!' 복숭아뼈 바로 옆이었는데 혈관을 다쳐서 핏줄도 터지고 관절도 아팠나 보았다.

며칠을 인터넷 검색을 하느라고 고생한 우리 식구들에게 고마웠다. 나도 우울증에 걸릴 뻔했다. 아주 나쁜 결과를 상상하면서 며칠을 마음 졸이며 지내야 했다. 마음이 약해지니 슬픔은 더 가중되어서 모든 것이 싫어서 누워서만 지냈다.

나이가 들어 가면 건강하게 사는 것이 큰 행복이다. 가족들에게 걱정 끼치지 않기 위해서라도 매사에 더 조심하면서 서두르지 말고 살아야겠다. 발이 아프니 모든 행동이 제한되고 아무것도 할 수가 없었다. 그동안 운동을 많이 했지만 당연한 것처럼 생각하고 발의 소중함을 몰랐다.

그동안 발은 나에게 얼마나 많은 일을 해 주고 있었던가? 내 체중을 싣고 어디든 내가 가고 싶은 곳으로 데려다주었다. 춤추고 싶을 때 춤추고, 걷고 싶을 때 걷고, 하고 싶은 운동도 마음껏 하게 해 주었다. 나는 바보처럼 나를 위해 고생한 발의 소중함을 전혀 모르고 살았다. 발이 아프면 할 수 없는 일들을 생각만 해도 아찔하다. 어찌 그것뿐이겠는가. 발의 아픔에 비례해서 마음은 얼마나 아플 것인가. 자유롭게 움직일 수 없어 상처받은 마음은 우울증에 걸리기 쉬우리라. 그러고 보니 발은 심장 다음으로 중요하다고 하고 발의 건강을 지키는 것이 무병장수의 길이라고도 한다.

이번의 경험으로 발의 소중함과 고마움을 절실히 알게 되었다. 발이 건강할 수 있도록 조심도 해야겠다. 아파 보지 않은 사람들은 느끼지 못하리라. 발의 건강을 되찾고 행복을 다시 느낀 순간에 내가 흘린 뜨거운 감사의 눈물을…

생 활 의
즐 거 움

　"꽃 피는 봄이 오면 내 곁으로 온다고 말했지. 노래하는 제비처럼 언덕에 올라보면 지저귀는 즐거운 노랫소리, 꽃이 피는 봄을 알리네."

　오늘도 그리 넓지 않은 3층 방에서 우리 7명은 신나는 음악에 맞추어 선생님을 따라 열심히 '라인 댄스'를 춘다. 수업은 1시간이지만 30분이 지나면 5분간 휴식을 한다. 가쁜 숨을 내쉬며 의자에 앉아 땀을 식히면서 우리는 세상 돌아가는 이런저런 이야기를 나눈다. 이야기꽃을 피우다 보면 어느새 꿀맛 같은 휴식시간은 지나간다.

　"어제 뮤지컬 다녀왔는데 너무 좋았어, 티켓이 15만 원이나 한대. 어휴, 비싸기도 하지."

　"난 무릎이 아픈데 그래도 운동은 해야지."

　"형님 무릎 아픈 데는 이 약이 좋다던데…"

　"아냐, 허리도 아파."

　짧은 시간이지만 그사이에 각자에게 일어났던 일, 보고 들은 지식이나 생활하며 느끼는 답답한 마음을 털어놓는다. 사소한 이야기라도 깔깔 웃으면서 나누다 보면 어제의 피로감이 말끔히 가신다. 그러곤 다시 신나는 음악에 맞추어 춤을 춘다.

바깥 날씨는 30도를 넘는 무더위지만 우리는 쉬지 않고 몇 곡을 따라 춤을 춘다. 그러다 보면 금방 몹시 더워진다. 에어컨이 틀어져 있지만 소용이 없다. 운동량이 많은 데다 빠른 속도감 때문이다. 좌우로 왔다 갔다 하면서 사방으로 회전을 하면 등에서 땀이 흐르기 시작한다. 단순하게 되풀이되는 동작이지만 운동은 크게 되는 것 같다.

줄무늬 아줌마, 나이가 많으셔도 언제나 즐거우신 검정 통바지. 더운데도 항상 조그만 스카프를 매는 귀여운 아줌마 등, 모두가 열심히 따라 하지만 잘 안 되는 부분도 있다. 오른쪽으로 돌아야 되는데 왼쪽으로 돌아서 부딪칠 뻔하는 경우도 있다. 하지만 시간이 지나면 잘하겠지, 모두가 느긋한 마음으로 즐긴다.

라인 댄스는 어려운 방송 댄스에 비하면 쉬운 편이다. 맨 앞줄에서 우리를 가르치는 선생님은 이렇게 더운데도 항상 아름다운 반짝이 옷을 입고 있다. "오른발, 왼쪽, 다시 오른발" 하면서 생동감을 가득 전하여 준다.

그렇게 즐거움을 나누고 서로를 힐링하는 이곳은 동네의 조그만 생활 체육실이다. 이전에 내가 10년이나 다니던 헬스장이 파산으로 문을 닫았다. 그 뒤 코로나 때문에 2년을 집에만 있었다. 그러다가 운동을 해야겠다고 마음먹고 찾다가 우연히 이 조촐한 장소를 알게 되었다.

우선 집에서 5분 거리라 다니기 편하다. 다음으로 오가는 길이 아기자기하여 즐겁다. 걸어서 이곳을 오가다 보면 조그만 골목길이 나온다. 우산 하나 펴고 간신히 둘이 걸어갈 만한 좁다란 골목길을 꼬불꼬불 벗어나면 바로 옆에 기찻길이 나온다. 기찻길 풍경은 항상 만나도 정겹다.

기찻길 옆에는 키 큰 해바라기들, 그 밑엔 채송화가 옹기종기 피어 있고, 보랏빛 나팔꽃과 분꽃, 봉선화, 호박꽃… 눈을 뗄 수 없는 색색의 예쁜 꽃들이 아침 햇살을 받아 싱싱하게 반짝이고 있다. 그중에서 봉선화에 눈이 더 가는 건 어릴 적 추억 때문이리라.

하굣길에 친구들과 동네 앞을 지날 때면 항상 담 밑에 핀 봉선화 꽃을 만나곤 했다. 크지 않은 줄기에 조롱조롱 매달린 초록 잎과 연분홍, 진분홍 꽃들은 우리 소녀들을 유혹하기에 충분했다.

어느 화창한 날이었다. 우리는 드디어 그 꽃잎을 몰래 땄다. 그리고 들킬세라 꽁지가 빠지게 도망을 쳤다. 따다다닥-, 달리는 우리들의 신발 소리에 골목이 쩡쩡 울렸다.

"야! 성공이다! 신난다!"

그날 밤 나는 봉선화 꽃을 백반과 함께 빻아서 손톱 위에 잘 얹어 놓고 빠지지 않게 실로 꽁꽁 묶어 놓았다. 예쁘게 물들기를 바라면서 잠이 들었다. 아침에 일어나 보니 열 손가락 중에 한두 개가 빠져 있었다. 다행히 잘 붙어 있는 걸 살살 풀자 손톱에 빨간 봉선화 꽃물이 들어 있었다.

한 해 동안 애써 꽃을 피워서 소녀들에게 기쁨을 주는 아름다운 꽃, 씻어도 지워지지 않고 초겨울이 갈 때까지 손톱 위에 빨갛게 물들어 있던 꽃물. 나는 꽃물 든 그 손톱을 보면서 얼마나 기뻐했는지 모른다. 오늘 이 길에서 봉선화 꽃을 보니 그 시절이 새삼 그리워진다.

오가는 길에 아름다웠던 옛 추억을 다시 돌아볼 수 있게 하고, 동네 사람들이 모여 이야기를 나누며 스트레스도 풀고, 건강을 위하여 운동할 수 있는 곳. 하루를 시작하는 아침마다 좋아하는 기찻길 꽃길을 보는 기쁨을 안겨 주는 곳. 80대와 70대, 60대, 50대와 40대가 공존하며 어울리는 공간…

어쩌면 이곳은 춤을 배우는 곳이라기보다 다정한 마음을 열어 주는 공간 같다. 기찻길 옆 색색의 꽃들 같은 우리들은 오늘도 그곳에서 신나는 라인 댄스를 춘다. 트로트와 맘보 음악에 맞춰 땀방울과 마스크 속 거친 숨소리를 뿜어 내며 그렇게 생활의 재미를 채워 간다.

작은
음악회

봄처럼 햇빛이 화창한 겨울 오후에 교회의 2층 카페에서 음악회가 열렸다. '커피와 클래식'이라는 제목으로 이웃과 함께하는 정오의 작은 음악회다. 참석자들에게 커피도 제공하고 선교합창단의 노래와 연주도 들려준다고 한다. 그래서 오늘은 2층 카페가 음악회 공연장이 되었다. 구수한 커피 향이 나는 홀에는 참석한 사람들이 서로 정답게 인사를 나누는 모습이 보였다. 마치 카페가 교회의 일부분이 된 것처럼 느껴졌다. 친구와 함께 자리를 정하고 앉아 따뜻한 커피를 마시면서 음악회를 기대하는 모습이 행복해 보였다.

합창단은 소프라노와 알토, 테너와 베이스로 네 파트였고 16명이었다. 피아니스트와 지휘자까지 합하면 모두 18명으로 구성되었다. 교회음악을 사랑하는 사역자들과 함께 창단 연주회를 시작으로 교회 순회 연주와 교도소 복음화를 위한 자선음악회로 활동영역을 넓히는 소규모 합창단이었다.

이 교회 목사님의 축하 말씀이 끝난 뒤, 음악회가 시작되었다.

햇살이 창가에 내리비치는 아늑한 홀에 아름다운 선율이 울려 퍼지기 시작했다. 따뜻한 봄바람처럼 부드럽고 청아한 목소리들이 높고도 낮게 하나가 되어 흐른다. 창을 통해 쏟아지는 햇빛을 받으며 노래하는 미소 띤 얼굴들이 반짝반짝 빛나 보였다. 목소리들이 뭉쳤다 풀어지며 울림돌이 되어 깊은 감동을 주었다. 노래가 주는 축복이었다.

피아니스트의 손가락이 건반을 가볍게 퉁기고 강하게 두드린다. 건반 소리는 회오리치는 바람 소리처럼 날개를 달고 날았다 떨어진다. 우아한 춤사위 같은 지휘자의 몸짓도 흥겹기만 하다. 홀을 가득 흐르는 선율들이 화음으로 춤추는 듯하다. 공연자들의 방긋방긋 미소하는 얼굴들이 해처럼 밝고 꽃처럼 예쁘다. 작은 홀이지만 큰 콘서트홀보다 더 깊은 감동을 주었다.

나는 기독교 신자는 아니지만 꿈을 꾸듯 점점 빠져들었고, 짧은 시간 동안 충만한 은혜를 느꼈다. 오랜만에 경험하는 음악이 있는 선교의 장이었다.

나의 할머니께서는 불교 신자셨다. 매달 음력 초사흘이면 장독대에 시루떡을 쪄 놓고 식구들의 안위를 비는 고사를 지내셨다. 그리고 가족의 생일이나 제사가 있는 날에는 절에 가시곤 하셨다. 나는 할머니를 따라서 칠성사라는 절에 가서 부처님께 절도 하고 절밥도 먹었다. 어렸을 때였고, 나는 그저 할머니가 하시는 대로 따라 하곤 했었지만 지금도 기억이 새롭다. 그래서인지 간혹 교회 다니는 친구들이 교회에 가자고 했지만 마음이 내키지 않았다.

몇 년 전에도 기독교 신자가 될 수 있는 기회가 있었다. 그때 지인께서 다니는 교회를 꼭 한번 와 달라고 간청하셨지만 나는 일요일엔 바쁜 일이 많아서 가지 못했다. 그러다가 어느 날 드디어 나가게 되었는데 강남에 있는 큰 교회였다. 전에 동네 교회를 몇 번 갈 기회가 있어서 교회가 처음은 아니었다. 그런데 그날 간 그 교회는 이상하게 설렘을 주었다. 문을 열고 들어서는 순간 아늑한 성전과 경이로운 찬양 소리가 감동을 주었다.

'아! 무슨 느낌일까?' 첫 방문자를 반겨 주는 목사님의 친절한 환영 인사에도 감동을 받았다. 그리고는 새 가족 입문과정에 등록하고 8주간의 교육도 받았다. 1시간인 교육 시간은 목사님들의 재미있고 좋은 말씀으로 지루하지가 않았다. 여운이 남는 설교가 깊이 마음에 와닿았다. 제일 좋은 가르침은 기도생활에 대한 것이었다.

하나님이 정말 계실까? 교회를 찾는 새 신자들은 대개 이런 생각을 하지 않을까? 불교 가정에서 자란 나는 그런 생각이 들 때가 많았다. 그런데 8주 동안 교회에 다니면서 기도를 하게 되었다. 익숙하지 않은 기도였지만 "하나님, 감사합니다."라는 소리가 나도 모르게 나왔다. 지인께서 축하도 해 주시고 해서 그때부터는 열심히 교회에 나가야겠다고 마음을 먹었다. 일요일은 먼저 교회를 나가는 생활로 조금씩 바뀌기 시작했다.

그러나 교회가 집에서 멀어서 항상 차로 다녀야 하는 어려움이 있었다. 빽빽한 주차장에 차 세우기도 힘들고 좀 늦게 가면 자리 찾기도 어려웠다. 일요일이라서 생기는 모임과 약속들이 마음을 점점 느슨하게 만들었다. 그리하여 한 번 두 번 빠지게 되었다. 다음 주에는 꼭 가야지 하면서 점점 멀어져 갔고, 어느덧 옛일이 되었다. 이제 와 생각하니 부족한 신앙심과 자라온 환경 때문인 것 같다. 교회에서 하는 음악회를 와 보니 그 교회 생각이 저절로 나서 가슴이 찡했다. 그때 왜 그랬을까?

이런 내 마음을 위로하듯이 합창단이 '연가'를 부른다. "비바람이 치던 바다 잔잔해져 오면~ " 뉴질랜드의 민요인 연가가 찡한 가슴을 더욱 애잔하게 만든다. 아름다운 노랫소리가 은은하게 퍼지자 눈물이 글썽거리고 내 마음도 연가처럼 흐른다. 잔잔한 호수에 작은 조약돌을 던진 듯 가슴에 파문이 인다.

합창단은 그 곡 뒤에도 다섯 곡을 더 불렀는데, 모두 많이 듣던 친근한 곡들이라서 좋았다. 노래를 듣는 사람들의 얼굴들도 밝고 즐거워 보였다. 모두가 감동으로 한마음이 되었을 때 아름다운 음악회는 끝이 났다. 끝이 났는데도 사람들은 일어설 생각을 않고 '앵콜'을 외쳤다. 몇 차례의 앵콜 송이 끝나고 퇴장하는 단원들에게 모두가 감사의 박수를 보냈다. 참석한 모든 사람들에게 즐거움과 풍족함을 준 음악회였다.

노래로 복음을 전하는 교회 음악회는 감명을 주므로 틀림없이 선교도 잘 할 것이다. 수준 높은 음악과 따뜻한 커피 한 잔으로 하루가 즐거웠다. 그러나 뭔지 모르는 작은 앙금이 가슴속에 머물러 있음을 느꼈다. 강남 교회의 모습이 자꾸 떠오르면서…

건 망 증 과
메 모 리 카 드

     평택강의 줄기인 오성강 길을 걷는다. 계절을 잊은 듯 언덕에는 파릇한 봄나물 같은 초록 잎들과 앉은뱅이 노랑 들꽃들이 피어 있다. 풀냄새와 파란 강물과 맑은 하늘이 정겹다. 11월인데도 바람 없는 한적한 시골은 따뜻하게 피어오르는 5월 같은 계절을 느끼게 한다. 그러다 문득 강 옆에 주렁주렁 달린 주황색 감을 보면서 가을을 느낀다. 강가에 감나무들이 많아서 둘러보니 동네 집들의 담마다 솟아 있다. 오늘은 카메라 대신 핸드폰으로 사진 몇 장을 찍어 본다. 하늘이 아름다워서 사진도 맑고 좋다. 1시간 전의 바보 같은 나를 생각해 보니 기가 막혔다.

     어젯밤에 큰딸아이가 말했다. "엄마 내일 평택으로 강의 가는데 같이 갈까? 2시간짜리 강의니까 지루하지도 않을 거야. 주변에 강도 있고 경치도 좋다니까 엄만 사진 찍고 카페 가서 커피 마시고 나랑 같이 오는 거야." 처음에는 가지 않으려고 했는데, 항상 딸아이가 운전하고 같이 다닐 때 내비게이션을 보면서 길을 봐 주며 즐거웠던 생각이 떠올랐다. 더구나 딸 혼자서 지방을 가는데 같이 가 주는 것이 좋을 것 같았다.

나는 여행을 좋아하고 시골길 걷는 것도 좋아한다. 시골길을 걸으면 마음이 훈훈해지고 어렸을 적에 갔었던 시골 외가 마을이 생각난다. 사촌 형제들과 논에서 메뚜기도 잡고 우렁이도 잡던 일들이 떠오른다. 넓은 마루에 옹기종기 둘러앉아 외숙모가 금방 쪄 주시는 따끈한 옥수수를 맛있게 먹던 기억도 남아 있는 시골은 항상 가고 싶은 곳이다.

"그래 같이 가자. 사진도 찍어야지." 가방에 카메라를 넣고, 내일부터 추워진다는 말에 올해 처음으로 입을 얇은 패딩점퍼도 준비했다. 차에서 먹을 간식도 약간 넣고 즐거운 여행을 기대하며 아침에 출발했다.

그렇게 출발한 지 조금 지났는데 갑자기 뭔지 모를 불안감이 스쳤다. 문득 카메라가 생각났고 꼬리를 물며 메모리 카드도 생각났다. 어젯밤 카메라만 넣고 카드가 있는지 확인을 하지 않은 일이 생각났다. 메모리 카드는 디지털카메라로 찍은 영상을 저장하는 장치다. 그래서 이것이 없으면 사진을 찍을 수가 없다. 찍어도 사진저장이 불가능하므로 찍는 것이 의미가 없다.

며칠 전 출사 후에 집에서 사진을 정리하는데 친구한테서 전화가 왔었다. 오랫동안 통화하고는 깜빡 잊고 카메라에 메모리 카드를 끼우지 않았던 것 같았다.

설마 그럴 리가 없다. 불안해지는 마음을 누르고 얼른 카메라를 꺼내 보니 정말 메모리가 없었다. 갑자기 여행의 즐거움은 사라지고 바보가 된 듯 멍해졌다. 이런 일은 처음이었다. 그때 카드를 넣었어야 되는데, 하는 후회가 가슴을 쳤다, 이게 바로 건망증인가? 혹시 가방 속에 빠진 것은 아닐까? 실수를 인정하기 싫어서 알면서도 공연히 가방을 뒤집어 털어 본다.

평소에 사진 찍으러 다닐 때는 항상 무거운 카메라 가방을 메고 다녔다. 그 안에는 렌즈와 여유 있는 메모리 카드와 필요한 것들이 있어서 오늘 같은 일이 생겼을 때 문제가 없다. 그런데 무척 무거워서 사진을 찍고 온 날은 어깨가 뻐근하다. 그래서 오늘은 간단히 카메라만 꺼내온 것인데 후회스럽기 짝이 없다. 머리가 핑 돌면서, 항상 준비를 철저하게 하던 내가 나답지 않은 짓을 했다는 자책감에 빠져 속이 너무 상했다.

"엄마 정말야? 엄마가 어떻게 그래?" 딸도 놀란 듯 나를 쳐다본다.

건망증은 주의력이나 집중력이 저하될 때나 할 일이 많아져서 뇌에 과부하가 생길 경우 일시적으로 저장된 기억을 꺼내지 못해 생기는 일종의 기억 장애라고 한다. 뇌에서 순간적으로 기억이 사라지는 것이 마치 디지털카메라에서 메모리 카드가 빠진 것과 다름없이 느껴진다. 돌이켜 생각해 보니 친구와 통화하고 난 후에 깜빡 잊은 것이다. 주의력 부족으로 생긴 건망증이다. 실수에 깨달음이 따랐다. 앞으로는 매사 급하게 서두르지 말고 천천히 여유를 가지고 챙기며 살자는.

딸아이의 바쁜 강의시간 때문에 되돌아갈 수도 없으니 속상한 채로 목적지에 도착했다. 도착해 보니 보이는 것은 논과 밭뿐이었다. 혹시 필름가게라도 있으면 사려고 했던 희망은 없어져 버렸다. 동네 옆에 새로 지은 전망 좋은 카페만 있을 뿐이었다.

"학교는 어디 있어?" "10분 더 가야 되는 것 같아."

어쩔 수 없이 오늘은 핸드폰으로만 사진을 찍어야겠다. 걱정하는 딸을 보내고 이젠 아무 소용이 없는 무거운 카메라를 미련스럽게 메고 들녘을 향해 내려갔다. 딸과는 2시간 후에 카페에서 만나기로 했다. 아예 포기하니 속상했던 기분이 조금 나아졌다.

낯선 곳에 내려서 동네 구경을 하며 걸으니 차츰 마음이 편해졌고 발걸음도 가벼워졌다. 강이 옆에 있고 산책로도 있어서 걸으면서 사진도 하나씩 찍을 만했다. 핸드폰으로 찍는 맛도 괜찮았다. 강을 낀 아름다운 경치가 마치 전에 와 봤던 곳처럼 금방 익숙해졌다. 강줄기를 따라 감이 주렁주렁 열린 감나무들과 눈에 담는 소박한 시골풍경이 건망증과 메모리 카드로 멍든 가슴을 따뜻하게 어루만져 주는 듯했다.

마지막
작은 바람

긴 겨울을 난 뒤 봄꽃이 보고 싶어 창덕궁을 다녀서 집으로 가는 길이었다. 오늘따라 151번 버스가 오지 않는다. 아침에도 이 차를 타려고 집 앞 정거장에서 10분이나 기다렸다. 그제야 도착 안내판에 7분 후 도착이라는 표시가 떴다. 얼굴이 탈까 봐 햇볕을 피해서 귀퉁이 그늘에 서 있었다.

문득 저쪽에서 한 남자가 오더니 "시청 앞 가는 버스가 여기 있나요?"라고 의자에 앉아 있는 여자에게 물었다. 그녀는 모르는지 대답이 없었다. 나도 이곳은 잘 모르는 곳이라 선뜻 대답해 줄 수가 없었다. "안경을 안 가져와서 안 보이는데…"라고 말끝을 흐리더니 그는 이내 다른 쪽으로 가 버렸다.

나는 찾아내어 알려 주고 싶었지만 그가 너무 빨리 가 버려서 그냥 멍하니 바라만 봤다. 그런데 남의 일 같지 않게 그 말이 계속 귓가에 맴돌았다. '얼마나 눈이 나쁘면 큰 글씨가 안 보일까?' 나도 언젠가는 그렇게 되지 않을까? 왠지 곧바로 닥칠 내 일 같아서 마음이 편치 않았다.

2년 전 종합병원에서 정기검진을 하고 난 후에 갑자기 안과에서 연락이 왔다. 재검이 필요하니 내원하라는 것이었다. 평소에 시력이 좋아 안과는 가 본 일이 없어서 이상하다고 생각하면서 찾아갔었다. 그런데 황반 변성 초기증상이 있다고 했다. 깜짝 놀랐다. 처음 들어본 병명이었다. 자외선을 차단하고 당근이나 시금치 등 녹황색 야채를 많이 먹으라고 했다. 그래프에 작은 정사각형이 가득 찬 자가진단표를 주면서 네모 칸이 뒤틀려 보이거나 굽어 보이면 치료를 받아야 된다고 했다. 지금은 초기이니 더 이상 진행되지 않게 조심하고 루테인을 섭취하라고 했다. 노화 현상이기도 하겠지만 갑자기 생각지도 못한 일이 생겨 당황스러웠다. 특별히 아프지도 않고 불편하지도 않아 몰랐던 이런 일이 생기니까 참으로 답답했다. 그 뒤부터 외출할 때는 꼭 선글라스를 쓴다.

나이가 들면 모든 신체 기능이 약해지니 하루가 다르게 몸의 여기저기에서 신호를 보내는 것 같다. 그래선지 버스정류장을 묻는 그 남자의 말이 남의 일처럼 여겨지지 않았다.

며칠 전 딸애가 핸드폰으로 영상 하나를 보내왔다.

박완서 소설가의 「모든 것이 기적」이라는 글과 함께 '향수'라는 노래가 흘렀다. 그것을 끝까지 보는 동안 진한 감동이 가슴으로 찌르르 흘렀다.

하룻밤 사이에 일어난 몸의 이상으로 느낀 허탈감과 건강에 대한 염원이 담긴 것으로 건강한 몸으로 사는 것이 기적이라는 영상이었다. 일상에 감사하고 불행하다는 생각을 버리고 기쁘게 사는 것이 몸과 마음에 좋다는 것이었다. 기쁨이 없으면 결코 행복할 수가 없다고 했다. 잘 걸어 다니는 사람은 그것만으로 51억 원이 넘는 재산을 지니고 다니는 것이라는, 위로가 되는 글이 담겨 있었다. 충분히 깊이 공감할 수 있는 내용이었다.

사람은 누구나 나이를 먹고 늙는다. 젊음은 항상 있는 것은 아니다. 언젠가 문득 가 버리면 그제야 소중함을 알지만 그것을 붙잡을 수 있는 사람은 없다.

그러니 나이를 먹어 가면 아름다움보다 소중한 것이 건강이다. 나이를 먹어도 건강을 잘 유지할 수 있어야 한다. 죽는 날까지 자유롭게 잘 걸어 다닐 수 있게 살고 아프지 않고 사는 것이 바로 행복이 아니겠는가.

고대 철학자 아리스토텔레스가 인생의 목표는 행복이라고 말했듯이 행복은 많은 사람이 추구하는 인생의 목표이다. 동서양 철학자와 심리학자들의 행복에 대한 개념은 조금씩 다 다르지만 그 기준은 어디까지나 주관적인 마음이리라. 즉 행복은 자신의 마음가짐에서 비롯되는 것이라는 말이다.

모든 것은 마음먹기 나름이다. 나는 항상, '나이가 무슨 상관이야? 그건 숫자에 불과하지.' 이렇게 마음먹고 걸을 수 있는 거리면 되도록 걸어 다닌다. 젊었을 때부터 시작한 운동도 습관처럼 여전히 하고 있다. 음식도 가리지 않고 골고루 적당히 먹는다. 이런 것들이 기본적인 체력을 만들어 주는 것 같다.

어느 정도 살아 보니 건강하고 마음 편한 것이 가장 큰 행복인 것 같다. 그래서 가끔 후배들에게 "인생 잠깐이야. 재미있게 살아."라고 말해주곤 한다. 살다 보면 얼마나 싸울 일도 많고 스트레스받는 일도 많은가? 하지만 순간을 잘 참고 지나면 좋은 시간들이 온다. 스트레스가 제일 나쁘다고 하니 피할 수 있으면 피하고, 웃으면 엔도르핀 수치가 많이 올라간다고 하니 최대한 많이 웃자.

좋은 사람들과 만나 즐겁게 이야기하고, 맛있는 음식도 나누어 먹고, 가족들과 여행도 가고, 하고 싶은 일을 할 수 있다면 최고가 아닐까?

친구 모임에서 한 친구가 나오지 못하게 됐다. 남편이 아파 입원과 퇴원을 반복하고 있어서였다. 환자도 힘들지만 보호자는 더 힘들다고도 했다. 경제적인 손실도 크다고 말하는 친구의 지친 모습에서 건강의 중요성을 다시 느꼈다. 물론 건강은 누구도 자신할 수 없다고 하지만 정기검진도 받고 꾸준히 노력해야 할 것이다.

이제는 자신을 위하고 몸을 잘 지켜서 기쁘고 건강하게 사는 것이 남은 인생 여정의 목표이다. 나는 잘 걸어 다니고 마음이 행복으로 가득 찬 부자니까 그 풍요로움 누리면서 오래도록 건강하게 살고 싶다. 그것이 나의 마지막 작은 바람이다.